죽음이
삶에게

옮긴이 **김욱**

언론계 최일선에서 오랫동안 활동했다. 현재는 인문, 사회, 철학, 문학 등
다양한 분야의 서적을 탐독하며 사유의 폭을 넓히고 있다.
지은 책으로는《탈무드에서 마크 저커버그까지》《희망과 행복의 연금술사》
《성공한 리더십, 실패한 리더십》 등이 있으며,
옮긴 책으로는《당당하게 늙고 싶다》《나이듦의 미학을 위하여》《늙지 마라 나의 일상》
《지적 생활의 발견》《동양기행》《황천의 개》《아메리카 기행》
《여행하는 나무》《아미엘의 일기》《니체의 숲으로 가다》《쇼펜하우어의 문장론》
《부자나라 임금님의 성공 독서전략》《산다는 것의 의미》《지로 이야기》
《천상의 푸른 빛》《노던라이츠》 등이 있다.

죽음이 삶에게

1판 1쇄 인쇄 2012년 4월 15일 / 1판 1쇄 발행 2012년 4월 20일
지은이 소노 아야코·알폰스 데켄 / 옮긴이 김욱
펴낸이 김현정 / 펴낸곳 도서출판리수
기획·홍보 김현주 / 교정·교열 최귀열
등록 제4-389호(2000년 1월 13일) / 주소 서울시 성동구 행당동 328-1 한진노변상가 110호
전화 2299-3703 / 팩스 2282-3152
홈페이지 www.risu.co.kr / 이메일 risubook@hanmail.net

ISBN 978-89-90449-86-3 04830

※책값은 뒤표지에 있습니다. ※잘못 제본된 책은 바꾸어 드립니다.

TABIDACHI NO ASA NI—AI TO SHI WO KATARU ÔFUKU SHOKAN
Copyright ⓒ 1985 by Ayako SONO and Alfons DEEKEN
First published in Japan in 1985 by Kadokawa Shoten Publishing Co., Ltd.
and republished in 1990 by SHINCHOSHA Publishing Co., Ltd.
Korean translation rights arranged with SHINCHOSHA Publishing Co., Ltd.
through Japan Foreign-Rights Centre/Shinwon Agency Co.

죽음이
삶에게

소노 아야코 · 알폰스 데켄 지음 김욱 옮김

소노 아야코와 생사학(生死學)의 대가 알폰스 데켄이 나눈 삶의 가치와 죽음의 본질

머리말

　나는 죽음을 민감하게 의식하는 아이였다. 그러나 겉으로는 명랑한 수다쟁이처럼 행동했다. 이런 모순이 나의 진짜 모습이었지만 많은 사람들이 나의 진짜 모습을 보지 못했고, 나 스스로도 별로 고생한 경험이 없는 밝고 낙천적인 사람으로 오해받으며 사는 것을 즐기곤 했다.

　십대시절에도 숱하게 죽음을 떠올렸다. 50세가 지나면서 죽음에 대한 생각은 하루의 일과처럼 굳어졌는데, 죽음은 언젠가는 일어날 사건이므로 죽음을 생각한다는 것이 결코 소극적인 회피가 아니라는 점이 마음에 들었다.

　1981년 바티칸의 국제종교사무국 차장인 시리에다 마사유키(尻枝正行) 신부님과 처음으로 왕복서한 형식의 에세이 연재를 시도했다. 가톨릭을 모르는 사람들에게도 죽음에 관한 사상을 알리고 싶다는 소망으로 이런 기획을 생각해왔는데, 시리에다 신부님은 내가 도움을 요청하고 싶었던 신부님들 중 한 분이었다. 신부님과 공저로 출판한《헤어지는 날까지》는 제1탄 격이었다. 다행히 이 책은 시리에다 신부님의 넓고 깊은 교양, 훌륭한 표현력, 관대하고 따뜻한 신앙의 해석 등이 독자들에게 감동으로 다가간 덕분에 기획자로서 부끄럽지 않은 평가를 받았다.

시리에다 신부님 때도 그랬지만 신부님들은 매우 겸손해서 매스컴이라는 미지의 세계로 이끌기 위해서는 나 같은 통속적인 안내인이 곁에 있어야 했다. 실은 그때부터 왕복서한 2탄의 상대를 혼자 결정해놓은 상태였다. 바로 알폰스 데켄 신부님이었다.

데켄 신부님은 일본에서 사학(死學)을 창시한 주인공이다. 반드시 겪게 될 것을 알면서도 일반인이 정면에서 배우려 하지 않는 죽음이라는 분야를 신부님은 밝은 곳으로 끌어내는 데 성공했다.

내가 사학을 열심히 배운다고 해도 절대로 그 진의를 깨치지 못할 것이라고 생각했지만 최근에는 죽음을 그저 바라보기만 해도 생각이 투명해진다는 사실을 알게 되었다.

타인의 행복을 기쁘게 받아들일 수 있게 된 것이다. 고백하자면, 젊었을 때는 마음에 들지 않는 상대가 행운을 잡으면 기분이 나빴다. 그런 추악한 마음을 부끄러워하기는 했지만 특별히 고쳐야겠다고는 생각하지 않았다.

평범한 사람은 자신의 죽음을 담보로 하지 않고서는 세상의 이치를 파악할 수 없다. 내가 타인의 행복에 진심으로 기뻐하게 된 것은 정의와 도덕에 눈을 떠서가 아니다. 행운이 그의 인생에 긍정적인 결과를 가져오리라고 확신해서도 아니다. 단지 그가 잡은 행운이 그의 삶이 그토록 기다렸던 희망이었음을 내가 이해하게 되었기 때문이다.

죽음은 인생의 정점에서 빛난다. 데켄 신부님은 그 피할 수 없는 운명의 빛을 우리가 바라보도록 이끌어주셨다. 그분의 가르침에 의해 우리는 죽음을 향해 걸어가는 것이 아니라 삶을 향해 걷는 법을 배우게 되었다고 생각한다.

소노 아야코

차례

차 례

어머니가 돌아가신 날

알폰스 데켄 신부님.

오래전부터 신부님과 '죽음'에 대해 이야기를 나눠보고 싶었습니다. 아니, 그보다는 가르침을 받고 싶었습니다.

다른 분들께 데켄 신부님을 소개할 때면, "신부님은 '죽음'의 전문가예요."라고 말해왔는데 '죽음의 전문가'라는 표현이 다들 신기했던 모양입니다. 일본에도 불교의 스님들처럼 장례를 치를 때 반드시 옆에 계셔야 되는 분도 있지만, 보통의 경우 죽음은 어느 날 갑자기 닥쳐오는 돌발적인 사건입니다. 특히나 가까운 사람의 죽음은 견디기 힘든 고통입니다. 평소 죽음을 생각하지 않기에 더욱 그렇습니다.

기독교에서 삶과 죽음은 한 쌍입니다. 죽음은 언제나 우리 곁을 맴돌고 있습니다. '지금처럼 임종 때도 기도하라'는 기도문이 있을 정도입니다. 데켄 신부님처럼 죽음을 삶의 기나긴 노정으로 받아들이는 분이 계시더라도 이상하지 않습니다.

이번에 신부님과 죽음에 대해 진솔하게 대화할 수 있는 기회를 얻은 것은 그야말로 하느님의 선물이라고 생각합니다.

이 편지는 미지의 체험에 관한 것입니다. 부득이하게 관념의 영역에서 벗어나지 못하는 추상적인 대목에서 시작하게 될 것이라고 걱정했습니다. 그런데 신부님과의 편지왕래를 축복해주기라도 하듯이 2월 중순의 어느 날 어머니께서 83세의 나이로 돌아가셨습니다.

어머니와 나는 평범한 모녀지간은 아니었습니다. 지난 51년 동안 언제나 함께였습니다. 그 세월은 우리에게 불행인 동시에 행복의 이유가 되었습니다. 나는 외동딸로 태어났습니다. 아버지와 어머니는 노년에 이혼하셨고, 만일 내가 어머니를 따르지 않았다면 어머니의 남은 생애는 말할 나위 없이 고독했을 겁니다. 어머니와 나의 관계는 세상의 일반적인 상식으로 따져본다면 도중에 소원해질 수밖에 없었습니다. 일본식으로 말한다면 결혼해서 미우라(남편 성)가 된 내가 어머니를 모실 수 있었던 것은 관대한 남편과 이해심 많은 시부모님 덕분이었습니다.

어머니는 가정적이고 책을 좋아하는 여자였습니다. 집안은 늘 정돈되어 있었고, 때로는 그 광경에 숨이 막히곤 했습니다. 그에 대한 반발로 지금의 내 생활이 난잡해졌는지도 모릅니다. 물론 말도 안 되는 핑계입니다. 어머니는 문학소녀였습니다. 간혹 서툰 솜씨로 와카(일본의 전통시)를 짓곤 하셨습니다. 어머니가 나를 소설가로 만들었다는 세간의 소문도 있었던 모양인데, 문학의 무서움과 해독을 알고 있던 어머니는 딸이 소설가의 길에 들어서는 것을 탐탁찮게 여기셨습니다.

신부님 앞에서는 어머니를 미화하지도, 나쁘게 말하고 싶지도 않습니다. 저의 생활에서 있는 그대로의 어머니를 이야기하고 싶습니다. 어머니는 나와 마찬가지로 '죽음을 지향하는' 성격이었습니다. 어머니는 두 번이나 자살미수에 그쳤습니다. 최초는 내가 초등학교에 다닐 무렵 나와 함께 자살을 시도했습니다. 두 번째는 훨씬 후인 60대 말이었습니다. 한 사람의 인간이 왜 죽음을 지향하는지 그것은 누구도 알 수 없는 일입니다. 다른 사람의 생각을 억측해서 타인이 그의 생활에 결론을 내리는 것처럼 부당한 폭력은 없습니다. 그래서 어머니가 왜 자살을 시도했는지 모르겠습니다. 다만 그 이유에 대해서는 일부를 증언할 수 있습니다.

첫 번째 자살동기는 아버지에게 있었습니다. 어머니의 결혼생활은 순탄치 못했습니다. 후년의 자살미수는 어머니의 건강이 원인이었습니다. 동맥경화에 우울증이 생겨 삶의 희망을 잃어버리고 말았습니다. 두 번에 걸친 어머니의 자살미수는 우리 가정에 큰 불행을 끼쳤습니다. 여간해서는 화를 내지 않던 남편도 "자살하려는 사람과 같이 살고 싶지 않다."고 말했습니다. 주변에 자살경향이 있는 사람이 꽤 있고, 지켜주려고 해도 '죽기로 작정한 사람은 결국 죽게 되는' 예를 보아왔기 때문에 나도 어떻게 해야 좋을지를 몰랐습니다. 남편이 화를 낸 이유는 어머니가 우리 부부와 함께 사는 것을 불행으로 여긴다고 생각했기 때문입니다.

어머니의 상태는 결과적으로 말씀드리면 무사히 해결되었습니다. 동맥경화의 치료가 주효한 것인지, 아니면 어머니가 자신이 놓인 상황이 이상적이지는 않더라도 세상에서 가장 불행한 인간은 아니라는 깨달음을 얻은 때문인지는 모르겠으나, 둘 중 하나가 이유인 것만은 틀림없습니다.

어머니가 두 번째로 자살을 시도했을 때 수면제를 과다복용했습니다. 구급차 안에서 대원에게 이 사실을 알려주었습니다. 다행히 양은 그렇게 많지 않았던 모양으로 위세척을 할 필요도 없었습니다. 다만 만일을 위해 그날 밤은 내가 시중을 들며 병원에서 밤을 지새웠습니다.

신부님, 그날 저녁 나는 재미난 것을 발견했습니다. 눈앞의 침대에 있는 어머니는 두 번에 걸쳐 나를 죽이려고 했습니다. 첫 번째는 아직 어렸던 나를 길동무 삼아 육체적으로 죽이려고 했습니다. 두 번째는 우리 부부가 단 한 번의 망설임 없이 모시고 살았던 생활이 고통스럽다면서 죽음으로 우리 부부에게 앙갚음하려고 했습니다. 어머니의 두 번째 자살시도는 마치 우리 부부에게 형벌을 내리려는 의도처럼 느껴졌습니다. 그 때문에 두 번째는 정신적으로 어머니에게 죽임을 당한 것과 다름없었습니다.

흔히 세상에는 남녀의 정사가 있고, 그것이 미수에 그치면서 그토록 사랑한 상대를 떠나보낼 수 없다며 동반자살을 택하는 경우도 있습니다. 그런 상황도 냉정히 따져보면 사랑의 이름으로 타인을 죽이려는 행위입니다. 그리고 사랑하는 사람을 자기 손으로 죽였다는 죄책감으로 자신의 목숨 또한 버리려는 것이겠지요.

하지만 나와 어머니는 달랐습니다. 어머니와 계속 함께 살았고, 두 번에 걸쳐 육체와 영혼의 생사를 곁에서 지켜보았습니다. 어린 시절 나의 의사와 상관없이 나는 자살을 체험했습니다. 육체의 죽음을 도모한다는 것이 어떤 기분인지 알고 있습니다. 그것은 에고이즘의 극치였습니다. 지금 이 순간에도 주위에는 살고 싶어도 살 수 없는 사람들이 많습니다. 그들이 보는 앞에서 자신의 손으로 목숨을 끊는다는 것은 굶주린 자들 앞에서 보란 듯이 빵을 개에게 던져주는 행위와 다르지 않다고 생각합니다. 하지만 신부님, 제가 이런 말을 하는 것을 용서해주세요. 나는 어머니를, 그 누구를 비난할 생각은 없습니다. 인간은 심리적으로나 육체적으로나 건강을 잃은 순간 이기적으로 변해버리지요. 저만 해도 두통이 약간만 나도 판단력이 엉망진창으로 흩어진답니다.

어머니가 두 번째로 자살을 시도했던 당시, 저는 인생에서 가장 바쁜 시기를 보내고 있었습니다. 한 달에 300매가량의 소설을 쓰는 것조차 힘들 정도였습니다. 그 무렵에는 어쩐지 지금 써두지 않으면 안 될 것 같은 예감이 들었습니다. 아마도 내 눈에 이상(백내장)이 생길 것이라는 예감이었는지도 모릅니다. 고백하건대 그 당시 소설을 쓰고 싶다는 강렬한 욕구 따위는 없었습니다. 그저 쫓기듯이 무엇이든 써둬야겠다는 조바심이 났을 뿐입니다. 타고나기를 분열적인 성격이어서 마음 한구석에 자리하고 있는 조바심에 점차 지배당하게 되었습니다.

반면에 어머니는 내가 소설을 쓰지 못하게 하려고 안달이었습니다. 내가 조금만 늦어도 사람들에게 전화를 걸어 내가 어디 있는지 확인하려고 했습니다. "미우라 슈몽(남편, 작가)은 마누라 잔소리가 귀찮아서 바에도 못 간다."라는 소문이 돌 정도였는데, 원인은 내가 아닌 어머니였습니다. 어머니가 자신의 취침에 방해가 된다는 이유로 남편의 귀가시간을 오후 열 시로 정해버렸습니다. 남편은 옛날부터 적당히 거짓말을 둘러대는 사람이어서 가정 내 학대로 위신이 추락된 '남편'을 연기하고 싶은 나머지 '마누라가 골치 아프게 굴어서'라는 식으로 떠들고 다녔는지도 모르겠습니다. 바로 어제 저녁만 해도 밤 열 시 직전에 황급히 돌아왔습니다. 그날 만났던 사람들에게는 '마누라와 약속한 게 있어서'라고 말한 모양인데 실은 '특별수사 최전선'이라는 텔레비전 드라마를 보려고 일찍 돌아온 겁니다. 그런데 막상 드라마가 시작하자 코를 골며 잠들어버렸습니다.

내가 효녀였다면 어머니의 심리적 변화를 감지하고 어머니와 지내는 시간을 조금 더 늘렸을지도 모릅니다. 어머니가 바라는 대로 당분간 소설을 멀리했을지도 모릅니다. 하지만 나는 그렇게 하지 않았습니다. 두 가지 이유 때문입니다. 첫째는 이 세상에서 자신의 상태에 완벽하게 만족하는 인간은 없다고 생각했습니다. 따라서 어머니에게 불만이 있더라도 냉정해져야 한다고 믿었습니다. 두 번째 이유는 어머니를 미워하고 싶지 않았습니다. 인간의 마음은 참으로 이상해서 어떤 사람에게 정성을 쏟을수록 그를 미워하는 마음도 커집니다. 그 마음을 받는 사람 입장에서는 그의 마음에 응답해주지 못했다는 미안함이 커지면서 그를 부담스럽게 생각합니다. 그 부담이 결국에는 원망이 되고 서로에 대한 증오가 커지는 것을 나는 여러 차례 목격했습니다. 그래서 나는 소설을 썼습니다. 훗날에라도 어머니 때문에 소설을 쓰지 못했다는 핑계로 어머니를 미워하게 되는 날이 올까 두려웠습니다.

자살에 대해 말한다면 종교적인 이유가 아니더라도 자살엔 반대합니다. 인간의 생사를 신이 아닌 인간 스스로 결정하는 것은 오만이라고 생각합니다. 불행하기 때문에 죽는다고 말하는 사람들의 심리에는 보복이 숨어 있습니다. 자살에는 두 번 다시 너희들과는 대화하지 않겠다는 단절의 선언도 포함되어 있습니다. 화해하려는 여지마저 남기지 않겠다는 악한 의지입니다. 살다보면 좌절과 공포쯤은 누구나 겪습니다. 크기의 차이는 있겠지만 자살이라는 수단으로 사람을 거부하는 짓만은 용납할 수 없다고 생각합니다.

어머니는 그 후로 죽음을 입에 담지 않게 되었습니다. 회복된 후에도 정신적인 활동의 영역은 점점 좁아졌습니다. 17~18년 전에 시작된 뇌의 연화발작은 치료를 통해 증상이 줄어들었으나, 내 앞에 있는 어머니는 더 이상 예전의 그녀가 아니었습니다. 내가 무서워했고, 영원히 떨어질 수 없다고 생각할 만큼 좋아했던 어머니가 아니었습니다. 어머니 없이는 아무것도 할 수 없다고 생각하던 그 시절의 어머니는 어디에도 없었습니다. 10년 전부터 어머니는 차에 타지 않고는 이동도 어렵습니다. 어머니 방에서 식탁까지의 거리는 불과 열댓 걸음이지만 3년 전부터는 방에서 누워 지내십니다. 귀도 가물가물하고, 기억에서 시간이라는 기준이 사라졌습니다. 1년 4개월 전부터는 고형물은 씹지 못하게 되셨습니다. 인간에게 남겨진 최후의 동물적 힘, 즉 음식을 먹는 행위마저 상실하고 말았습니다.

어머니는 욕창에 시달리며 유동식으로 생명을 연명하고 계십니다. 그나마도 남자처럼 일에 열중하는 딸 대신 시중을 들어주는 상냥한 가정부 덕분입니다. 어머니는 의식이 남아 있을 때 병원은 싫다고 말씀하셔서 그런 어머니의 말씀만은 지켜드렸습니다.

솔직히 말해서 내가 어머니였다면 이런 상태로 살고 싶지 않았을 겁니다. 하지만 이건 어디까지나 나의 생각일 뿐 어머니가 자력으로 생을 유지할 의지가 남아 있는 한, 나는 곁에서 어머니를 지키고 보호해드리기로 결심했습니다. 그런 결심에는 전혀 주저함이 없었습니다.

잠시 다른 이야기를 해볼까 합니다. 저에겐 일이 있습니다. 밤중까지 어머니를 수발해줄 가정부를 고용할 능력이 있었습니다. 병든 어머니를 모시고 살았지만 심리적인 고민은 있을지언정 환자로 인한 육체적 고통은 겪어보지 못했습니다. 주변에는 환자와 노인을 간병하느라 상대가 죽든, 내가 죽든 극단적인 선택을 하고 싶다는 충동에 시달리는 가정이 많습니다. 사회적인 배려 차원에서 이런 가정에 두 달에 한 번씩 일주일만이라도 대신 간호해주는 제도가 있다면 얼마나 좋을까요.

음식을 씹지 못하게 된 후로 어머니는 말씀이 거의 없었습니다. 어머니의 베개맡에서도 딱히 할 말이 없었습니다. 하는 수 없이

"같이 기도해요."

하고 귓속말로 소곤거리며 대화 대신 기도로 모녀간의 유대를 확인했습니다. 솔직히 기도보다는 어머니와 무엇이든 이야기하고 싶었습니다. 그러나 어머니의 상태는 내 바람에 응할 수 없었고, 그나마 기도라는 공통의 언어로 어머니가 정신이 희미한 속에서도 손을 모아 합장하는 시늉을 해보이시는 것이어서 그때마다 얼마나 기뻤는지 모릅니다.

2월 18일 저녁, 전날부터 열이 높아서 관자놀이에 땀이 흥건했습니다. 오후 일곱 시경 어머니의 맥박이 120까지 올라갔습니다. 열이 더 오를지도 모른다는 생각에 좌약을 사러 나간 것이 일곱 시 반. 여덟 시에 가정부가 도착했고, 그때만 해도 누구 한 사람 이변을 예상하지 못했습니다. 아홉 시가 조금 넘어서 어머니는 아래턱으로 호흡을 하기 시작했습니다. 당황한 나는 몇 번씩 병원에 전화를 걸었습니다. 담당 의사가 의사회 모임 도중 달려왔고, 그때는 벌써 폐에 부종이 생겼습니다. 혈압도 차츰 내려갔습니다. 저혈압인 나와 비슷한 85/50이어서 최악의 상황은 생각하지 않았습니다. 그 뒤로 네 시간이 지났고 어머니는 더없이 편안한 얼굴로 숨을 거두었습니다.

그때까지 나는 계속 다리를 주물렀습니다. 조금이라도 혈압을 높이려면 혈액이 몰려 있는 다리를 자극해야 한다고 나름대로 고민한 것입

니다. 다행히 죽음의 순간에 어머니의 얼굴을 보았고, 편안하게 잠드시는 모습을 지켜볼 수 있었습니다.

어머니는 정신이 아직 온전할 때에 이런 말씀을 하셨습니다.

"내가 죽고 나서도 내 몸에 쓸 만한 게 있다면 어려운 사람에게 주고 싶구나."

그 말씀을 듣고 우리 일가는 헌안(獻眼) 절차를 아이뱅크(안구은행, 사후 각막을 제공받아 각막이식 희망자에게 알선하는 기관)에 신청했습니다. 신부님도 그와 관련한 카드를 갖고 계시더군요.

어머니의 몸을 깨끗이 씻긴 후 수의를 입혀드렸습니다. 그리고 수화기를 들었습니다. '사랑의 사업단'은 직원들이 퇴근해서 통화가 되지 않았지만, 다른 카드에 전화번호가 적혀 있던 도쿄대학 안과와는 금방 통화가 되었습니다.

한 시간 후 의사선생님이 오셨습니다. 나는 그때 어머니 발밑에서 기도문을 읽고 있었는데 의사선생님은 나에게 "여기 계시겠습니까, 아니면 다른 장소에 계시겠습니까?" 하고 물었습니다.

도쿄대학병원에 대해서는 사실 좋지 않은 시선이 있었는데, 어떻게 하겠느냐는 그런 배려에는 무척 고마움을 느꼈습니다. 나는 "여기 있겠어요." 하고 대답했습니다. 그러자 선생님은 어머니의 얼굴 위에 녹색의 수술용 천을 씌우고 약 10분 후 조치를 끝냈습니다.

신부님, 제가 헌체(獻體)를 받아들일 수 있을지 속으로 걱정이 이만저만이 아니었습니다. 나의 눈과 몸이라면 문제 될 게 없습니다. 여전히 많은 사람들은 "눈을 빼내다니 무서워서 도저히 못하겠다.", "만일 내세가 있다면 계속 눈 없이 지내야 되는가."라고 부정적으로 바라봅니다. 본인이 헌체를 희망해도 사후에 유족이 거부하는 경우도 많다고 합니다.

이 점에 있어서 어머니와 우리 가족의 뜻은 다행히 일치했습니다. 마지막으로 누군가에게 자신의 눈을 선물하고 떠난 어머니에게서 구원을 받은 듯한 기분이었습니다.

어머니가 돌아가시고 열한 시간쯤 지나서 나는 하네다 공항에 도착했습니다. 강연차 오사카를 방문하기 위해서였습니다.

'타인에게 폐를 끼쳐서는 안 된다' 라는 신조에 평생 얽매여 사셨던 어머니입니다. 저는 어머니의 신조를 따르기로 결심했습니다. 어머니의 부고를 아무에게도 알리지 않았습니다. 자신의 죽음으로 대외적으로 이미 약속이 되어 있는 딸의 일정이 변경되는 것을 어머니는 원치 않으셨을 겁니다. 남편도 나와 같은 생각이었습니다.

그날은 2월이었는데도 초봄처럼 따뜻하고 맑은 날씨였습니다. 아, 이젠 어머니를 걱정하지 않아도 되겠구나, 라는 생각에 조금은 안도했습니다. 그동안 어머니 때문에 특별히 희생했다고는 생각하지 않지만, 마음 한구석에서는 어머니의 병세가 더 악화되지는 않을까 항상 두려워했습니다. 강연 등으로 타지에 나갔을 때 숙소로 전화라도 걸려오면 시부모님과 부모님에게 무슨 일이 생긴 것은 아닌지 덜컥 겁부터 났습니다. 그나마 앞으로는 어머니에 대한 걱정만큼은 내려놓아도 되는 상황이 되었습니다. 무엇보다도 어머니가 편안해지셨다는 기쁨을 감출 수가 없었습니다.

신부님, 불손한 말을 용서해주세요. '정말 내세가 있다면' 하고 기독교 신자로서 해선 안 될 말을 중얼거렸답니다. '정말 내세가 있다면' 어머니는 틀림없이 천국에 가셨을 겁니다. 앞을 보지 못하던 두 사람에게 빛을 돌려준 어머니입니다. 생전에 다른 이에게 해를 끼치셨더라도 마지막 순간의 선함이 어머니를 '지옥'으로 데려가는 일은 없을 것이라고 생각했습니다. 만일 '천국'이 있다면 하느님은 어머니에게 가장 아름답고 빛나는 눈을 선물해주셨을 거라고 믿습니다. 이런 생각이 그날 내 마음을 구원해주었습니다. 헌안의 베풂이 이토록 남겨진 자들에게 기쁨과 행복을 주리라고는 상상하지 못했습니다. 자살미수 사건으로 어머니를 원망했던 남편도 예전의 서운함을 잊고 어머니의 가시는 길을 끝까지 지켜봐주었습니다.

항상 제 일이 바빠서 어머니의 임종을 지켜드리지 못할까봐 염려해왔습니다. 만에 하나 어머니께서 하루 늦게 세상을 떠나셨다면 나는 오사카의 호텔에서 전화를 받고 밤중의 고속도로를 미친 듯이 달려야 했을 겁니다. 그렇게 달려왔다 하더라도 평생에 단 한 번뿐인 어머니의 마지막 순간을 지켜드리지 못했을 겁니다. 다행히 어머니는 그날밤 죽음과 조우하셨고, 나는 딸로서 그 곁에 머물렀습니다. 지금도 그때 일을 생각하며 하느님께 감사기도를 올리곤 한답니다.

첫 번째 편지는 어머니의 마지막 여행길에 대한 이야기가 되어버렸습니다. 세상일이란 무엇이든 자연스러운 것이 가장 좋다고 생각합니다. 어머니의 마지막 여행길 아침을 떠올리며 신부님과 앞으로 주고받을 편지를 생각해봤습니다. 어머니는 내가 알고 있는 죽음의 시작입니다. 어머니를 떠올리지 않고서는 충족된 죽음, 숭고한 죽음, 사랑스러운 죽음에 대해 말할 수 없을 것이라고 생각했습니다.

다음주에 마다가스카르로 떠납니다. 그 전에 신부님과 왕복서한에 관해 계획을 세우고 싶었는데 신부님도 바쁘신 것 같아 귀국 후로 미뤘습니다. 요즘은 연인들도 러브레터를 쓰지 않는다고 하네요. 우리는 중년세대답게 학창시절에 그랬던 것처럼 느긋하게 책상 앞에 앉아 편지를 주고받으며 살아온 시간과 살아갈 시간을 떠올리겠지요. 신부님도, 나도 서로 바빠서 같은 도쿄 하늘 아래 머물더라도 만날 약속을 잡기가 어려웠을 겁니다. 이렇듯 편지로 서로의 생각을 전해 듣는 것도 의미가 있다고 생각합니다.

바쁘시더라도 답장에 인색해지는 일이 없기를 부탁드립니다. 그 또한 하느님에 대한 의무 중 하나라고 생각해주세요.

소노 아야코 드림

죽음의 긍적적인 측면

소노 아야코 씨에게.

편지를 읽고 '죽음'에 대한 소노 씨의 깊은 성찰에 감명받았습니다. 전부터 소노 씨는 죽음에 대해 많은 관심을 보여주셨지요. 지난번에 보내신 편지를 읽고 죽음에 대한 소노 씨의 관심이 지적인 차원을 넘어 가족 중에 일어난 개인적인 체험을 바탕에 둔, 말하자면 실존적인 자각이었음을 깨닫게 되었답니다.

아시다시피 매년 죠치(上智)대학 칼리지(야간의 시민대학강좌)에서 '죽음의 철학'이라는 강좌를 맡고 있습니다. 아무래도 학문적인 관심에서 '죽음'과 씨름하는 날이 많았습니다. 그러는 동안 새로운 사실을 깨달았습니다. 연구나 강의를 위해 죽음을 테마로 삼고 있는 수많은 책을 읽어봤지만 '죽음을 이해했다'는 만족은 없었다는 점입니다.

소노 씨는 나로부터 죽음을 배우고 싶다고 하셨는데, 죽음에 대해 읽고, 쓰고, 생각할수록 죽음은 더욱 커다란 수수께끼가 되어 내 앞에 나타나곤 합니다. 현실에서는 가까운 사람의 죽음으로 괴로워하는 분들을 위로해야 할 때가 많지만 그분들의 고통을 제3자인 제가 감히 위로할 수 없다는 자각 때문인지 신부 된 입장에서 말을 거는 것조차 쉽지 않습니다. 소노 씨의 어머님이 돌아가셨다는 소식을 접하고도 딱히 위로의 말이 떠오르지 않습니다. 지금 당장 소노 씨를 만나더라도 입이 떨어지지 않을 것 같습니다. 이것이 죽음을 대하는 나의 처지입니다. 다만 어머니를 잃은 사람으로서 소노 씨의 슬픔에 악수를 건네는 것이 내가 감당할 수 있는 역할의 전부라고 생각합니다.

소노 씨는 이제 아프리카로 떠나시고, 나는 '죽음에 대하여' 라는 강연을 하기 위해 일본 전국을 누비게 되었습니다. 우리가 직접 대면하는 날은 이렇게 또 뒤로 미뤄지고 말았습니다. 불충분하겠지만 또 한 번 '말'의 도움을 빌릴 수밖에 없습니다. 지난번 편지를 읽어보건대 어머님과 소노 씨의 관계는 따스하지만은 않았던 것 같습니다. 그렇더라도 소노 씨는 어머니의 죽음에 '슬픔'을 느꼈겠지요. 우리의 어머니가 성녀가 아니더라도 어머니는 어머니입니다. 어머니로부터 우리는 소중한 생명을 받았습니다. 어머니가 없었다면 여기에 존재하는 우리는 없습니다.

어머니의 두 번에 걸친 자살시도를 소노 씨가 어떤 마음으로 고백했는지 조금은 이해할 듯싶습니다. 그 소름 끼치는 장면들이 떠올라 무척 괴로웠습니다. 나와 가까운 사람이 스스로 목숨을 끊는 비극을 체험하지 못한 사람들은 소노 씨가 겪었을 말 못할 고통에 대해 언급할 자격이 없다는 것을 알고 있습니다. 소노 씨의 소설을 읽을 때마다 홀로 고민하는 사람들에 대한 깊은 연민과 공감을 느꼈는데, 소노 씨가 어디에서 그런 감수성을 얻게 되었는지 지난번 편지를 통해 조금은 알게 되었습니다. 소노 씨가 쓴 모든 소설은 그간의 고통과 연민에서 키워진 열매들이겠지요.

간혹 자살을 생각하는 학생들을 만날 때가 있습니다. 그들과 이야기를 하다보면 타인에게 말하기 힘든 고민이 있다고 고백합니다. 그 고민을 견디지 못하겠다고 말합니다. 그러나 자살을 선택하는 순간 주위 사람들이 얼마나 큰 고통과 고민에 처하게 되는지는 의식하지 않습니다. 소노 씨의 편지에서 새삼 자살시도가 가족들에게 미치는 아픔의 깊이를 발견했습니다. 소노 씨 입장에서는 자살을 생각하는 모든 사람들에게 이런 말을 하고 싶을지도 모릅니다. "자신의 고민만 생각하는 것처럼 이기적인 것은 없다." 인간은 본질적으로 사회적인 존재입니다. 자신의 행동이 타인에게 어떤 영향을 미칠지 고려하는 것이 마땅합니다.

이와 관련해서 최근에 무척 슬픈 체험을 했습니다. 죠치대학을 졸업한 어느 젊은 여성이 쿨틀하임이라는 대학의 교회에서 결혼식을 올리겠다며 나에게 의식진행을 의뢰했습니다. 그녀는 청첩장을 모두 발송했고, 나와 함께 결혼식 리허설까지 마쳤습니다. 그런데 신랑의 형이 갑자기 자살을 했습니다. 결혼식은 즉시 취소되었고, 우여곡절 끝에 신부 측에서 결혼을 파기하자고 요구하게 되었습니다. 결국 이 커플은 완전히 헤어지고 말았습니다. 신랑의 형은 자살하기 직전에 한순간이라도 동생과 동생이 사랑하는 신부를 떠올렸을까요? 자신의 선택으로 동생의 행복이 산산조각 날 수도 있다는 두려움을 고민해봤을까요? 형의 고뇌가 말로 표현할 수 없을 만큼 컸다고 해도 타인의 행복을 매장할 권리는 없습니다. 혹은 이 커플의 사랑이 여기까지였는지도 모릅니다. 시련을 견뎌낼 만큼 강하지 못했을 수도 있습니다. 그렇다고 해서 헤어지는 편이 낫다고 말할 수는 없습니다. 기회가 된다면 앞으로 더욱 단단히 서로를 사랑할 수도 있기 때문입니다. 그러나 출발 직전에 이 커플은 가족의 자살이라는 절망에 직면했습니다. 그 원인을 제공한 형은 극단적인 에고이스트였는지도 모릅니다. 학생들은 수업 시간에 자살의 권리를 옹호하곤 합니다. 그러나 자살은 개인적인 권리가 아닙니다. 모든 인간은 가족과 사회의 일원입니다. 그들과 함께 살아가야 할 책임이 있습니다.

그렇기 때문에 소노 씨와 소노 씨 부군이 어머님의 자살시도 앞에서 용서를 베풀어준 사랑에 깊이 탄복하고 있답니다. 밤 열 시에 귀가하는 남편분도, 미우라 가의 시부모님도 용감한 분들이라고 생각합니다. 자신에게 폐를 끼치지 않는 사람과 지내는 것은 아주 쉬운 일입니다. 그러나 폐를 끼치더라도 인내하고 받아들이며 함께 사는 것은 아주 어려운 일입니다. 용기가 필요하기 때문입니다. 소노 씨의 어머님도 마지막에는 용기를 보여주셨습니다. 알지 못하는 분들에게 귀중한 두 눈을 선물하기로 결심하셨습니다. 내 몸을 바쳐 병든 자에게 건강을 돌려주는 것은 쉬운 일이 아닙니다. 낯선 자의 고통에 공감하는 따뜻한 마음을 가져야만 할 수 있는 일이기 때문입니다. 어머님은 아마도 소노 씨가 눈 때문에 고생하는 것을 곁에서 지켜보고 그런 결심을 하셨을 겁니다.

소노 씨의 어머님은 소노 씨에게 이 세상에서 살아갈 수 있는 소중한 몸을 주셨습니다. 그리고 소노 씨는 남편을 비롯한 주위 사람들과 맺어지면서 인내와 용서, 그리고 무엇보다도 큰 사랑으로 어머님에게 정신적인 생명을 선물했습니다. 어둠 속에서 영원한 생명의 빛을 찾아 준 것입니다.

그런데 실은 나도 개인적인 이야기로 편지를 시작하려고 했답니다. 얼마 전에 독일에 사는 나의 여동생에게서 편지를 받았습니다. "남편이 위암으로 반년밖에 살지 못한다."는 내용이었습니다. 여동생에겐 다섯 명의 어린 자녀가 있습니다. 매부는 몸이 좋지 않아서 최근 몇 년간 병원에 다녔습니다. 담당의사는 "아무 이상 없으니 안심하세요."라고 안심시켰습니다. 매부의 건강은 날로 악화되었고, 여동생은 의사의 말을 믿지 못하게 되어 다른 병원에 찾아갔습니다. 그곳에서 매부가 위암말기임을 알게 되었습니다. 위를 절제하는 수술을 받았지만 이미 늦었습니다. 결국 한 달 전에 매부는 세상을 떠났습니다. 여동생과 다섯 명의 아이들에게 위로의 편지를 보내고 싶었지만 무슨 말을 써야 좋을지 몰랐습니다. 사랑하는 자의 죽음이란 더할 수 없는 고통입니다. 더구나 그 죽음의 원인이 의사의 오진에서 비롯되었습니다. 너무나 안타까운 죽음에 나는 펜을 들지 못했습니다.

매부의 죽음을 듣고 나서 나의 영혼은 한동안 도쿄를 떠나 독일에 머물렀습니다. 매일 밤 여동생이 혼자 방 안에 오도카니 앉아 있는 모습을 상상했습니다. 여동생은 '만일 그 의사가 제때 암을 발견했다면 남편은 내 곁에 있었을 텐데….'라는 아쉬움으로 침대에도 쉽게 들어가지 못했을 겁니다. 외로움과 슬픔으로 잠들지 못하는 날이 계속되었을 겁니다. '진작 다른 병원을 찾아볼걸.' 하고 가슴을 치며 후회했을지도 모릅니다. 여동생은 매부를 차에 태우고 병원에 다녔습니다. 그 같은 노력이 의사의 오진으로 한순간에 물거품이 되어버린 것입니다. 살다보면 거리에서 우연히 그 의사와 마주칠지도 모릅니다. 혹은 의사가 일하고 있는 병원을 보는 것만으로도 참지 못할 분노에 몸이 떨릴지 모릅니다. 분노는 언제까지 계속될까요. 그렇게 생각하면 이번에는 그 의사가 불쌍해집니다. 만에 하나 거리에서 여동생과 마주친다면 그의 마음은 어떨까요. 우리가 의사에게 품는 기대가 너무 지나쳤는지도 모릅니다. 우리가 평소에 실수를 저지르듯이 의사도 실수를 저지릅니다. 다만 그들의 실수는 타인의 비극적인 결말로 이어진다는 것이 다를 뿐입니다. 그래서 더욱 안타깝기만 합니다.

독일을 떠나오면서 여동생과 매부에게 했던 말을 잊지 못합니다. 벌써 3년도 더 지난 일입니다. 반년간의 연수휴가(서브티컬)를 뉴욕에서 보내고 도쿄로 돌아오는 길에 독일의 형제들을 만나고 왔습니다. 그때 나는 여동생에게 "죠치대학에서 6년간 학생들을 가르치고 다시 돌아올게." 하고 말했습니다. 그러자 여동생은 그때쯤이면 은혼식이 있다면서 축하해달라고 부탁했습니다. 매부는 여동생의 말을 듣고는 무척 기뻐하면서 "결혼식에 못 오셨으니 은혼식에는 꼭 오셔야 돼요." 하고 손을 붙잡고 말했습니다. 나의 눈에는 지금도 행복하고 씩씩했던 그들 부부의 모습이 새겨 있습니다. 두 사람은 행복한 은혼식을 꿈꾸고 있었습니다. 7년 후 기념일에 나는 두 사람의 새로운 사랑을 축하할 예정이었습니다. 그런데 우리의 약속은 이루어지지 못했습니다. 여동생은 은혼식 미사에 참석하는 대신 남편의 묘지 앞에서 흐느끼고 있습니다. 이렇게 되리라고는 누구도 상상하지 못했습니다. 매부가 죽은 지 어느덧 4주일이 지났습니다. 매일 여동생을 생각하며 매부의 죽음을 떠올렸습니다. 여동생의 삶은 평탄하지 못했습니다. 즐거워야 했던 신혼생활은 모난 성격의 시어머니 밑에서 괴로움의 연속이었습니다. 시어머니가 돌아가시고 이번에는 병든 시아버지를 여러 해 동안 수발해야했습니다. 게다가 아이들을 키우며 직장에 다녔습니다. 시아버지가 돌아가셨다는 소식을 듣고 솔직히 다행이라고 생각했습니다. 여동생도 이젠 남들처럼 편하게 살 것이라고 생각했습니다. 그런데 난데없이 사랑하던 남편이 세상을 떠났습니다.

우리는 칠남매입니다. 매부의 죽음으로 우리 남매는 정신적으로 성장했다고 생각합니다. 남매들 중 셋은 외국에 살고 있습니다.(둘은 일본, 한 명은 인도네시아.) 독일에 사는 나머지 형제들은 매부가 죽은 후로 더욱 돈독하게 연락하며 지내고 있답니다. 어떻게든 여동생을 지켜야겠다는 생각에 장례식이 끝난 뒤로 항상 여동생 집에 누군가가 머문다고 합니다.

우리에게 매부의 불행한 죽음은 하나의 도전이었습니다. 사랑하는 이를 잃었다는 고통에서 자신의 몸을 지키기 위해 우리는 강해질 수밖에 없었습니다. 고통과 고뇌는 그런 점에서 긍정적인 작용을 합니다. 사람에 대한 따뜻한 배려, 괴로워하는 사람들에 대한 공감, 그것이 사랑으로 발전합니다.

사랑하는 사람을 잃은 분들에게 내가 어떤 도움을 줄 수 있을까 생각해봅니다. 사람마다 다르겠지만 여동생의 경우 사랑하는 남편과 천국에서 재회하는 것이 가장 큰 희망입니다. 여동생은 남편의 죽음으로 큰 충격을 받았지만 독실한 가톨릭 신자이기에 죽음이 끝이 아님을 알고 있습니다. 죽음을 통해 영원한 생명의 문이 열린다는 것을 믿고 있습니다. 아무리 쓸쓸하더라도 여동생은 언젠가 남편과 다시 만날 것입니다. 그 희망으로 그녀는 남은 날들을 살아갈 것입니다.

어머니의 경우도 이와 비슷했습니다. 부모님이 돌아가실 때 나는 독일을 떠나 있었습니다. 아버지의 죽음은 뉴욕의 대학원에서 알게 되었고, 어머니의 죽음은 도쿄의 죠치대학에서 알게 되었습니다. 나중에 형제들로부터 어머니가 죽음에 이르기 몇 달 전부터 먼저 세상을 떠난 아버지와의 재회를 기다리며 용감하게 죽음과 맞섰다는 이야기를 들었습니다. 죽음을 눈앞에 둔 사람들 모두가 공포에 떤다고는 생각하지 않습니다. 희망을 갖고 죽음과 대면하는 사람도 많습니다. 미국이나 독일의 병원에서 그런 환자를 많이 보았습니다. 천국의 유무와 같은 종교적인 신념에서만이 아닙니다. 먼저 떠나간 사랑하는 사람과의 재회를 기다리는 마음이 죽음 앞에서도 인간을 당당하게 만들어주는 것입니다.

소노 씨의 협력으로 죠치대학에서 가족의 죽음을 체험한 사람들을 대상으로 제1회 '삶과 죽음을 생각하는 세미나'를 개최할 수 있게 되었습니다. 최근 들어 인생의 반려자를 먼저 떠나보낸 분들과 자주 만나고 있습니다. 이런 만남을 통해 죽음을 대하는 두 가지 타입을 발견했습니다. 첫 번째는 남겨진 자신을 불쌍하게 여기며 울적하게 지내는 부정적인 케이스입니다. 두 번째는 사랑하는 이의 죽음으로 생활이 긍정적으로 바뀐 케이스입니다. 이들은 주위 사람들의 고민에 열린 마음으로 다가섭니다. 말과 행동에서 어딘지 모르게 성숙함이 느껴집니다. 보다 풍요롭게 세상을 바라보고 사람을 사랑합니다.

철학자로서 나는 '죽음과 죽음을 둘러싼 고뇌'를 생각하지 않을 수 없습니다. 그때마다 인간의 나약함과 위대함을 동시에 깨닫곤 합니다. 인간은 자유로운 존재입니다. 죽음에 대처하는 태도도 본인의 의사에 따르면 됩니다. 죽음에 위축되어 삶의 기쁨을 잃어버릴 수도 있고, 자신처럼 죽음의 고뇌로 괴로워하는 사람들에게 다가서는 용기를 보여줄 수도 있습니다. 오늘날 일본인의 네 명 중 한 명이 암 때문에 사망한다고 합니다. '암'이라는 단어는 듣기만 해도 두렵고 꺼림칙합니다. 어두운 죽음의 그림자가 자연스레 연상됩니다. 매부의 죽음도 암이 원인이었습니다. '암'이라는 단어에서 부정적인 뉘앙스를 숨길 수 없습니다. 그러나 철학자로서 나는 이 '암'이라는 단어에 새로운 이미지를 부여하고 싶습니다. 암은 무서운 병입니다. 하지만 그것이 전부는 아닙니다. 관점을 달리하면 '암'은 인간에 대한 '도전'입니다. 영어로 표현하자면 cancer=challenge가 되는 셈입니다.

심리학자들이 말하기를 인간은 자신에게 주어진 잠재능력과 가능성을 불과 5퍼센트밖에 사용하지 못한다고 합니다. 나머지 95퍼센트는 단순한 노력만으로는 깨어나지 않습니다. 인생에서의 갖가지 도전이 잠들어 있는 95퍼센트의 잠재능력을 깨운다고 합니다. 도전은 고통스러운 과정입니다. 하지만 그 과정에서 인격적인 성장을 도모할 수 있습니다. 암은 인간에게 거대한 위협인 동시에 귀중한 도전이 될 수 있습니다. 자신의 생명이 한정되어 있음을 자각한 암환자는 시간의 귀중함을 새삼 깨닫고 남은 시간들 속에서 새로운 인생을 창조할 수도 있습니다.

일본의 영화감독 중에서도 구로사와 아키라(黑澤明) 감독은 정말 대단한 분입니다. 그의 영화 〈살다〉를 보고 많은 감동을 받았습니다. 소노 씨도 보셨는지요. 이 영화에는 지금 내가 설명하고자 하는 모든 내용이 아름답게 묘사되어 있습니다. 주인공인 늙은 샐러리맨은 어느 날 자신이 불치병에 걸렸음을 알게 됩니다. 그에게 주어진 시간은 겨우 반년뿐입니다. 남은 시간이 얼마 없음을 깨달은 주인공은 지금껏 살아온 인생이 결코 인간답지 않았다고 자각합니다. 그래서 주인공은 남은 반년을 가장 뜻깊게 보낼 수 있는 방법이 무엇인지 고민합니다. 마침내 주인공은 놀이터가 없는 마을에 아이들을 위한 공원을 만들어 야겠다고 생각합니다. 그의 인생이 줄어들수록 공원이 완공되고, 그의 삶은 더없는 충족감으로 가득해집니다. 역설적이게도 주인공은 자신의 생명이 얼마 남지 않았음을 깨달은 후부터 보람된 삶을 갈구하게된 것입니다. 죽음을 자각하지 못하더라도 우리는 조금씩 죽어갑니다. 반년 후는 아닐지라도 우리의 생은 영원하지 않습니다. 죽음에 대한 자각이 시간의 귀중함을 가르쳐줍니다. 인간은 반드시 죽는다는 진리를 통해 삶은 변화합니다. 나의 역할은 교육을 통해 그 같은 진리를 보다 많은 사람들에게 전해주는 것이라고 생각합니다. 이런 것을 배우지 못하더라도 사랑하는 이의 죽음이라는 괴로운 체험을 겪게 되면 죽음의 긍정적인 측면, 즉 성숙한 생활의 기초가 마련된다고 봅니다.

소노 씨는 어머니에 대한 배려와 시력을 잃을 뻔한 고통스러운 체험을 통해 고뇌가 삶에 대한 도전이 되고, 그에 대한 부응이 사랑의 원천이 될 수 있음을 우리에게 보여주었습니다. 그러기에 보다 깊이 사랑하려면 죽음이라는 현실의 도전을 직시해야 한다고 믿습니다. 죽음을 자각한다는 것은 쉬운 일이 아닙니다. 죽음에 대한 부정적인 인식으로 자포자기한 듯한 어두운 생활을 이어나간다면 살아 있는 의미가 없습니다. 그렇다고 언젠가는 겪게 될 죽음을 터부로서 멀리하는 것도 옳지 못하다고 생각합니다. 죽음은 현재진행형입니다. 살아가는 것은 또한 죽는 것입니다.

독일인은 천성적으로 '남을 가르치려는 근성'이 강하다고 합니다. 나는 독일인입니다. 또한 교수라는 직업을 갖고 있습니다. 이런 편지마저도 '강연조'가 되곤 합니다. 그러나 앞에서 밝혔듯이 죽음은 나에게도 풀리지 않는 수수께끼입니다. 작가이며 모범적인 가톨릭 신자인 소노 씨에게 배워야 할 점이 많으리라 생각합니다. 감사에 넘치는 당신의 아름다운 편지를 즐겁게 기다리겠습니다.

알폰스 데켄 드림

죽음을 의식하는 삶이란

알폰스 데켄 신부님.

가까운 시일에 신부님과 다시금 만남을 기약할 수 있었던 것도 죠치 대학에서의 '생과 사를 생각하는 세미나' 덕분입니다. 그날 저녁 우리는 겨우 이 연재에 대해 몇 마디 나눌 기회를 얻었지요. 세미나가 있는 날이면 강의실 계단까지 사람들이 빽빽하게 자리하고, 적게는 800명에서 많게는 1200명이나 되는 사람들이 청강을 희망한다고 들었습니다. 나로서는 그런 자리에 강사로 연단에 오른다는 것이 항상 긴장될 수밖에 없답니다.

이 세미나는 작년 초에 시작되었는데 첫 번째 세미나에 친구가 참석했습니다. 다음 날 그 친구에게 나는 어떤 사람들이 세미나에 참석했는지 물어보았습니다. 나는 나이 많은 노인들이 대부분일 것이라고 생각했습니다.

"그렇지 않아요. 절반 이상이 젊은 사람들이었어요."

친구는 보기 좋게 빗나간 내 예상을 바로잡아주었습니다.

친구의 말은 사실이었습니다. 솔직히 말해서 내 예상이 빗나간 것을 속으로 기뻐했습니다. 아마도 신부님은 벌써 이런 경험을 해보셨겠지요. 신부님은 저보다 앞서 죠치대학과 세이신(聖心)여대에서 '사학(死學)'을 강의하셨으니까요. 전에 신부님께 들은 기억이 나는데 처음에는 6개월 예정이었으나 젊은 학생들의 반응이 뜨거워서 결국 1년으로 연장되었다는 이야기셨죠. 그만큼 젊은 학생들은 진지한 자세로 죽음을 배우려고 했던 겁니다. 어떤 의미에서는 이런 반응이 당연하다고 해야겠습니다. 오히려 늦었다는 생각이 들지만 다행히 첫걸음을 잘 떼었으니 앞으로가 기대됩니다. 뭣보다도 가톨릭 신부님에 의해 '사학'이 이 땅에 알려지고, 젊은 대학생들의 관심을 끌어냈다는 데서 희망을 봅니다.

비단 가톨릭에 관심 있는 학생들만이 아닙니다. 죽음을 논하는 신부님의 세미나에는 평소 죽음을 생각해봤을 것 같지 않은 젊은 직장인들도 죽음에 대한 학습의 중요성을 인식하고 참여가 늘고 있습니다.

실은 며칠 전 무척 존경하는 분을 만났습니다. 나는 원래 나와 다른 직업을 가진 분들을 좋아하는데, 내가 겪어볼 수 없는 세계를 그분들과의 대화를 통해 정신적으로나마 경험해볼 수 있기 때문입니다. 그날도 일상의 내가 상상도 할 수 없는 다른 세계의 이야기에 즐겁게 귀를 기울였습니다. 그런데 헤어지기 직전 그분으로부터 "난 죽는다는 건 한 번도 생각해본 적이 없어."라는 말을 듣고 내 안에서는 거센 '질투'의 감정이 일었습니다. 동시에 이 사람과 내가 정말 같은 인간일까 하는 불안감마저 느꼈습니다. 신부님, 제게 이런 기분을 좀 더 해석해볼 수 있는 기회를 주시겠어요?

나는 남들보다 겁이 많은 편입니다. 죽음 같은 걸 고민하며 살고 싶지는 않습니다. 하지만 나는 그럴 수가 없습니다. 이유가 뭘까요.

우선은 성격 탓입니다. 인간에겐 죽음을 지향하는 성격과 삶을 지향하는 성격이 있는 것 같습니다. 신부님께서 읽어보신 적이 있는지 모르겠는데 삶을 지향하는 대표적인 작가를 꼽자면 다니자키 준이치로(谷崎潤一郎, 1886~1965, 소설가)가 있고, 죽음을 지향하는 작가로는 가와바타 야쓰나리(川端康成, 1899~1972, 소설가)라는 평론가가 있습니다.

두 작가를 비교해서 누가 더 이득인가 따져보면 분명히 다니자키입니다. 나는 젊었을 때 내 글의 분위기가 밝다는 비평을 듣고 속으로 의기양양해했습니다. 평론가라는 사람들 중에도 안목이 이렇게나 부족한 사람이 있구나 하고 생각했는데, '어둡다'라는 평을 듣는 것보다는 작가로서 세상에 해를 끼치지 않았다는 안도감에 그런 식으로 봐주어서 차라리 잘됐다고 생각했습니다.

그러나 내 안에 깃든 의식은 예전부터 죽음을 향하고 있었습니다. 겉으로 드러난 성격과 다르게 나의 내면은 분열적인 성격이 강한 모양입니다. 내 안의 어두운 진심을 있는 그대로 어둡게 드러내는 글은 쓰고 싶지 않았습니다. 내가 도시에서 태어났다는 배경도 이와 관계가 있다고 봅니다. 도시인은 수치를 당하는 것을 창피해하는 경향이 있습니다. 자기 안에서 파멸해버리고 싶다는 감정이 일더라도 현실에서 죽음을 택하기 전까지는 다자이 오사무(太宰治, 1909~1948, 소설가)처럼 방황하고 싶지 않다, 발광을 하지 않는 이상 자살하는 그날까지 저 사람은 자살할지도 모른다는 분위기를 다른 사람이 눈치 채게 해서는 안 된다는 생각에 사로잡혀 있습니다. 나는 다른 부분에서는 허세를 별로 부리지 않는데… 아무리 최악의 상황에 처하더라도 주위에 알려지는 것은 싫습니다. 바꿔 말하면 나는 어린 시절부터 내 머릿속에 죽음이 자리 잡고 있었기에 겉으로 밝은 성격을 연기할 수 있었던 것입니다.

왜 나는 죽음을 의식하며 살아왔을까요. 첫 번째 이유는 방금 말씀드린 대로 타고난 성격 때문입니다. 사람의 성격이 보여주는 신비한 유전성은 멀지 않은 장래에 과학적으로 해명되리라고 생각하는데 아직까지는 불가해한 면이 많지요. 덕분에 우리는 진실을 모르는 행복에 취할 수 있습니다.

매사에 남을 탓하기 좋아하는 나의 성향을 고려해봤을 때 죽음을 의식하며 살아온 두 번째 이유는 내가 다섯 살 때부터 받아온 가톨릭 교육이 원인이 아닌가 싶기도 합니다.

나는 다섯 살에 미션계인 세이신대학 유치원에 들어갔습니다. 거기서 기도하는 법을 배웠습니다. 내가 배운 기도 중에는 성모송으로 불리는 짤막한 기도가 있었는데 "이제 와 저희 죽을 때에 저희 죄인을 위하여 빌어주소서."라는 말로 끝납니다.

기도만이 아닙니다. 가톨릭은 일상의 모든 생활 속에서 아이들에게 죽음을 가르치는 종교였습니다. 아이들에게 두려움을 심어줄 수 있다는 이유로 가까운 친족의 죽음도 곁에서 지켜보지 못하게 막는 일본의 상식과는 큰 차이가 있었습니다. '재의 수요일(사순절 첫날)'로 불리는 특별한 날이 되면 우리는 종려나무를 태워 재를 만들고 그 재를 이마에 묻혀 십자가를 그리곤 했답니다. 너도 머잖아 죽음에 이르러 흙으로 돌아갈 것이다, 라는 가르침을 아이들 마음속에 심어주기 위해서 이런 행사를 마련했던 것입니다.

루소는 《에밀》에서 내가 가장 싫어하는 이야기를 했습니다.

"인간이 처음부터 쉽게 생각하는 것은 아니다. 그러나 생각을 시작하면 그때는 생각하는 것을 멈추지 않는다. 한 번이라도 생각해본 경험이 있는 인간은 언제, 어디서나 쉬지 않고 생각하게 될 것이다. 그리고 한 번이라도 생각하도록 훈련받은 오성(悟性)은 죽을 때까지 쉴 수가 없다."

정말 죽음이라는 것도 그렇습니다. 한 번이라도 죽음과 친해졌다면 여간해서는 소원한 관계로 돌아설 수 없습니다.

예전에 유럽의 여러 도시를 방문해 기독교사원을 둘러본 적이 있습니다. 이래봬도 대학에서는 영문학을 전공했지만 전쟁 직후에 학교를 다닌 터라 배운 것이 적어 기독교사원이 그 자체로 거대한 무덤임을 전혀 모르던 상태였습니다.

영국의 웨스트민스터사원에서는 대학시절 배운 시인과 문학자의 무덤을 제멋대로 밟으며 돌아다녔습니다. 일본에서는 사람이 앉았던 방석도 함부로 밟지 말라고 가르칠 정도이니 죽은 이의 무덤을 밟는다는 건 상상도 못할 일입니다.

그런 문화적 차이는 제쳐놓더라도 이곳에서 갓난아기 세례식과 결혼식을 치른다는 말을 듣고 깜짝 놀랐습니다. 일본에서는 정말이지 꿈도 못 꿀 일입니다. 일생에 한 번뿐인 경사스런 행사를 죽음의 기억이 서려 있는 곳, 죽음의 그림자가 드리워진 곳에서 치른다는 건 너무나 불길하다고 생각하기 때문입니다.

아마도 이런 문화적 인식 때문에 일본인은 죽음에 대한 학습기회를 잃어버리게 된 것 같습니다. 기독교에서 삶이란 언제나 죽음과 닿아 있습니다. 따라서 기독교가 말하는 죽음은 고립과 절망이 아닙니다. 반면에 일본인은 삶에서 죽음을 떠올리려고 하지 않습니다. 마치 죽음은 언제까지나 찾아오지 않는 것처럼 일상에서 죽음을 봉쇄해버리려고 합니다. 일본인 중에도 그렇지 않은 부류가 있기는 합니다. 충성과 예의로서 할복을 택하는 무사계급과 출가하여 제행무상(諸行無常)에 이른 승려들은 죽음에 대한 인식이 보통 사람과는 다릅니다.

그러나 평범한 서민들은 죽음을 부정적으로 바라봤습니다. 죽음에 대한 부정적 인식은 지혜로운 삶을 이상향으로 여기는 일본인이 택한 행동치고는 가장 어리석은 행위였으며, 최악의 유아퇴행이었습니다. 굳이 '최악'이라고 말한 까닭은 이런 인식이 죽음 이외의 사태에서도 일본인의 사고에 특이한 영향을 미쳤기 때문입니다.

외국에서 살아본 경험이 없으므로 다른 나라 사람들과 일본인을 직접적으로 비교하기는 어렵습니다. 그래도 여러 가지 간접체험을 통해, 특히 일본인은 이상과 현실을 구분하지 못한다고 생각한 적이 많습니다. 일본인은 사람이 생존을 위해 때로는 택할 수밖에 없는 동물적인 행위를 인정하지 못하는 경우가 종종 있기 때문입니다.

바람직한 태도는 아니지만 평범한 '보통 사람'이라면 자신의 생존을 위해 위기에 처한 타인을 못 본 척 지나칠 때가 있습니다. 간혹 일반인이 범접하기 힘든 엄청난 용기와 자기희생을 보여주는 사람이 있는데 그런 사람들은 그렇게 할 수 없는 우리를 더욱 비참하게 만들거나, 그들처럼 나를 희생시키고 싶지는 않다, 라는 손익계산에 뛰어들게 할 때가 더 많습니다.

이 세상에는 비겁하고 계산적이고 이기적이며 냉랭한 사람들이 더 많은 듯싶은데 특히 우리 일본인은 이상과 현실을 제대로 구별하지 못할 때가 적지 않습니다. 아마도 죽음 이후를 의식하지 않고 오직 현재의 삶만 추구해왔거나 오랜 세월 동안 자라나는 세대에게 그같이 가르친 결과가 아닐까 생각합니다.

나의 기억을 더듬어보더라도 죽음은 스치듯이 다가와 아주 조금씩 나를 단련해주었습니다. 나 역시 죽음과 완벽하게 화해하지는 못하고 있습니다. 다만 내 경우 전쟁을 겪으면서 죽음과 이웃한 채 살아야 했던 기간이 있었습니다. 전쟁은 사라져야 하지만 전쟁을 겪으면서 나 자신은 크게 성장할 수 있었습니다. 요즘에는 두 번 다시 전쟁이 일어나서는 안 된다는 강박관념으로 사악한 전쟁에서 인간의 마음이 단련될 수도 있다는 의견은 입 밖에 내서도 안 될 금칙어로 취급받고 있지만 나는 그런 속박에서 자유로워지기를 원하고 있습니다.

전쟁이 내 인생에서 커다란 의미를 지니게 된 까닭을 설명하자면 그때 나는 10대 소녀였습니다. 매일처럼 반복되는 공습에서 죽음의 도래를 느끼곤 했습니다. 평범한 10대 소녀라면 평화로운 시절에 나처럼 죽음을 떠올리지는 않을 것입니다. 하지만 그때의 나는 혼자 아무리 노력해도 죽음으로부터 나를 지킬 수 없다는 무력함에 눈을 떴고 나는 변해갔습니다. 전쟁을 겪지 못했더라면 사소한 행복에 금세 거만해지고, 운명 따위는 내 손바닥 안에서 얼마든지 내 마음으로 조작할 수 있다고 믿으며, 내가 큰 병에 걸리거나 사랑하는 누군가가 위험에 닥쳤을 때 눈물로 기도하는 속이 뻔히 들여다보이는 짓을 아무런 감정 없이 해냈을 거라고 생각합니다.

신부님, 비록 나는 경박한 사람이지만 내 몸이 고통스럽다고 해서 평소에 하지도 않던 기도를 하느님께 드리고 싶지는 않습니다. 그런 기도는 너무나도 비루하기 때문입니다. 아마도 하느님은 인간의 뻔뻔스런 기도에도 응답해주실 겁니다. 하지만 나는 필요에 따라 다가가기보다는 평소에 그 분과 가까운 곳에 머물다가 내가 곤경에 처했을 때

마지막으로 그분에게 의지하고 싶습니다.

　전쟁이 끝난 후에도 나의 일상에서 죽음은 시시때때로 등장했습니다. 이런 말은 잘 안 하는 편인데 언젠가 우연한 기회에 이런 내 마음을 입에 담았다가 "그럼 완전히 각오가 돼 있다는 뜻인가요?"라는 질문을 받고 난처했던 경험이 있습니다. 눈에 이상이 생겨 더 이상 글을 쓰지 못한다는 사실만으로도 남은 삶을 절망으로 받아들였던 내가 언제 어디서 조우하게 될지 모르는 죽음의 방문을 각오한다는 것은 당치 않습니다.

　일상에서 죽음을 의식하지 않고 살아가는 사람도 많습니다. 나처럼 소심한 인간은 다릅니다. 죽음과 조금이라도 친해지는 것이 좋습니다. 나를 가장 두렵게 만드는 것은 예상치 못한 사태입니다. 이것은 갑작스런 습격이라고도 할 수 있지요. 그래서 오래전부터 부모님의 죽음도 나 혼자 준비해왔답니다. 특히 어머니는 나에게 사별에 대처하는 법을 가르쳐주시려는 듯 정신적으로 먼저 작별할 기회를 허락하셨습니다.

　어머니는 20여 년 전에 동맥경화로 발작을 일으키신 후 하룻밤 사이에 완전히 다른 사람이 되었습니다. 나는 그날의 공포를 지금도 선명하게 기억합니다. 그동안 어머니는 좋은 의미에서든, 나쁜 의미에서든 건강하고 지적이었으며 사리가 분명하신 분이었습니다. 그런데 그날 밤이 지나고 어머니 머릿속에 자욱한 안개가 무겁게 내려앉은 것입니다. 엄마는 돌아가신 게 아냐, 지금 내 눈앞에 있잖아…. 이 말을 몇 번이나 나 자신에게 했는지 모릅니다. 그때마다 내 앞에 누워 있는 어머니가 마치 어머니처럼 생긴 박제 같아 보였습니다. 새삼 그때를 돌이켜보면 이런 상황이 나에게 정신적으로 많은 도움을 주지 않았나 싶습니다.

만에 하나 어머니의 육신과 정신이 한꺼번에 사라졌다면 심리적으로 지나칠 만큼 어머니에게 의지했던 나로서는 쉽게 받아들이지 못했을 것입니다. 정신적으로 죽음에 이르신 후 육신만 살아 있는 어머니와 오랫동안 함께 지내면서 육체적인 작별을 받아들일 수 있는 시간적인 여유를 얻게 되었습니다.

작별의 준비는 어머니에게만 해당되는 것은 아니었습니다. 아들에게 매달리는 엄마가 되기보다는 엄마로서 의당 짊어져야 할 책무로부터 조금은 소홀해지는 편이 좋겠다는 생각이 들었습니다. 그래서 아들을 어렸을 때부터 내 곁에서 떼어놓는 방임에 가까운 정신적 훈련을 시켰습니다. 내가 소심해서 선택한 방법이었지만 소심한 만큼이나 성급했던 면도 없지 않아 있었습니다. 어쨌든 내 안에는 사랑하는 사람들과의 이별로 상처받고 싶지 않다, 상처받지 않으려면 이별에 익숙해져야 한다는 일종의 강박관념이 도사리고 있었던 것 같습니다.

살아 있다는 감각을 항상 죽음과 함께 생각하다보면, 자식을 방임하듯 떼어놓고 있다고 해서 안도할 일은 못 되는 것 같습니다. 그 대신 아주 작은 기쁨에서도 투명한 감동이 전해집니다. 현실의 나는 앞으로도 꽤 오랫동안 냉정하다는 세간의 빈축에서 벗어나지 못하겠지만 죽음에 대한 의식은 언제까지고 나와 함께할 것입니다. 내 안에 깃든 죽음은 나에게 말년의 시선과 비슷한 감정을 덧입혀주기 때문입니다. 죽음에 대한 공포는 불행이 아니다, 죽음을 담보하지 않고 인생에서 희락을 맛볼 수 있다면 그보다 더 좋은 삶은 없겠지만 내겐 그럴 만한 능력이 없다, 그렇다면 역시 죽음을 예감하면서 얻게 되는 일시적인 재능에서 즐거움을 찾는 길밖에 없다, 라는 시선을 갖게 됩니다.

앞선 편지에서 신부님도 이 점을 언급하셨는데 죽음을 부정적으로 생각하기 위해서가 아니라 살아 있는 순간을 보다 짙게 색칠하기 위해 말년의 시선이 필요합니다.

여동생분은 많이 나아지셨는지요. 슬퍼하는 자는 위로받는다고 성서에서 가르치듯 따뜻한 가족만큼 위기를 극복하는 데 힘을 보태주는 존재는 없는 듯합니다. 가족도, 그 누구도 곁에 없는 사람일지라도 시간은 곁에 있습니다. 때로는 시간에게 슬픔과 괴로움을 흘려보내며 세상을 살아갈 용기를 얻기도 합니다. 다른 어디를 둘러볼 필요도 없이 산다는 게 그런 것임을 머리로는 알고 있지만 현실에서 이를 용인하기란 여간해서는 쉬운 일이 아니더군요.

며칠 전에 남편과 사별한 분을 만나 이야기할 기회가 있었는데 지금까지 내가 생각지도 못했던 당연한 사실 한 가지를 알게 되었습니다. 우리에게 영혼이 있다면 이승은 이별뿐이지만 저승은 재회뿐이라는 것입니다. 영혼의 존재를 믿는다면 죽음도 큰 즐거움이 될 수 있겠구나, 하고 생각했습니다.

일전에 신부님께 편지를 쓰고 한 달 남짓 마다가스카르에서 지냈습니다. 귀국해보니 바다가 보이는 미우라 반도에 어머니의 무덤이 새로

만들어져 있었습니다. 묘석은 앞으로 천천히 생각해서 디자인을 주문할 계획입니다.

납골하던 날에는 어머니의 손자와 손자며느리가 모두 모였습니다. 증손들은 집에 남았습니다.

나는 아들을 보며 넌지시 물어보았습니다.

"묘는 어떻게 꾸밀까?"

아들은 내 질문을 금방 알아차렸습니다.

"꽃병은 안 놓을 거야."

"그럼 수선화랑 백합을 잔뜩 심자."

묘 앞에 꽃병을 두면 모기가 들끓어 살아 있는 사람들에게 방해가 된다고 우리 모자는 이야기한 적이 있습니다. 요즘엔 어머니의 묘에 백합과 수선화를 어떻게 심으면 좋을지 여러 가지로 고심하고 있습니다. 어머니의 묘를 장식한다는 목적만을 위해서가 아닙니다. 묘지나 병원 같은 곳에는 반드시 꽃이 있어야 한다고 믿기 때문입니다.

병든 사람, 죽어가는 사람, 살아 있는 사람 모두에게 꽃이라는 생명을 통해 누군가의 죽음과 관계없이 우리 곁에서 계속되는 생명이 있음을 느껴야 하기 때문입니다. 그것은 죽어가는 이들에게 결코 잔인한 짓이 아닙니다. 오히려 큰 위로가 됩니다. 그래서 나는 화단과 가로수가 없는 병원은 처음부터 허가를 내주면 안 된다고 말해왔습니다.

우리의 바람처럼 죽음에 대한 배움이 여러 군데서 새롭게 시작되었다는 뉴스를 오늘자 신문에서 발견했습니다. 조금은 너그러운 시대가 되었다는 생각이 들더군요.

여기저기서 대활약을 펼치고 계신데 피곤치 않도록 조심하세요. 7월에는 열흘 가까이 하와이에서 일정이 있습니다. 어떻게든 이달 안에 한번 뵙고 싶다는 희망은 버리지 않고 있습니다.

소노 아야코 드림

적의 병사에게 손을 내밀던 날

소노 아야코님.

소노 씨가 지난 편지에서 인상 깊게 하신 말씀——죽음에 대해 생각하는 것의 중요함——에 전적으로 동의합니다. 우리는 인생의 시작부터 맺음까지 늘 죽음을 생각하며 살아가야 합니다.

생각이란 철학자에게 주어진 근원적인 과제입니다. 철학을 가르치는 입장이 된 이후로 나는 항상 반복해서 학생들에게 이 점을 강조해 왔습니다. 학문과 교육의 목적은 단순히 지식을 습득하고 축적하는 것이 아니라 자신에게 가장 소중한 무엇인가를 스스로 생각하게 하는 데 있습니다. 그렇다면 우리가 생각해봐야 할 중요한 문제란 무엇일까요. 결국에는 삶과 사랑과 죽음이라는 세 가지 과제로 귀결되지 않을까요. 이들 세 가지 근원적인 체험에서 우리는 살아가는 의미, 사랑하는 의미, 죽어가는 의미를 생각하게 됩니다.

소노 씨는 편지에서 죽음을 생각해본 적이 없다는 말을 듣고 그에게서 '질투'를 느꼈다고 쓰셨습니다. 제 생각에 죽음을 직시하려 하지 않는 사람은 선망의 대상이 될 수 없을 것 같습니다. 내 눈에는 소노 씨의 태도야말로 인생과 마주서는 가장 자연스러운 반응이며, 따라서 나는 소노 씨의 삶에 상당한 호감을 갖고 있습니다. 죽음을 의식하고 있다는 진심을 숨기려고 일부러 밝게 행동한다는 고백에도 공감합니다. 자신의 어두운 부분을 감추려는 마음 때문에 거짓 행동을 한다고 생각하시는 것 같은데 그렇지는 않다고 봅니다. 인생의 세 가지 근원적인 문제——삶과 사랑과 죽음——는 서로가 서로의 문제를 해명하기 위한 단서가 됩니다. 그중 한 가지라도 결여된 인생에서는 깊은 통찰을 기대할 수 없습니다. 인간은 누군가를 사랑하면서 삶과 죽음을 발견합니다. 죽음에 대한 인식을 통해 우리는 살아 있음과 사랑하고 있음의 진실한 모습을 찾게 됩니다. 우리의 인생에 끝이 있고, 누구나가 언젠가 한 번은 죽을 수밖에 없다는 인식은 이 세상을 살아가는 순간들을 더없이 귀중한 시간으로 바꿔줍니다. 죽음을 의식하는 사람은 인생에서도, 그리고 사랑에서도 보다 적극적으로 자신을 드러냅니다.

소노 씨의 어린 시절 이야기가 마음을 울렸습니다. 소노 씨가 전쟁 체험과 가톨릭 교육 때문에 죽음이라는 문제에 관심을 갖게 된 것 같다는 대목을 읽고 문득 떠오른 생각이 있습니다. 전에 소노 씨는 내가 죽음에 관심을 갖게 된 이유를 물어보신 적이 있습니다. 그때 나는 부끄럽게도 만족스런 대답을 내놓지 못했습니다. 그 후 1년간 '사학' 강연을 위해 홋카이도에서 규슈까지 말 그대로 일본 전역을 뛰어다녔는데, 마찬가지로 여러 분에게서 같은 질문을 받았습니다. 이렇다보니 나 스스로도 이 문제를 진지하게 고민해봐야겠다는 생각이 들었습니다. 그렇게 고민한 끝에 내린 결론을 알려드린다면 나 또한 어린 시절에 겪은 전쟁이 영향을 미친 듯합니다. 어린 시절의 체험은 어떤 의미에서는 훗날 사상의 형성을 결정짓는 각인이라고 할 수 있습니다. 그래서 이번에는 나의 체험을 말씀드리고자 합니다.

초등학생 때 제2차 세계대전을 겪었습니다. 그 무렵 나는 고향인 북독일의 도시에서 살고 있었습니다. 매일처럼 반복되는 공습의 위험 속에서 우리의 생활은 죽음의 그림자가 드리워진 골짜기를 헤매는 것과 비슷했습니다. 1942년부터 1945년 봄까지 베를린을 비롯한 독일의 대도시들은 일주일에 평균 세 번꼴로 미공군과 영국공군의 폭격에 시달렸습니다. 연합군 전투기는 항상 우리 집 지붕 위를 지나가곤 했습니다. 밤에 한참 자고 있을 때 어김없이 공습을 알리는 사이렌 소리가 울립니다. 어머니는 일곱 아이를 깨워(나는 한번 잠들면 여간해서는 일어나지 않는 편이라 몇 번씩 깨워야 간신히 눈을 뜨곤 했습니다.) 방공호로 데려갔습니다. 어머니는 그곳에서 로사리오의 기도(묵주를 굴리며 성모 마리아에게 드리는 기도)를 드리곤 했습니다. 머리 위를 지나가는 전투기 폭음이 사라질 때까지 우리 형제는 어머니 곁에서 열심히 기도했는데 다시금 바깥이 조용해지면 졸음이 몰려와 참을 수가 없었습니다. 어머니는 우리 형제들이 모두 잠든 후에도 기도를 그치지 않 았습니다.

이윽고 두 번째 사이렌 소리가 울립니다. 폭격을 마친 전투기가 돌 아갔다는 신호입니다. 그러던 어느 날 저녁, 이웃집에 소이탄이 떨어 졌습니다. 대도시를 폭격하고 돌아가던 전투기가 남은 폭탄을 뿌렸던 것입니다. 방공호에서 뛰어나온 내 눈앞에는 환하게 불타오르는 친구 의 집이 보였습니다. 아마도 연일 계속되는 공습에 피곤했던 모양입니 다. 그 친구의 집에서는 사이렌이 울려도 식구들이 잠에서 깨지 않았 습니다. 소이탄이 일으킨 화재를 끄기란 쉬운 일이 아닙니다. 간신히 불길을 잡고 바로 전까지 친구가 자고 있던 집으로 걸음을 옮겼습니 다. 당시 열두 살이었던 내 친구도, 그의 형제자매 열 명도, 친구의 부 모님도 시커멓게 타다 남은 시체로 변해 있었습니다. 목탄처럼 그을린 열세 구의 사체는 밑바닥부터 나를 흔들어놓았습니다. 전날 밤에도 나 는 친구를 만나 실컷 수다를 떨었습니다. 그런데 지금은 죽음의 손이 덮쳐 그들을 세상에서 지워버린 것입니다. 한 줄로 누워 있는 사체 앞 에서 나는 한참을 서 있었습니다. 눈으로 보고 있는 현실을 인정할 수 가 없었습니다. 정말로 길게 느껴지던 그날 밤이 지나고 나는 인생과 우정, 사랑과 죽음의 의미를 돌이켜보느라 가슴이 터질 것만 같았습니 다. 그 전까지만 해도 당연하게 여겨지던 것들이 수수께끼처럼 보였습 니다. 그 옛날 아우구스티누스가 말했듯이 나 자신의 존재가 세상에서 제일 어려운 수수께끼로 다가왔습니다.

전쟁의 잔혹함을 이야기할 때 우리의 머릿속에 가장 먼저 떠오르는 일본의 이미지는 히로시마와 나가사키의 비극입니다. 원폭투하 2년 전인 1943년 7월 27일, 북독일에서 인구가 가장 많이 사는 함부르크에 소이탄 대공습이 있었습니다. 그날 밤 기록에 따르면 시내의 기온이 순간적으로 섭씨 800도까지 올라갔다고 합니다. 화재가 빚은 격심한 상승기류는 주위 대기를 차례로 끌어들여 폭풍과 비슷한 강풍을 만들어냈습니다. 단 하룻밤 사이에 2만 2500명의 여성과 5400명의 아이들을 포함한 4만 5000명이 불에 타 숨졌습니다.

또 어느 날인가는 기차를 타고 학교로 가는데 어디선가 연합군 전투기 한 대가 저공비행으로 다가오는 것이 창 너머로 보였습니다. 기차는 급브레이크를 잡았고 승객들은 서로 밀치며 밖으로 뛰어내려 바닥에 엎드렸습니다. 기총소사로 유리창이 깨지자 그제야 뒤늦게 도망치기 시작한 할아버지와 그 앞에 있던 한 사람이 연달아 쓰러졌습니다. 고개를 돌린 내 눈에는 공중에서 선회하며 되돌아오는 전투기가 보였습니다. 나는 황급히 근처 숲으로 달려갔습니다. 하지만 숲에 다다르기도 전에 다음 사격이 시작될 것만 같아 서둘러 엎드렸습니다. 바로 그때 기관총 소리가 들리고 탄환 한 발이 오른쪽 귀를, 또 한 발은 왼쪽 겨드랑이——심장에서 불과 몇 센티미터 떨어진 곳——를 스쳐 땅에 박혔습니다. 두 번째 기총소사가 끝나자마자 살아남기 위한 마라톤이 시작되었습니다. 멀리 지평선에서는 연합군 전투기 편대가 공중을 한 바퀴 선회하여 세 번째 공격을 준비하고 있습니다. 사냥꾼 무리에 쫓기는 토끼의 심정이 이렇겠구나, 하고 생각했습니다. 마지막으로 온힘을 다해 간신히 숲 속에 당도하여 몸을 날리는 것과 동시에 세 번째 기총 소사를 알리는 총소리가 들렸습니다.

당시 상황을 묘사한 전쟁영화는 그때의 일들을 너무나도 단순하게 그리고 있습니다. 악마와 같은 독일군 대 정의로운 연합군의 대결…. 다행인지 불행인지는 모르겠지만 현실은 그렇게 단순하지 않았습니다. 일반론에서 접근해도 전쟁터는 인간의 잔학성이 드러나는 무대입니다. 전쟁은 적과 아군을 불문하고 수많은 병사로 하여금 평화로운 시절에는 상상도 하지 못했던 무서운 행위를 아무렇지 않게 저지르도록 만듭니다. 기관총을 앞세워 독일 소년들을 한구석으로 몰아 사냥감처럼 쓰러뜨렸던 조종사들도 몇 시간 후에는 런던 근교의 기지로 귀환해 용사로 찬양받으며, 오후에는 아내와 아이들과 연인과 함께 즐거운 저녁식사를 했을 것입니다. 그 다음 날에는 장군이 부대 전원의 가슴에 직접 훈장을 달아주며 그들의 '용기와 영웅적 행위'에 찬사를 보냈을지도 모릅니다. 그들의 가족은 같은 시간에 '용사'의 사격에 쓰러졌던 북독일의 아이들과 죽은 자녀를 끌어안고 있는 어머니들의 존재에 대해서는 생각하지 못했을 것입니다.

우리가 사는 도시에 연합군이 당도하기 며칠 전 아버지는 나를 불러 전투가 벌어지면 앞마당에 파놓은 작은 구덩이에 숨어 있으라고 말씀하셨습니다. 아버지는 다른 형제자매에게도 한 명, 한 명 숨을 곳을 일러주셨습니다. 우리 집이 전쟁터가 되더라도 가족 중 다만 몇 명이라도 살아남기를 바라셨던 것입니다. 그때의 아버지는 매우 냉정하고 현실적이었습니다. 마침내 연합군이 도착했고 나는 아버지가 가르쳐주신 구덩이에 숨어 사격이 멈추기를 기다렸습니다. 주위가 조용해지자 호기심을 억누르지 못하고 은신처에서 살짝 고개를 내밀어 바깥 상황을 살피려고 했는데 50미터 앞에서 미군의 거대한 탱크가 내 쪽으로 달려오는 것을 보고 심장이 얼어붙는 것 같았습니다. 만일 탱크가 이대로 내가 숨어 있는 구덩이 위를 지나간다면 나는 탱크에 짓눌려버릴 것입니다. 나는 미친 듯이 구덩이 밖으로 튀어나가 근처 숲으로 도망치려고 했지만 탱크가 벌써 내 쪽을 향해 총탄을 퍼붓기 시작했습니다. 지금 튀어나갔다간 죽음뿐입니다. 축축한 흙더미에 얼굴을 박고 있으니 거대한 자연이 나를 따뜻하게 감싸주는 기분이 들었습니다. 엔진소리를 봐서는 탱크가 방향을 바꾸지는 않았습니다. 잠시 후 강철로 만든 괴물이 구덩이 근처에서 아랫배를 드러내며 멈췄습니다. 구덩이 벽은 탱크의 중량을 견디지 못하고 조금씩 무너졌습니다. 부드러운 흙더미가 사방에서 나를 압박하며 조금씩 덮쳐옵니다. 탱크가 계속 그자리에 서 있다면 흙더미가 무너져 생매장되는 것은 시간문제입니다. 코앞까지 다가온 죽음을 느끼면서 살고 싶다는 생각을 얼마나 많이 했는지 모릅니다. 그때의 기분을 소노 씨에게 솔직하게 전하고 싶습니다. 나는 탱크 조종사가 엔진에 시동을 걸고 내 곁에서 사라져주기를 필사적으로 기도했습니다. 지난 2년 동안 여러 번 죽음의 고비를 넘겼던 터라 이번에도 무사히 구원받을 거라는 희망을 놓지 않고 있었습니다. 마침내 머리 위에서 엔진소리가 들렸습니다. 무시무시한 굉음이 내 귀에는 희망 그 자체였습니다. 그런데 탱크가 구덩이 바로 옆에서 방향을 트는 바람에 캐터필러에 짓뭉개진 흙더미가 내 몸으로 마구 쏟아지기 시작했습니다. 이대로 있다간 질식하겠다는 공포에 나도 모르는 힘이 솟아나 발버둥을 치며 땅속에서 기어 나왔습니다. 그야말로 내 '무덤'이 될지도 모르는 구덩이에서 빠져나오자 온몸에서 기운이 빠져 털썩 주저앉고 말았습니다.

전쟁이 끝나던 날 미군과 영국군이 우리가 살던 도시를 점령한 그때를 나는 평생 잊고 싶어도 잊지 못할 겁니다. 우리 집은 나치에 반대하는 저항운동에 참가하고 있었습니다. 누나 중 한 명은 '적군'이 진격해오던 전날 밤에 '적군'인 연합군을 돕기 위해 독일군의 군사시설을 파괴하는 작전에 참여하기도 했습니다. 특히 우리 할아버지는 나치를 극도로 증오하셨기에 히틀러의 독재로부터 해방되는 이날을 누구보다도 손꼽아 기다리셨습니다.

그런 할아버지가 적의가 없음을 증명하는 백기를 들고 점령군 앞에 섰을 때 전쟁의 부조리라는 참혹한 진실과 마주하게 될 줄을 어느 누가 상상이나 했을까요. 다음에 일어난 사건은 나의 이해를 초월하는 상황이었습니다. 할아버지는, 연합군이 우리를 해방시켜줄 것이라고 굳게 믿고 환영을 하려고 백기를 준비했던 할아버지는 내 앞에서 연합군 병사가 쏜 총에 맞아 돌아가셨습니다. 독일인이면서, 아니 독일인이었기 때문에 나는 나치정부를 인정할 수 없었습니다. 금지된 영국의

BBC 방송을 몰래 수신해 선전방송을 듣거나 하면서 이상적인 영국신사의 모습을 혼자 상상해보곤 했습니다. 그러나 내가 어린아이 같은 생각으로 품고 있던 선과 악의 경계는 할아버지의 무의미한 죽음에 의해 흔적도 없이 사라져버렸습니다.

소년들은 선과 악, 정의와 불의에 대해 세상의 모든 악을 알아버린 어른들보다 훨씬 민감하게 반응합니다. 나는 어린 나이에 전쟁의 잔혹함을 질리도록 경험한 터라 인간에게 내재된 선의 가치를 동경하게 되었고, 나도 모르는 사이에 연합군을 자유의 상징으로 이상화하고 있었습니다. 그랬던 소년이 할아버지의 덧없는 죽음을 보게 되었습니다. 이제 무엇을 믿을 수 있을까요.

죽음의 그림자가 드리워진 매일의 생활 속에서도 나는 열심히 신약성서를 읽었고, 미래가 보이지 않는 혼돈스런 세계에서 무엇인가 의미를 찾고자 노력했습니다. 신약성서를 조금 읽어나가면 온몸이 얼어붙는 것 같은 가르침과 맞닥뜨립니다. 마태오 복음 5장 44절에 기록된 예수님의 가르침, "너희는 원수를 사랑하여라."는 말씀입니다. 예수님은 조금 아까 아무 이유도 없이 할아버지를 총으로 쏘아 죽인 저 병사마저도 사랑하기를 바라셨던 것일까요. 기관총으로 토끼를 사냥하듯 내 뒤를 쫓아온 조종사들을 사랑한다는 게 인간의 마음속에서 가능한 일일까요. 원수를 사랑하는 예수님의 가르침은 증오로 찢기어진 이 세계에서는 오히려 부조리하게 들릴 수밖에 없는 이상주의에 불과하지 않을까요. '적군'이 내가 태어난 도시를 점령하던 그날, 적들을 사랑하라는 성서의 말씀은 실존하고 있는 내 안의 깊고 오묘한 어떤 것에 닿아 그것을 살짝 움직였습니다. 불과 몇 시간 뒤에 생전 처음으로 현실의 '적'과 얼굴을 마주치게 되었습니다. 어떤 마음으로 적을 만나야 될까요. 휘몰아치는 내면의 갈등을 꼭꼭 숨기고 나는 사람들 눈을 피해 집으로 돌아왔습니다.

총성이 그쳤습니다. 2층 창가에서 보니 연합군 병사들은 이웃집들을 이 잡듯이 수색하고 있습니다. 숨어 있는 독일군이나 남겨진 무기가 없나 찾고 있는 것입니다. 그들은 마침내 우리 집에 들이닥쳤습니다. 방금 전에 할아버지의 목숨을 빼앗은 병사가 그 무리에 있었는지도 모릅니다. 더러워진 군복을 입고 있는 그들은 모두가 똑같은 사람처럼 보였습니다. 선두에 선 병사가 아버지에게 다가와 지금 몇 시냐고 물었습니다. 아버지는 가보인 귀중한 금시계를 주머니에서 꺼내 손바닥에 올려놓았습니다. 그러자 그 병사는 아버지 손에서 금시계를 낚아챘습니다. 만족스런 미소를 지으며 병사는 전리품을 주머니에 넣었습니다. 원수를 사랑하라는 예수님의 가르침은 더더욱 내 곁에서 멀어졌습니다. 그날에 이르기까지 나는 끊임없이 나 자신에게 말해왔습니다. 내가 예수님의 이 말씀을 진심으로 받아들여 실천하지 못한다면 나는 기독교 신자라고 불릴 자격이 없다, 왜냐하면 사랑이라는 메시지는 예수님의 가르침 중에서도 가장 중요한 것이며, 예수님이 말씀하신 사랑에는 적에 대한 사랑도 포함되기 때문이다…. 다음의 내 행동이 앞으로 내가 지켜나갈 신앙의 바탕이 될 것이라고 나 자신이 분명하게 의식했던 것 같습니다. 내가 예수님의 사랑을 실천할 수 있는지 없는지의 갈림길이었기 때문입니다. 병사가 몸을 돌려 나에게 다가왔습니다. 입술을 움직이기까지 필사적인 노력이 필요했습니다. 나는 한 손을 내밀며 영어로, "Welcome(환영합니다)" 하고 말했습니다. 나의 '적'은 어린 나를 내려다보며——나보다 키가 두 배는 더 컸습니다.—— 히죽 웃었습니다. 그리고 허리를 약간 숙여 탁, 하고 내 어깨를 두드렸습니다. 긴장은 한계를 넘었습니다. 병사들이 나가자마자 나는 할아버지 시신 곁으로 달려가 무릎을 꿇고 울었습니다. 눈물은 멈출 줄을 몰랐습니다.

일본에 와서 가장 자주 받는 질문 중 하나가 언제부터 가톨릭을 믿게 되었느냐는 질문입니다. 그때마다 나는 '모태신앙', 즉 유아세례를 받은 신자라고 대답했습니다. 그러나 요즘에는 신앙이란 어렸을 때 수동적으로 주어지는 것만으로는 불충분하며, 성년이 된 후에 스스로 인정할 수 있어야 한다는 것, 그러기 위해서는 주체적인 결단의 때를 경험해야 한다는 것을 절감하게 되었습니다. 그런 의미에서 내가 진정한 가톨릭 신자가 된 날은 그 옛날 적의 병사에게 손을 내밀어 '환영합니다' 라고 인사를 했던 날이라고 생각합니다. 그날은 내 인생에서 가장 결정적인 순간이었습니다. 그때 나는 내 손으로 기독교인으로서의 삶을 선택했습니다.

소노 씨는 내가 죽음이라는 테마에 관심을 갖게 된 배경이 궁금하다고 하셨는데 오늘의 이 편지가 답이 되었는지 모르겠군요. 죽음과 이웃하며 살아온 어린 나에게 죽음은 매일처럼 하늘을 뒤덮는 먹구름이었고 즐거워야 할 어린 시절을 회색으로 덧칠한 물감이었습니다. 어린 시절의 체험이 나의 인간성과 생각에 결정적인 영향을 미쳤던 것 같습니다.

대학에서 강의할 때 내 앞에 앉아 있는 학생들은 전쟁을 모르는 아이들입니다. 그들이 어린 시절부터 청춘에 이르기까지 넘쳐날 정도로 제공된 평화 속에서 죽음을 직시할 필요를 느끼지 않고 살아온 것을 부러워해야 될까요. 기회가 있을 때마다 이런 생각을 해봤습니다. 어린 내가 체험했던 일들을 그 누구도 두 번 다시 겪지 않기를 바라는 것이 나의 진심 어린 소망입니다. 다만 나 자신에 관해 말한다면 어린 시절 죽음과 직면했던 체험이 나이가 들수록 소중하게 여겨집니다.

기관총 사격을 피해 숲으로 도망친 후 간절히 기다렸던 공습해제 사이렌 소리를 듣고 다시 땅에서 일어나 태양을 보았을 때 그 전까지 한 번도 생각지 못했던 살아 있음의 강렬한 감각에 온몸은 기쁨으로 떨렸습니다. 초록빛으로 눈부신 나무들, 작은 새들의 부드러운 지저귐, 졸졸거리는 시냇물 소리가 태어나 처음 접하는 것처럼 신선했습니다. 죽음의 구렁에서 빠져나온 체험 이후 나의 삶은 보다 알차고 흥미로워졌습니다. 그 시절 맛보았던 살아 있다는 감격, 내 안에서 발견한 응축된 생명은 지금도 나라는 인간의 한 부분을 구성하며 계속 진행되고 있습니다. 그때에 죽음을 만나지 못했더라면 지금 이곳에 서 있는 사람은 지금의 나와는 많이 다른 사람이었을 것입니다.

전쟁에서 내가 배운 것이 또 하나 있습니다. 감사하는 마음입니다. 산 채로 땅속에 파묻힐 뻔한 죽음의 위기를 모면하고 나서 다시금 살아갈 기회가 주어진 데에 이루 말할 수 없는 고마움을 느꼈습니다. 마치 다시 태어난 기분이었습니다. 그날 이후 하루의 시작에 앞서 생명을 허락해주신 데 대한 감사기도를 빼놓지 않았습니다. 새로운 또 하루를 허락해주신 하느님께 감사기도를 드리는 것이 언제나 첫 번째 일과였습니다. 오늘을 산다는 선물을 주신 하느님에게 감사하는 것입니다. 그때마다 인생의 여러 순간들이 한없이 사랑스럽게 느껴집니다. 소노 씨, 소노 씨는 전에 요새 사람들에게서는 감사하는 마음을 찾아보기 힘들고, 하느님이 내려주신 재능과 애정과 가르침과 우정 같은 선물을 당연하게 여기며 '감사합니다'라는 인사를 전하지 않는다고 아쉬워하셨는데, 나는 죽음과의 만남을 통해 내가 살아 있다는 사실이 당연할 수 없으며, 인생에서 가장 소중하고 가장 아름다운 것은 모두 선물로 주어진 것임을 배우게 되었답니다. 감사는 살아 있음을 자각하면서 사랑의 귀함을 인식하고 평가하는 상징적인 행위가 아닐까, 라는 생각이 듭니다.

여동생을 위해 기도해주셔서 감사합니다. 남편을 암으로 잃은 여동생의 슬픔이 치유되기까지는 앞으로 많은 시간이 필요하겠지만 얼마 전에 여동생으로부터 여러분의 기도에 진심으로 감사하고 있다는 편지를 받았습니다. 인간의 능력으로 달리 할 수 있는 일들이 남아 있지 않았을 때 기도를 할 수 있다는 것은 큰 은혜가 됩니다. 기도와 대지에

뿌리내리고 있는 꽃들이 소노 씨의 어머니에게도 더없는 위로가 될 것이라고 믿습니다. 어머님을 잃은 슬픔을 이겨내고 살아 있는 자들과 떠난 자 모두에게 관심을 잊지 않는 소노 씨의 모습에 절로 고개가 숙여집니다.

제2차 '삶과 죽음을 생각하는 세미나'도 걱정해주신 덕분으로 호평을 받으며 끝나가고 있습니다. 가까운 시일에 새롭게 시작된 이 분야에서 함께 활동할 수 있는 기회가 주어지기를 기다리겠습니다. 감사합니다. 더 한층 활약하시기를 기도드립니다.

알폰스 데켄 드림

죽음은 숨어 있던 진짜 마음을 밝혀준다

알폰스 데켄 신부님.

여름의 무더위에 건강은 어떠신지요. 금년에 평소 없었던 저혈압으로 기운이 많이 떨어졌지만 저혈압은 질병이 아니라는 이야기를 듣고 안심했습니다. 또 이런 체질인 사람은 누군가에게 도움을 주지 못하지만 해를 끼칠 염려도 없으니 차라리 잘됐다고 자기긍정하며 지내고 있습니다. 감사편지를 쓰지 않거나, 전화를 받지 않거나, 문병을 미루거나 하는 등 움직이는 것을 귀찮아하며 살고 있지만 그 대신 부동산사기를 치거나, 토막살인사건의 용의자가 되거나 할 기력은 없으니 안심하셔도 됩니다.

요즘 들어 이 세상에 나와 다른 성격과 재능을 가진 사람들이 있다는 것이 얼마나 다행스럽게 느껴지는지 모릅니다. 나처럼 트집만 잡을 줄 아는 주제에 끝에 가서는 '어떻게 되든 괜찮다' 라고 생각하는 인간들만 득실거린다면 세상은 나아질 수가 없습니다. 나와 달리 고난을 이겨내고 뜻한 바를 성취하려는 집념을 가진 사람들이 여러 분야에서 새로운 길을 개척했기에 우리는 보다 나아진 세계를 향유할 수 있게 되었습니다. 간혹 내가 조심성 없이 누군가를 비난할 때가 있는데, 속으로는 그런 분들에게 깊이 감사하고 있다는 것을 알아주세요. 실은 나도 이런 나의 진심을 알게 되기까지 꽤 긴 인생의 시간들이 필요했습니다.

지난번 신부님의 편지가 지면을 통해 발표되고 많은 분들이 감상을 들려주셨습니다. 신부님이 고백하신 '적의 병사에게 손을 내밀던 날' 이 우리들에겐 선물이나 마찬가지였다는 것을 납득해주는 분들이 많았습니다.

솔직히 말씀드려서 나는 전후의 일본을 믿지 못합니다. 일본에서는 신부님처럼 유년시절의 고통스러운 기억을 반추하면서, '전쟁이 수많은 생명을 빼앗아갔지만 그에 비례해서 살아남은 자들에게 귀중한 가르침도 선사했다' 라는 모순을 자유롭게 말할 수 있는 분위기가 형성되어 있지 않기 때문입니다.

나는 처음부터 잃을 게 없는 그저 그런 작가입니다. 따라서 뭔가를 얘기할 때 구애받지 않는 편입니다. 작가란 원래 태생적으로 불량한 인간이 선택하는 직업이었지만 요즘 작가들은 자신이 휴머니스트임을 보여주고 싶어 하는 경우가 많습니다. 그래서 재미가 없습니다. 물론 그렇다고 해서 기가 죽을 나도 아닙니다만, 타고난 성격이 이 모양이라서 그런지는 몰라도 인간의 마음에 분명히 자리 잡고 있는 모순을 냉정하게 인정하는 것이 글 쓰는 사람의 자세라고 생각합니다.

가끔 노자를 읽는데 읽고 나면 답답했던 가슴이 시원해집니다. 노자에게서 '절대'라는 사상이 보이지 않기 때문인 것 같습니다.

초심자도 이해하기 쉽도록 노자를 번역한 쓰키호라 유즈루(月洞讓) 선생님의 번역을 인용하자면 아마도 다음과 같은 구절이 되겠지요.

"밝은 길은 어두운 것 같고
나아갈 때는 물러나는 것 같고
대로는 기복이 있는 것 같고
평지는 골짜기 같고
순백은 검은 것 같고
덕은 부족한 것 같고
진실은 쉽게 변하는 것 같다."

이어서 쓰키호라 선생님은 클라우제비츠(프로이센의 군사학자)의 《전쟁론》을 인용해 "전쟁은 강력한 외교수단이다."라는 주장을 직시할 필요가 있다고 강조합니다. '전쟁은 외교수단'이라는 말을 듣기만 해도 분노하는 히스테릭한 일본의 사회에서 클라우제비츠를 인용하는 것은 조금 위험하지 않을까, 라는 생각이 드는군요. 이런 글을 읽고,

"소노 아야코는 전쟁도 외교수단이라면서 옹호하고 있어요."

라고 말을 퍼뜨리는 사람이 반드시 있을 테니 말입니다.

쓰키호라 선생님은 다음과 같이 쓰셨습니다.

"지구상에서 전쟁이 사라지려면 먼저 다음과 같은 조건들이 충족되어야 한다.

세상이 완벽하게 공평해져 어느 누구도 불만을 품는 자가 없어야 하며, 모든 사람이 이웃을 사랑하고 인류애의 정신으로 서로를 도와야 한다. 세상이 이렇게 바뀐다면 전쟁은 필요가 없다. 그런데 완벽하게 공평하고, 누구 한 사람 불만을 갖지 않는 세계라는 게 가능할까. 여러 민족이 자신들의 권리를 주장하고 독립을 원한다. 그러는 동안에도 빈부의 차이, 문화의 차이, 가치관의 차이는 계속해서 심화된다. 권력에 눈이 먼 인간도 등장하고, 욕구불만을 드러내는 목소리도 커진다. 모든 사람이 행복과 이웃에 대한 사랑으로 넘쳐난다는 것은 절대로 장담할 수가 없다."

원한다고 해서 전쟁이 사라지는 것도 아니고, 그렇다고 전쟁을 하자는 논리도 아닙니다. 그래서 노자는,

"대저 군사(군대)는 불상사의 그릇이니라."

"그러므로 군사는 군자의 그릇이 아니다."

라고 가르쳤습니다.

전쟁이 불행이라는 건 명백한 사실입니다. 그렇다고 해서 세상 사람들이 마음먹기에 따라서는 전쟁이 사라질 수도 있으며, 시간이 지날

수록 그럴 가능성이 높아진다는 꿈같은 이야기를 해서는 안 된다고 생각합니다. 나는 인류에 대해 절망하지도 않고, 지구는 나아질 때도 있고 나빠질 때도 있다는 현실적인 모순에 실망하지도 않습니다.

모든 게 신앙 덕분입니다. 신앙은 인간의 나약함에 눈을 감지 않는 훈련이었고, 좋은 일에서도 나쁜 일에서도 뭔가를 배울 수 있는 기술을 가르쳐주었습니다.

좀 더 확실히 말한다면 나쁜 일에서만 뭔가를 배운 것 같다는 생각이 듭니다. 전쟁을 겪으면서 죽음에 대해 깊이 생각하게 되었고, 그런 생각들은 내게 더없이 소중합니다. 나는 이런 것을 거짓말하고 싶지 않습니다. 전쟁으로 죽음을 배우기까지 일본인은 값비싼 수업료를 지불해야 했습니다. 토마스 아퀴나스는 "악이 없는 선은 없다. 선이 없는 악도 없다."고 말했는데 그 말이 사실이었습니다.

성서에 나오는 "너희는 원수를 사랑하여라."라는 명령의 고통을 깨닫게 되면서 나는 성서를 사랑하게 되었습니다. 성서를 본격적으로 공부하기 전까지 이 명령은 살아가는 데 필요한 착한 마음가짐을 강조하는 가르침이라고 조금은 산문적으로 해석하고 있었습니다. 즉 나처럼 도량이 좁은 인간은 미워하는 자를 도저히 용서할 수 없지만 세상에는 나와 달리 다정하고 인내심이 강한 사람도 있는 법이어서 그들은 내가 언제까지나 미워하고 원망하는 동안에 나쁜 감정을 정리하고 마음의 평안을 되찾는다, 라고 해석했던 것입니다.

그래서 이 말씀을 약간 가식적이라고 생각해왔습니다. 어렸을 때부

터 의심이 많아서 미담을 듣고는 속으로 반발하곤 했기에 원수를 사랑해야 한다는 말씀도 처음에는,

"그토록 훌륭한 분이셨으니 그런 말을 할 수 있는 것이겠지요."

하며 혼자 샐쭉해졌습니다. 나중에서야 원수를 사랑하는 마음은 진심에서 우러나올 수 없다는 것을 알게 되었습니다. 마음속으로는 상대를 미워하고 있을지라도 겉으로는 사랑하는 사람 대하듯 친절한 행위를 보여야 한다고 이해하게 되었을 때 비로소 납득이 갔습니다. 그렇게 될 것 같지는 않았지만 한번 시도해보자고 결심했습니다. 그리고 기독교도는 '세상의 쓴맛 단맛을 다 겪은 사람이구나, 그들이라면 같이 지낼 수 있겠다' 하고 왠지 모르게 안도했습니다.

예전이나 지금이나 그 말씀을 실천해야 될 기회가 찾아오는 것이 두렵습니다. 성서는 '눈에는 눈으로'라는 보복을 금지하고 있지만 나는 "눈을 맞았다면 상대의 눈만 때려야 한다. 죽여서는 안 된다."라는 한정보복(限定報復)의 원칙이 타당하다고 생각하기 때문인 것 같습니다.

일본도 전쟁 중에 레지스탕스가 일어났다면 어땠을까, 하고 생각해볼 때마다 이상하게 두려운 감정이 앞섭니다. 나를 비롯한 일본인은 자신의 생명을 돌보지 않고 대의에 뛰어드는 것을 자랑으로 여깁니다. 약간 비꼬아 말하자면, 일본인의 평화에 대한 관념이란 공중에 붕 떠버린 비현실적인 것이었기에 일본은 그처럼 빠른 시일에 번영을 누릴 수가 있었습니다. 하지만 이런 의식체계로는 아무리 세월이 지나도 일

본인은 참된 어른이 되지 못합니다.

　실제로 일본에서 대학교수로 불리는 지식인들 중에는 단순하고 유치한 이론을 설파하는 데 열심인 사람들이 많습니다. 어린아이처럼 '우리 모두는 착한 아이들'이라고 말하면서 그 속에 자기가 포함된다는 것을 강조합니다. 머리가 좋다거나 사물을 잘 이해하는 재능과 이같은 유아성은 특별한 관계가 없나봅니다. 머리가 나빠도 진짜 어른인 사람이 있고, 세상에 둘도 없는 수재지만 손써볼 도리가 없는 아이 같은 사람도 있습니다. 다만 자신이 그것을 깨닫지 못할 뿐이지요.

　안타깝게도 일본에서는 전쟁 중에 레지스탕스 운동이 일어나지 않았습니다. 그 대신 금제시대(기독교 박해시대)에는 전향한 사람만큼이나 신앙을 지키며 순교한 사람도 많습니다. 그런 역사가 있기에 나는 기독교도임이 자랑스럽습니다. 순교는 어떻게 살아야 하는가와 어떻게 죽어야 하느냐의 문제였습니다. 그리고 어떻게 살아야 하는가와 어떻게 죽어야 하느냐 사이에는 경계가 없다는 것을 보여주었습니다.

　일상에서 죽음을 떠올려야 하는 까닭은 죽음에 대한 개념 없이는 내가 무엇을 하며 살고 싶은지를 알 수 없기 때문입니다. 내일 나의 죽음이 정해졌다면 오늘 나는 무엇을 하게 될까요. 한 달 후에 지구가 멸망한다는 것을 알면서도 지금과 똑같이 행동할 수 있을까요.

　예외는 있겠지만 한 달 후에 지구가 멸망한다는 것을 알게 되었다면 경쟁기업의 주가상승에 광분하거나 대저택을 짓는 데 열중하거나 아이를 그 대학에 입학시키겠다고 동분서주하는 일은 없을 겁니다.

개중에는 죽기 직전까지 다른 사람에게 내 재산을 빼앗기지 않겠다고 집념을 불태우는 사람도 있을 것입니다. 그런 사람들은 현실과 다르게 지구의 존속을 믿고 있기 때문에 그렇습니다. 지구가 사라진다고 한다면 우리는 대체 무엇을 바라게 될까요. 그런 상황에서는 우리의 마음도 중요한 몇 가지 문제로 범위를 한정하지 않을까요.

속물인 나는 세상의 잡다한 것에 상당히 집착하는 편이지만 죽음을 앞두고 있다면 물질에 대한 집착은 사라지지 않을까요. 모든 사람들이 그렇듯 나도 내가 좋아하는 일을 하다가 죽고 싶습니다. 앞일 같은 건 생각하지 않아도 좋으니 맛있는 게 생기면 다 함께 나눠 먹고 싶습니다.(실제로는 좋아하는 과자가 있으면 혼자 먹고 싶어서 서재에 숨겨둔다는 악평이 돌고 있답니다.) 우리에게 진정으로 필요한 것은 물질이 아니었음을 죽음에 견줘 생각해보면 알 수 있습니다.

마지막 만찬을 맛있게 먹은 후에 아마도 내 인생에서 즐거웠던 일은 무엇이었을까, 하고 혼자 진지하게 생각해보겠지요.

두 가지가 아닐까 싶습니다.

첫째는 '받았다'라는 자각입니다. 이제껏 살아오면서 많은 분들로부터 물질적으로나 정신적으로 큰 도움을 받아왔습니다. 가장 처음 받은 것은 부모님의 사랑입니다. 당연하다고 말씀하신다면 그뿐이겠지만 세상에는 이렇게 당연한 사랑을 받지 못하고 어른이 된 사람도 적지 않으므로 내가 받은 사랑을 행운이라고 생각합니다. 부모님의 사랑이 있었기에 소망했던 소설도 쓸 수 있었습니다.

즐겁게 대화를 나눌 친구도 많이 받았습니다. 그중에는 약간 술버릇이 고약해서 이혼당한 분도 있는데 다행히 난 그 사람과 결혼하지 않았고, 덕분에 1년에 몇 번, 혹은 몇 년에 한 번씩 만나 즐거운 시간을 보낼 수 있었습니다. 많은 분과 단지 영혼의 즐거움을 위해 이야기를 주고받은 기억들은 내겐 대단한 호사였습니다.

몇 년 전 시력을 거의 잃었던 적이 있습니다. 태어날 때부터 근시가 심해서 수술을 해도 일반인과 달리 좋은 결과를 기대하기 힘들었지만 그때 정말 많은 분들이 내가 처한 힘든 현실에서 다시 일어날 수 있도록 기도해주셨습니다.

그리고 얼마 후였습니다. 더 이상 일할 수 있는 상태가 아님을 알게 되었습니다. 이런 눈으로는 집필이라는 작업을 견디지 못한다는 것을 깨닫게 되어 작가로 데뷔한 지 26년 만에 기한이 정해지지 않은 절필을 택하게 되었습니다. 내 분열적인 성격은 이번 기회에 마음 편히 휴식하며 멋지게 휴가를 즐기자고 생각했는데, 역시나 매일처럼 하던 일이 사라진 상태에서 나는 어떻게 살아야 할까, 하는 암담한 기분은 쉽게 지워지지 않았습니다.

눈이 거의 보이지 않았지만 무턱대고 연작소설의 첫 회분에 해당하는 단편을 써봐야겠다고 결심했습니다. 나중에 눈이 나빠질 것이라고는 생각도 못한 상태에서 성 바오로를 조사하기 위해 터키와 그리스 여행을 계획했었는데 눈이 나빠진 후에도 여행을 강행했습니다. 그리고 이스탄불의 어느 호텔방에서 쓰지 않고는 못 배기겠다는 감정에 떠

밀려 첫 회분을 쓰고야 말았습니다. 눈이 잘 안 보이더라도 글씨를 크게 쓰면 윤곽은 대충 감이 잡혔고, 손에 감각이 남아 있어서 어떻게든 끝맺을 수가 있었습니다. 물론 쓴 글을 읽어본다는 것은 무척 괴로웠지만 말입니다.

연재소설의 제목에는 당시의 내 마음이 고스란히 담겨 있습니다. 《찬미하는 나그네》. 나그네는 기한이 정해진 생애를 살아가는 우리들(소설에서는 주인공입니다)이며, 찬미한다는 것은 상처투성이, 결함투성이 인생일지라도 소중하고, 다정하고, 포근하게 감싸주는 일상들이 가득하기에 우리는 생을 찬미할 수밖에 없다고 이야기하고 싶었습니다. 받은 것에 대한 감사야말로 인간의 삶이 충족되기 위한 첫 번째 조건이기 때문입니다.

두 번째 조건은 첫 번째와는 여러모로 대조적인데 죽기 전에 우리가 어떤 도움이 될 수 있는가, 받는 게 아니라 무엇을 줄 수 있는가, 라는 확인입니다.

대단치 않아도 좋습니다. 극히 작은 위로라도 타인에게 줄 수 있다면 위대합니다. 타인에게서 받음으로써 찬미와 감사가 태어난다면 주는 것으로써 사랑과 만족이 우리에게 주어집니다. 삶에 보람이 있다고 한다면 죽음에도 보람이라는 개념이 분명 있을 겁니다. 그리고 이 두 가지가 서로 다르지 않음에 우리는 놀라곤 합니다.

죽음의 예감은 우리 안에 감춰진 거짓을 제거해줍니다. 죽음은 숨어 있던 진짜 마음을 밝혀주고, 우리가 주림을 느꼈던 것들이 무엇인지 환하게 비춰줍니다. 죽음이 목전에 다다랐을 때 우리는 비로소 사랑의 진짜 힘을 깨닫습니다. 임종의 고통에 시달리지 않더라도 지식과 능력에 상관없이 우리가 사랑할 수 있다는 것은 그나마 천만 다행입니다.

10월 하순에 사하라 여행이 계획되어 있습니다. 여행을 준비할 겸 샤를 드 푸코(프랑스의 군인, 성직자, 탐험가)를 다시 읽어보았습니다. 1858년 스트라스부르 태생의 군인, 트라피스트 수도회(1098년 프랑스 시토에서 시작된 가톨릭 수도회)에서 사제가 되어 지금의 알제리아 사막에서 은수사(隱修士)로 활동, 1916년 현지에서 발생한 프랑스저항운동의 희생양이 되어 살해…. 신부의 초막이 있었던 타만라세트는 우리가 현재 계획하고 있는 루트에서 약간 벗어난 지역이지만 푸코를 읽는 동안 마음에 번민이 생겨 어떻게든 신부의 마지막 순간이 어려 있는 그 땅에 가고 싶다는 생각이 간절해졌습니다. 하지만 사막종단은 도시에서의 자유로운 나들이와는 다릅니다.

특수하게 개조한 두 대의 닛산 페트롤에 각각 200리터짜리 가솔린 탱크를 설치했습니다. 지붕에도 휴대용 기름통을 더 실을 예정입니다. 1200킬로미터 거리를 연료보급 없이 달릴 작정입니다. 우리가 지나게 될 사막에는 물, 식료품, 특히 가솔린을 보충할 기회가 전혀 없습니다.

푸코 신부님의 순교지를 들러볼 수 있을지는 이번 여행에 내가 참여하게 된 것처럼 순전히 하느님의 은총에 달렸다고 생각합니다.

특별한 위험은 없을 거라고 생각하지만 햄무전기로 이동무선국을 개국해 혹시 모를 비상사태에 대비할 것이라고 합니다. 잡음에 민감했던 내가 생명의 존속을 허용하지 않는 사막의 정적 속에서 난생처음 신의 존재를 어렴풋하게나마 느껴보는 것은 아닌가, 하고 기대가 큽니다. 머잖아 개강이군요. 건강에 유념하셔야겠습니다. 소련이 대한항공기를 격추시켰다는 엄청난 뉴스를 들으면서 편지를 마칩니다.

소노 아야코 드림

사랑과 죽음의 신비로운 힘

소노 아야코 님에게.

그토록 무더웠던 여름이 가을의 선선한 바람에게 자리를 양보하려는 요즘, 건강은 어떠신지요. 나는 몇 년 전부터 매일 아침 빠지지 않고 학교 수영장에서 수영으로 몸을 단련하는 것으로 일과를 시작하고 있습니다. 남들보다 건강에 유념하는 편이었음에도 올해 여름은 조금 힘들었습니다. 일본과 독일은 기후가 달라서 단순비교가 어렵지만 독일은 기온이 섭씨 30도를 넘어가면 휴교령이 내려집니다. 여름에 섭씨 30도까지 기온이 오르는 날 자체가 매우 드뭅니다. 일본의 무더위에는 이제 익숙해졌다고 생각했는데 내 몸이 익숙해졌다고 더위가 수그러드는 것은 아니지요. 하긴 이만한 더위도 견디지 못한다면 사막 한가운데로 여행을 떠나려는 소노 씨에게 비웃음만 사게 되겠지요.

사하라의 대자연에서 소노 씨가 무엇을 보고 거기서 어떤 미래를 만나게 되는지 독자의 한 사람으로서 하루 빨리 그 과실을 맛보고 싶다는 소망이 간절합니다. 나도 여러 곳을 다녀봤지만 소노 씨처럼 투철한 시선으로 일상의 광경에서는 감지하기 어려운 사물의 내부에 숨겨진 세계의 이면을 파악해본 적도 없거니와 소노 씨처럼 자신이 본 것을 다른 이에게 제대로 전해주지도 못합니다. 소노 씨에겐 '작가의 눈'이라는 것이 있기 때문일까요. 소노 씨가 우리에게 들려주는 여행의 풍경은 소노 씨의 내면에도 깊은 잔상을 남기고, 소노 씨가 겪어온 인생의 여러 난관과 뒤섞여 새로운 의미로 재탄생했습니다. 미흡하나마 나 또한 내가 겪었던 체험에서 새로운 의미를 되찾는 작업에 나서고 싶습니다.

철학자의 일생을 좌우하는 찰나의 통찰은 생애에 단 한 번뿐이며, 사상이란 이 같은 유일하고도 근본적인 통찰을 단순하게 설명, 또는 전개하기 위한 필요에 지나지 않는다는 말을 들었습니다. 옳고 그름을 떠나서, 또한 철학자만 그런 것이 아니라 모든 사람들이 생애에 단 한 번 결정적인 사건을 경험하며, 그 경험은 훗날의 생활방식과 사고방식, 행동에 커다란 영향을 미칩니다. 그리고 이 같은 결정적 체험이야 말로 인간이 일생동안 걸어온 길을 해명하는 중요한 열쇠가 됩니다. 소노 씨의 삶에서 결정적인 체험, 혹은 계시가 무엇이었는지 제게 들려주신다면 기쁘게 듣겠습니다. 아니면 한 번이 아니라 몇 가지 사건에서 경험하셨는지도 궁금합니다.

최근에는 영어에서도, 나의 모국어인 독일어에서도 일본어의 '사토리(悟得, 깨달음)'라는 단어가 발음 그대로 사용되는 것을 봅니다. 선종(禪宗)에서 말하는 바와 같이 엄격한 의미는 아니지만 자기 인생에서 의미를 발견하고, 자신의 생활방식을 결정하는 기본적인 가치관의 발견과 결정적인 통찰을 가리키는 뜻으로 사용되고 있습니다. 나도 요즘에는 내 인생의 '사토리'가 무엇이었는지, 내 생각의 가장 근원적인 부분에 영향을 미치고 있는 관념이 무엇인지를 자주 질문받습니다. 되돌아보면 초등학생이던 열한 살에 겪었던 일들이 오늘에 이르기까지 내 생각의 깊은 곳에서 나를 자극해오지 않았나 생각됩니다. 이후로 '삶', '사랑', '죽음'이 나의 사색과 철학의 테마가 되었습니다.

　지난 편지에서도 말씀드렸듯이 어린 시절 고향인 북독일에서 제2차 세계대전의 격렬한 공습을 경험했습니다. 그 무렵 나에겐 무척 친하게 지낸 동갑내기 친구가 한 명 있었습니다. 열한 살의 나는 제법 다감한 문학소년으로 두 사람의 우정을 증표로 남기기 위해 한 권 분량의 시를 쓰기도 했습니다.(그때 나는 헤르만 헤세의 시에 푹 빠져 있었습니다.)

　어느 날 저녁 여느 때처럼 미군기의 편대가 내가 사는 동네에 나타났고 평소와 똑같이 소이탄을 빗발치듯 투하하기 시작했습니다. 그중 한 발이 운 나쁘게도 내 친구 바로 곁에 떨어졌습니다. 내가 정신을 차렸을 때는 누런 불길이 그의 온몸을 집어삼키고 있었습니다. 너무나도 갑작스런 상황에 정신을 잃을 것 같던 내 귀에 불기둥 속에서 살려달라고 외치는 친구의 목소리가 들렸습니다. 불을 끄려고 물을 길어왔지만 물통 몇 개로 소이탄의 불길을 잡을 수는 없었습니다. 친구는 불길 한가운데서 온몸이 타들어가는 고통으로 몸부림치며, "제발 살려줘! 물! 물!" 하고 계속 외쳤는데 힘이 빠져 그 자리에 쓰러지기 직전에 불길 속에서 우리의 우정을 확인하는 말을 내게 건넸습니다.

불길에 휩싸인 친구의 모습은 내 마음속 깊은 곳에 새겨졌습니다. 그의 고통, 외침, 사랑의 말, 그리고 죽음. 친구가 참혹하게 최후를 맞은 후 나는 툭하면 숲과 산을 혼자 헤매며 걸었습니다. 그때 내 안에 얼마나 큰 고독과 슬픔이 서려 있었는지는 말로 표현하기 힘들 정도입니다. 이후로 삶과 사랑과 죽음이라는 세 가지 테마가 내 의식의 중핵에서 생각과 판단의 결정(結晶)을 맺어왔습니다. 이 세 가지 테마가 서로 밀접한 관계를 형성하는 것에 나는 항상 관심을 기울였습니다. 그날의 비극적인 체험에 의해 이들 세 가지 현상이 서로 얼마나 깊게 이어져 있는지를 배운 셈입니다. 이들 중 하나를 이해하려면 다른 두 가지를 먼저 이해해야 했고, 이들 중 하나를 궁구하는 것은 결국 다른 두 가지를 깊게 통찰하는 것과 마찬가지였습니다.

인생길에서 우리는 헤아릴 수 없이 많고 다양한 경험을 반복합니다. 기쁜 일, 슬픈 일, 만남과 헤어짐…. 하지만 인생에서 가장 결정적인 체험이라고 할 수 있는 것은——살아 있는 자들 간의 헤어짐도 '작은 죽음'으로 생각한다면——삶과 사랑과 죽음으로 환원되는 어떤 것이 아닐까요.

그러고 보니 내가 음악과 문학에서 가장 큰 매력을 느꼈던 오르페우스와 에우리디케의 테마를 처음 알게 된 것도 열한 살 때입니다. 사랑과 죽음에 대한 이들의 영원한 테마는 수천 년에 걸쳐 무수히 많은 시인과 작곡가에게 영감을 부어주었습니다. 그렇게 태어난 작품을 접하면서 우리는 예술가가 만난 운명과 체험을 엿볼 수 있었습니다.

문학으로, 또는 음악으로, 때로는 영화에서까지 이 테마는 끊임없이 재생산되었는데 그 시작은 아시다시피 그리스 신화입니다. 신화에 따르면 시인 오르페우스는 결혼하고 얼마 안 되어 아내인 에우리디케를 잃게 됩니다. 뱀에게 발을 물린 에우리디케는 그리스인의 의식에서 어둡고 불쾌한 장소의 대명사인 죽은 자들의 나라, 곧 하데스가 다스리는 지옥으로 내려갑니다. 오르페우스는 아내를 잃은 슬픔을 노래로 치유하려 했지만 죽은 아내에 대한 그리움은 날이 갈수록 더욱 애틋해지고 강렬해져서 도저히 잊혀지지 않습니다. 그리하여 오르페우스는 사랑하는 에우리디케를 되찾겠다는 일념으로 죽은 자들의 영토인 명부(冥府)로 내려갈 결심을 굳힙니다. 명부의 신들 앞에서 그는 살아 있는 자의 침입을 변명하며 이렇게 노래합니다.

"나는 상실을 견디려 했다.

그러나 사랑이 승리했도다."

오르페우스는 에우리디케를 생자의 나라로 돌려보내달라고 사정하며 만일 허락해준다면 자신이 명부에 남겠다고 호소합니다. 오르페우스의 고통스럽고도 슬픈 노래와 하프의 음색에 마음이 흔들린 신들은 마침내 그의 소원을 들어주는 대신 조건을 하나 제시합니다. 지상에 도착하기까지 뒤따라오는 에우리디케를 돌아봐서는 안 된다는 약속입니다. 그러나 오르페우스는 아내를 보고 싶다는 마음을 누르지 못하고 이 약속을 깨뜨리고 맙니다. 지상으로 올라오는 도중에 그는 뒤를 돌아보았고, 사랑하는 아내를 또 한번, 그리고 이번에야말로 영원히 잃고 맙니다. 오르페우스는 터져버릴 것 같은 가슴을 붙들고 지상에 홀로 돌아와 이제는 누구와도 말을 나누려 하지 않습니다. 그에게 구애하려다가 뜻을 이루지 못한 여인들은 모욕당했다고 생각하며 오르페우스를 갈기갈기 찢어 죽입니다.

오르페우스는 시인과 음악가의 시조로 불리고 있습니다. 그래서인지 많은 문학인과 작곡가에게 지난 몇 세기 동안 시간을 초월한 인간의 결정적인 체험, 즉 사랑과 죽음의 드라마——오르페우스와 에우리디케의 모티브——에 숱한 영감을 제공했습니다. 오비디우스, 베르기우스, 로페 데 베가(스페인의 극작가 시인), 칼데론(스페인의 시인, 소설가), 릴케, 콕토, 아노이, 그 밖에도 다수의 시인과 작가가 오르페우스를 주제로 작품을 창작했고, 몬테베르디, 글루크, 오펜바흐, 스트라빈스키 같은 작곡가들은 같은 주제를 음악으로 표현했습니다. 콕토의 희곡 《오르페》(훗날 영화화)에서는 사랑과 죽음의 관계를 그리스 신화와 다른 방향으로 이끄는 '현대적' 해석이 제시되기도 했습니다. 그 작품에서 오르페우스는 창작과 자신의 죽음에 광적으로 집착하는 남자로 묘사되고 그 때문에 아내를 잃게 됩니다. 이런 새로운 해석은 오늘날의 사회가 안고 있는 근본적인 문제를 부각시키고 있다는 점에서 매력적입니다. 일에 극단적으로 열정을 기울이는 나머지 배우자가 바라는 인격적인 애정에 소홀해지고 마침내는 사랑하는 사람을 잃고 마는 위험입니다.

사랑과 죽음이라는 테마의 본질적인 의미를 나는 임종이 가까웠음을 알게 된 암환자와의 만남에서 새로운 형태로 배웠습니다. 목전에 다가온 죽음을 자각하게 된 사람들은 보다 강하게, 보다 열정적으로 삶을 영위하려 합니다. 뉴욕에서 만난 젊은 간호사는 지금도 잊지 못합니다. 그녀는 손써볼 도리가 없는 말기암 환자였고, 자신의 입으로 기껏해야 반년밖에 더 살지 못한다고 제게 털어놓았습니다. 암에 걸렸다는 선고는 환자를 절망시켜 병색을 더 악화시킬 뿐이라고 믿는 의사가 적지 않은 때였는데, 나는 뉴욕에서 만난 간호사를 보면서 건강한 사람 중에도 그녀만큼 열렬하게 사랑하며 살아가는 사람은 없을 거라고 확신했습니다. 그녀는 자신에게 시간이 많지 않음을 알았기에 다른 사람이 평생에 걸쳐 사랑하는 양을 반년이라는 시간에 압축하려고 했습니다. 한 명이라도 더 많은 사람에게 자신의 애정을 부어 행복하게 만들어주고 싶어 했습니다. 내가 뉴욕에서 깨달은 사실은 충족된 인생이란 양의 문제가 아닌 질의 문제라는 것이었습니다. 나는 여러 나라에서 다양한 노인홈을 방문할 기회가 있었습니다. 그곳에서 80세, 90세 넘게 장수했어도 기나긴 세월을 자기라는 감옥에 갇혀 단 한 번도 참되게 누군가를 사랑해보지 못한 노인을 많이 만났습니다. 짧지만 더

없이 충족된 삶을 사랑하던 뉴욕의 젊은 간호사와 노인홈의 고독한 노인들을 비교해봤을 때 인생이 길어질수록 공허도 더 크게 느껴지는 것은 나로서도 어쩔 수가 없었습니다.

혹시 미국의 심리학자 에이브러햄 머슬러를 읽어보신 적이 있으신지요. 그는 신부전증으로 죽음에 직면했던 체험을 통해 새로운 삶과 사랑에 눈을 떴다면서 인상적인 필치로 당시를 회상합니다.

"죽음과 직면하고, 일시적으로 그 집행을 유예받음으로써 모든 것이 더없이 존귀하고 신성하고 아름답게 느껴졌다. 눈에 보이는 모든 것을 사랑하고 포용하고 그들에게 압도되고 싶다는 충동에 시달렸다. 낯익은 강물이 이토록 아름다워 보인 적은 없었다…. 죽음의 가능성이 내 곁에 있음을 알고 있기에 보다 깊은 사랑, 보다 정열적인 사랑이 가능해졌다. 만일 절대로 죽지 않는다고 한다면 이렇게 정열적으로 사랑할 수 있었을까. 이렇게 황홀해질 수 있었을까."

많은 사람들이 다가오는 죽음에서 의의——지금보다 더 큰 사랑을 향한 도전——를 찾으려고 하지 않지만 그래도 인생에서 피할 수 없는 몇 번의 헤어짐을 '작은 죽음'으로 받아들인다면 커다란 죽음의 시련에 대비하는 소중한 기회를 만나게 될 것입니다. 프랑스 속담에도 "Partir, c'est mourir un peu"(헤어짐은 작은 죽음)라는 말이 있습니다. 인간의 삶은 헤어짐의 연속입니다. 오랫동안 살아 정든 땅을 떠나고, 부모와 헤어지고, 실연하고, 이혼하고, 친구를 잃고, 익숙해진 직장을 떠나고, 퇴직하고, 배우자를 여의고…. 인간이 인생에서 경험하는 다양한 헤어짐의 순간을 부정적인 경험으로 일축하고 그런 시간들에서 긍정적인 의의를 발견해내지 못한다면 너무나 아쉽습니다.

　헤어짐의 체험들이 쌓일 때마나 내 안의 일부가 죽어갑니다. 인간은 타자와의 만남이라는 토대 위에서 살고 있으며, 나의 일부는 사랑하는 사람들 속에서 살고 있습니다. 그러므로 사람과 헤어질 때는 필연적으로 나의 일부를 상실하게 됩니다. 이 작은 죽음을 통해 때로는 새로운 '나'가 태어납니다. 그것이 헤어짐의 긍정적인 의의라고 생각합니다. 트리스탄과 이졸데, 프로베르가 그리는 보바리 부인, 톨스토이가 그리는 안나 카레니나…. 그 밖에 여러 작품에서 표현된 것처럼 헤어짐과 죽음은 문학이 가장 아끼는 테마입니다. 나의 개인적인 의견을 말한다면 헤어짐과 죽음의 참된 의의——도전이라고나 할까요——는 문학에서도, 실제 생활에서도 그리 쉽게 찾아낼 수 없는 것 같습니다. 나는 헤어짐을 자신의 죽음에 대한 준비로 여기고 싶습니다.

　학창시절 프랑스의 실존철학자 가브리엘 마르셀을 스승 중 한 분으로 모신 것은 크나큰 행복이었습니다. 사랑과 죽음은 마르셀의 철학적 근간을 이루는 테마입니다. 마르셀은 사랑에 대해 참된 사랑의 본질에는 사랑 그 자체와 더불어 사랑하는 상대가 영원히 존속하기를 바라는 희망적 욕구가 숨어 있다고 설명했습니다. 사랑은 단순히 사랑하고 싶은 존재만을 바라는 것이 아니라 그 상대가 '언제까지나' 존재해주기를 바라며, 참된 사랑은 시간이라는 한계를 추구하지 않는다, 오히려 '영원'이야말로 사랑을 구성하는 본질적인 요소다, 라고 주장했습니다.

사랑, 죽음, 영원에 대해 그는 "사람을 사랑한다는 건 '사랑하는 사람이여, 당신은 결코 죽지 않습니다'라고 상대에게 고백하는 것이다."라는 아름다운 명언을 남겼습니다. 마르셀에게 이 말은 단순한 소망의 드러냄이 아닙니다. 사랑으로 맺어진 나와 너의 유대는 본질적으로 불가분한 관계입니다. 죽음에 의해 사랑도, 사랑하는 상대도 허무하게 사라져버리는 것이라면 현재의 내 사랑과 내가 사랑하는 사람의 존재에는 아무런 의미가 없습니다. 둘 중 한 사람의 죽음으로 고통받게 될 것이 자명한 '사랑'에서 어떤 의미를 찾을 수 있을까요. 사랑하는 사람의 죽음은 사랑의 정도를 증명하는 시금석이며, 내가 그를 얼마나 깊게 사랑하고 있는지를 나 자신에게 인식시켜주는 기회입니다. 사랑은 그 사람의 죽음과 더불어 끝이라고 생각하는 것은 마르셀에 따르면 사랑에 대한 '배신'이며, 상대의 영원한 생명을 확신하는 것이야말로 '성실'한 사랑 그 자체입니다.

참된 사랑의 본질에는 영원성이 포함되어 있습니다. 그러므로 사랑하는 자의 불사(不死)를 희구하는 것은 영감으로 가득한 상상입니다. 사후의 영원한 생명을 꿈꾸는 것만이 아니라 현재 사랑하고 있는 자세에도 새로운 깊이와 차원을 덧입혀준다고 생각하는데 소노 씨는 이를 어떻게 보시는지요. 사랑에서도 죽음은 앞으로 닥쳐올 문제가 아닌 지금 이 순간 가장 중요한 의미로 인식해야 될 문제가 아닐까요.

일본에 사는 '외국인'이 가장 자주 받는 질문 중 하나가 "당신은 왜 일본에 왔습니까?"입니다. 내가 처음으로 일본에 흥미를 갖게 된 것도 사랑과 죽음의 테마 때문입니다. 초등학교 시절 교구의 성당에서 문고를 관리하는 자원봉사를 했습니다. 성당 문고에는 일본의 역사, 문화, 문학과 관련한 책이 꽤 많았습니다.(참고로 나가이 다케시 씨의 《이 아이를 남기고》의 독일어 번역을 읽은 것도 그곳이었습니다.) 나는 눈에 띄는 대로 일본에 관한 책을 열심히 읽었고, 마침내 나가사키의 26 성인 순교자 이야기가 실린 책을 만나게 되었습니다. 그 책에서 내가 반한 인물은 순교자 중 최연소로 그 당시 나와 동갑(12세)이었던 루드비코 이바라키(茨木)였습니다. 사형장으로 끌려가던 도중 무사 한 명이 어린 이바라키를 불쌍히 여겨 이렇게 말했습니다. "너를 이 지경으로 만든 신앙을 버리고 용서를 구해라. 그러면 너를 우리 집 양자로 데려가겠다." 이바라키의 대답은 다음과 같았습니다. "아저씨가 가톨릭 신자가 되어 나랑 같이 천국에 갔으면 좋겠어요." 십자가에 매달릴 때 그는 성가인 '주를 찬양하라'(시편 112편)를 부르며 창에 찔렸고, "천국, 예수, 마리아."를 외치며 마지막 숨을 거뒀다고 합니다. 이 어린 소년이 십자가에 매달려 상상을 초월하는 고통을 겪으면서도 마음의 평안과 기쁨을 잃지 않고 찬양을 입에 담았다는 건 놀라운 충격이었습니다. 새삼 신앙과 사랑의 위대함에 감격했습니다.

이바라키와 같은 열두 살에 이 책을 읽고 일본에서 태어난 어린 소년의 용기와 확고한 믿음에 강렬한 인상을 받았습니다. 예수님에 대한 믿음, 예수님에 대한 사랑을 배신하느니 스스로 생명을 내던지겠다는 각오. 어린 나는 "일본인은 정말 대단하구나!"라고 생각했습니다. 이바라키 같은 존경스런 인물이 태어난 일본에 꼭 한번 가봐야겠다고 결심한 것도 이 무렵입니다.

나가사키에서 순교한 열두 살 소년의 사랑과 죽음이 360년 후의 아득하게 먼 유럽에서 알폰스 데켄이라는 소년을 감동시켜 일본과 일본인에 대한 흥미, 열정, 그리고 사랑에 눈을 뜨게 해준 것입니다. 이런 게 바로 운명의 신비로움이겠지요. 내가 일본에 있다는 것이야말로 사랑과 죽음의 신비로운 힘을 보여주는 증거가 아닐까요. 나는 더 어린 시절부터 신약을 읽었습니다. 그러나 내게 신앙과 사랑에 담긴 놀랄 만한 아름다움, 그리고 힘을 확인시켜준 사람은 이바라키라는 일본인 소년이었습니다.

얼마 전에 소노 씨가 쓴 《기적》이라는 작품을 읽었습니다. 사랑과 죽음의 극한을 숭고하게 묘사한 작품이더군요. 처형당할 위기에 처한 남자에게 아내와 자식이 있다는 것을 알고 그 남자 대신 스스로 생명을 바친 쿠르베 신부님은 공포와 증오가 범벅이 된 아우슈비츠 수용소에서 사랑이 무엇인지를 보여주셨습니다. 인간의 악과 타락의 상징인 아우슈비츠였기에 자신의 죽음으로 한 인간을 죽음에서 구원한 쿠르베 신부님의 사랑은 더욱 큰 빛을 발하게 되었다고 생각합니다. 쿠르베 신부님은 십자가 위에서의 죽음으로 사랑의 표현을 완전하게 하신 그분의 뒤를 열심히 뒤따랐던 것입니다.

"친구들을 위하여 목숨을 내놓는 것보다 더 큰 사랑은 없다."(요한

복음서 15장 13절)

    발자국 하나 없는 사막에서도 소노 씨의 내면에 숨겨진 눈은 앞으로 나아가야 할 길을 바라볼 것입니다. 안전한 여행과 풍부한 수확을 마음으로부터 기도합니다.

알폰스 데켄 드림

사하라 여행

알폰스 데켄 신부님.

방금 알래스카에서 이륙한 비행기 안에서 편지를 씁니다. 목적지는 우선은 파리인데 그곳에서 이번 사하라 종단의 여섯 멤버가 모두 모인답니다.

출발날짜는 이미 정해진 것이니 좀 더 일찍 원고를 써두었다면 좋았을 텐데, 나는 아무래도 그런 점에서는 의지가 약한 모양입니다. 떠날 날짜가 빠듯해진 후에야 일이 손에 잡혀 하루에 신문연재소설 9일분을 써버렸습니다. 9일분이라고 하면 400자 원고지로 약 30매입니다. 나의 하루 작업으로는 일일최대량입니다.

4년 전에 눈병을 앓기 전부터 분수를 모르는 생활을 해온 탓에 요즘은 이런 생각이 듭니다. '이렇게 오랫동안 눈을 사용했다간 또다시 중심성망막염이 재발하는 건 아닐까, 또 그 때문에 시력을 잃는 건 아닐까?' 그렇게 될 바에야 세상과의 의리는 접어두고 일단 눈부터 지키는 편이 낫다고 생각하고 있습니다.

　내 입장에서 눈은 생명과 동의어입니다. "눈이 안 보여도 목숨이 붙어 있어 다행이다."라는 해탈의 경지는 멀기만 합니다.

　얼마 전에 한창 일할 나이의 남성분으로부터 망막색소변성증에 걸려 수년 안에 시력을 잃게 될지도 모른다는 고백을 들었습니다. 내 상태도 지금까지는 좋게도, 나쁘게도 의사선생님의 예측과 맞아떨어지지 않은 적이 많기에 이분도 반드시 그렇게 된다고는 생각하지 않고 있습니다. 그분은 젊었을 때도, 장년이 되어서도 눈의 이상은 전혀 느끼지 못했고, 40세 전후에 시력이 약해졌을 때도 나이 탓인가, 하고 대수롭지 않게 생각했다는 것입니다.

　그분은 "시력을 잃지 않을 수만 있다면 다리나 팔을 하나쯤 잘라내도 좋아요."라고 말했습니다. 나 역시 이와 비슷한 처지에서 그런 생각을 한 적이 있어 그 비통한 마음에 절절히 동감했습니다.

　시력을, 청력을, 후각을, 그리고 수족을 잃는다는 것은 생명의 죽음 앞에서 겪게 되는 부분적인 죽음입니다. 차라리 그러다가 죽는다면 다행인데 그렇지 않은 경우에는 운명에 승복하기가 어려워집니다.

　때로는 에베레스트를 오르는 사람들처럼 고의로 죽음에 한발 다가서는 이들도 있습니다. 그들은 그 산에서 자신의 죽음을 실감함으로써 반대로 생의 의미를 발견하는 일종의 조작을 지향하는 것처럼 보입니다. 그들의 도전은 나의 평소 생각과 비슷한 데가 있습니다. 죽음을 엿보지 않고서는 생의 의미를 깨닫지 못한다는 점에서 말입니다.

이번에 사하라 종단을 준비하면서 사람들이 보여주는 다양한 반응을 재미있게 관찰했습니다.

가장 많이 보여준 반응은 왜 위험하게 사막을 종단하느냐는 것입니다. 그 다음으로는 위험을 떠나서 왜 그런 곳에 가느냐는 것입니다.

사막에 관한 체험적 지식은 거의 없었습니다. 리비아 사막의 동쪽 끝인 이집트의 룩소르(나일 강 동쪽의 도시) 발굴현장에 2~3주일 머물렀던 것과 시나이 반도를 여행한 것이 고작입니다.

이번처럼 2000킬로미터 이상의 사막을 여행한 것은 처음입니다. 그렇다면 왜 이리도 위험한 사막종단에 나선 것일까요. 나는 무척 소심한 성격이랍니다. 그리고 나는 이런 '소심함'을 무척 좋아합니다. 소심한 성격은 여러 상황 속에서 약간 모자라거나 인간적인 행동의 빌미가 됩니다. 동시에 사회의 한쪽 구석에서 소리 없이 지낼 수 있는 재능이기 때문에 나 같은 사람에겐 매우 유용한 기능입니다. 가끔 내 안에서 휘몰아치는 대담함, 용기 등은 나의 소심한 성격에 대한 반감에서 시작되는 것 같습니다. 따라서 나는 절대로 대담하거나, 용기를 타고 난 사람은 아닙니다.

무엇보다도 나는 도시인입니다. 극적인 상황, 심각한 장면에서는 그런 상황이 멋지다고 생각해본 적이 없습니다. 이번 사막여행은 무척 힘들 테지만 나는 평소와 다름없이 '콧노래를 부르며' 사막을 달릴 것 같고, 또 그럴 가능성이 매우 높습니다.

이번 사하라 여행은 일상적인 여행과 다를 바 없다고 생각했습니다. 그래서 선택했습니다. 우리의 일상생활은 사실 위험에 둘러싸여 있습니다. 현실에서의 우리들은 '내일을 기약할 수 없는 생명'에 불과하고, 이것은 우리의 여행이 안고 있는 위험과 하나도 다를 게 없습니다.

이번 원정에서 나는 명목상의 대장입니다. 며칠 전에 실질적인 대장인 요시무라 사쿠지(吉村作治, 와세다대학 교수) 씨와 식사를 하면서 이렇게 물어보았습니다.

"요시무라 선생님, 좀 난처한 일이 있는데 다들 얼마나 위험하냐고 자꾸 물어봐요. 그럴 땐 어떻게 대답해야 돼요? 난 별로 무섭거나 하지는 않은데."

"그러게요. 그냥 똑같은 여행이죠."

요시무라 씨가 대답했습니다. 하지만 술을 한잔 마시고는,

"괜찮을 거예요. 내가 여러분을 무사히 데려올 거니까."

라고 말씀하신 것은 1퍼센트의 위험이라도 소홀히 넘기지 않겠다는 마음가짐의 확인이었다고 생각합니다. 하나 더 말해두고 싶은 건 우리는 두 대의 닛산 페트롤을 준비했는데, 모두 사륜구동으로 그중 한 대에는 모래에 빠졌을 때를 대비해 탈출용 윈치(권양기)를 달고 실내에는 200리터짜리 가솔린탱크를 설치하고, 지붕의 루프캐리어에는 휴대용 휘발유통을 여러 개 실어서 대당 400리터의 연료를 준비했다는 점입니다. 알제리 사막 입구의 마지막 오아시스로 불리는 아드랄에서 말

리 국경을 지나 가오라는 시내까지 약 1200킬로미터 거리인데 우리는 1리터당 3킬로미터를 달릴 수 있다고 계산했습니다.

출발 전에 〈월간 카도카와〉의 부편집장인 후지모토 가즈노부(藤本和延) 씨가 자신의 햄무전기와 부품 등을 빌려주었습니다. 후지모토 씨가 '야성호(野性號)'라는 요트의 선장으로 명성을 떨쳤던 것을 생각하면 이 선물이 얼마나 값진 것인지 알 수 있습니다. 우리 그룹 중에는 자동차엔지니어인 요시무라 에이지(吉村榮二, 요시무라 사쿠지 씨의 처남) 씨가 무전기면허증을 갖고 있습니다. 비디오엔지니어인 아라이 쇼지(新井章治) 씨는 아마추어 전기전문가로 두 분 다 기계를 잘 다룹니다. 만일의 사태를 대비해 우리는 총액 1600만 엔짜리 조난수색보험에도 가입했는데, 햄무전기가 만에 하나 생길지 모르는 위험에서 우리에게 큰 도움이 되기를 바라지만 실제로 어떨지는 아직 모르겠습니다.

데켄 신부님, 지금 내 마음은 복잡하고 미묘하게 분열되어 있습니다. 보통의 경우 나는 '그곳'(어디든 상관없습니다)이 안전하다고 생각하기 때문에 갑니다. 그 증거로 나는 가족들에게 "난 절대로 무서운 곳은 안 가."라고 말합니다.

그렇게 말하는 진심의 100분의 1, 혹은 1000분의 1은 남들처럼 죽어도 후회가 없는 장소에 가보고 싶다는 마음도 있는 것 같습니다. 그곳이라면 꽤 만족스럽게 죽을 수 있을 것 같다고 생각해보는 것이지요. 사막이라든가, 바다 한가운데라든가, 강제수용소 등에서 생명이 경각에 달하면 나는 타인에게서 먹을 것을 빼앗거나 나보다 약한 사람을 돌보지 않을 것입니다. 허영이 심한 나로서는 그런 곳에서 본색을 드러내며 죽는 것만은 피하고 싶습니다.

친구 중에는 혹시나 내가 사고로 세상을 떠날까 두려워하는 분들이 있는데 두려움의 저편에는 왠지 모를 기대가 숨어 있는 법입니다. 그렇다고 친구들이 내가 일찍 죽기를 바란다는 것은 아닙니다. 그런 뜻은 아니고 50대에도 이처럼 성격이 망측스러운데 아흔이 넘도록 오래 산다면 그동안 무슨 일을 저지를지 모르겠다, 라고 일부러 싫은 소리를 내 앞에서 하곤 합니다.

달리 생각해보면 내가 인간답게 꿈을 꾸며 가장 활발하게 활동하는 시기에 죽는 것도 괜찮지 않을까, 하고 상상해보는 것도 친구로서 나를 사랑하기 때문입니다. 살아 있다고 다 좋은 것은 아닙니다. 때로는 사는 것보다 죽는 것에서 의미를 찾기도 합니다. "하나의 밀알이 죽지 않는다면"이라는 성서의 말씀은 두고두고 생각해볼 문제입니다. 하나의 밀알로는 죽고 싶지 않다고 생각할 수도 있지만, 하나의 밀알로 죽을 수 있는 기회도 누구에게나 주어지지는 않습니다.

요즘에서야 왜 노인에게 노년의 고통이 주어지는지를 조금은 알게 되었습니다. 이해가 잘 안 되실지도 모르겠지만 젊은이는 노년의 복잡함을 살아갈 자격도, 그럴 능력도 없습니다. 자신의 몸이 더 이상 자유롭지 않고, 원하는 대로 움직이지도 않고, 기억력은 점점 나빠지고, 아름다웠던 외모도 추레해지고, 사회적인 지위도 사라진다면 그 뒤에 남는 것은 타고난 기력과 쌓아올린 덕이 고작입니다. 젊은 사람에겐 그 같은 상실을 견뎌낼 힘이 없습니다. 노년이라는 조건에서도 많은 사람들이 자신을 성장시킵니다. 소년기, 청년기에 몸이 자라났다면 장년기와 노년기에는 정신의 성장이 완숙에 이릅니다. 정신의 성장에서는 노년기의 비중이 매우 무겁다고 할 수 있습니다.

언젠가 아는 수녀님으로부터 가슴 아픈 이야기를 들었습니다. 수녀님이 소속된 수도회의 총회가 로마인가 파리에서 열렸습니다. 세계 각국의 수도회를 대표하는 수녀님들이 한자리에 모였습니다. 그곳에서 역시 수녀님들의 관심은 노년문제였다고 합니다. 수녀는 엄밀히 따져 교사와 비슷한 위치입니다. 정년으로 은퇴한 후에는 우리처럼 변하는 생활에 대비책을 마련해야 합니다.

그때 아프리카에서 온 수녀님이 이렇게 말했다고 합니다.

"여러분은 그런 것까지 걱정해야 되는군요. 우린 노년문제엔 관심이 없어요. 평균 수명이 마흔다섯이거든요."

처음 이런 이야기를 들었을 때는 노년문제를 겪지 않아도 된다니 부럽다, 라고 생각했습니다. 그러나 하루 이틀 지나는 동안 그렇게 생각하는 나 자신의 천박함에 질려버렸습니다.

노년을 알지 못한다는 건 가난의 일종입니다. 노년을 모른다는 것은 인간으로서 완성되지 못한 채 죽음으로 내몰린다는 뜻입니다. 나는 의학이 인간의 연명을 위해 존재하는 시기는 끝났다고 생각합니다. 불필요한 노화를 막아주고, 적당한 기간 동안 노년을 겪으며 살아갈 수 있게끔 도와주는 것으로 충분히 감사하고도 남습니다.

이제 갓 30세, 40세가 되었다는 사람들에게도 죽음은 그리 먼 곳에 있지 않습니다. 죽음은 언제든지 찾아올 수 있고, 노년은 머잖아 찾아옵니다. 그리고 죽음은 삶의 진가를 깨우쳐주는 소금입니다.

우리가 그리 오래 사는 것은 아니므로 하고 싶은 일과 할 수 있는 일에 온힘을 다해야 합니다. 동분서주하시는 신부님을 보노라면 그런 생각이 듭니다.

신부님이 시작하신 '삶과 죽음을 생각하는 세미나'는 일본에서 최초로 일반인을 대상으로 개최된 학습회일 것입니다. 만약 의학적인 문제를 다루었다면 우리는 전문가가 아닌 이상 참여할 수도 없고, 죽을 때까지 병에 안 걸릴 수도 있으므로 관심을 기울이지 않게 되었을지도 모릅니다. 하지만 죽음은 누구에게나 반드시 찾아오는 섭리입니다. 미리 준비한다고 해서 손해 볼 것은 없습니다. 이제 타인에게 악의를 품고 있을 여유는 없습니다. 모든 사람에게서 그만의 장점을 발견하고, 그것을 체험하고, 그를 존경하며 함께 살고 싶습니다.

파리에서 묵고 있는 호텔은 개선문 인근의 '마크마온'이라는 호텔입니다. 이것도 단순한 우연은 아닌 것 같습니다. 마크마온이라는 사람은 알제리의 프랑스 총독이었습니다. 그리고 알제리에서 백의선교회를 창설한 샤를 라비젤 주교와 아프리카 정책을 놓고 격렬하게 대립했던 주인공입니다. 마크마온은 "아프리카에 간섭하지 말라."고 경고했고, 라비젤 주교는 아프리카가 인간적으로 자립할 수 있도록 도와야 한다고 주장했습니다.

이번 여행에서 개인이 가져갈 수 있는 물품은 10킬로그램 내외입니다. 책도 몇 권 못 가져갈 듯싶습니다. 그래도 '백의선교회'를 다룬 C. D. 키터의 《하얀 태양》, 그리고 동알제리에서 태어난 아우구스티누스의 책 한 권, 이것만은 나의 여행에 큰 힘이 되리라고 생각합니다. 전기를 구경하기 힘든 여행이 될 것입니다.

그럼 신부님, 이제는 좀 쉬어야 할 것 같습니다. 파리에서 해야 할 일이 꽤 많네요.

동행하는 분들은 모두 훌륭하고 소중한 아버지들입니다. 부디 무사하기를 기도합니다. 모두 각자의 가정에 몸성히 돌아갈 수 있도록 기도해주세요.

소노 아야코 드림

우리는 모두 나그네입니다

소노 아야코 님.

　머나먼 '여행길의 하늘'에서 보내주신 편지를 앞에 두고 감격하여 잠시 동안 시간 가는 줄을 몰랐습니다. 이 연재의 타이틀이 '여행길을 떠나는 아침에'인 탓도 있겠지만 뒤돌아보면 우리는 각자 여행을 하고 돌아왔거나, 매일 여행을 하고 있었습니다. 바쁘신 스케줄 속에서도 잠시나마 편히 쉬지도 못하고 기내에서 원고지를 마주해야 하는 소노 씨의 모습이 눈에 보이는 것 같아 걱정이 큽니다. 지금 내가 할 수 있는 일은 소노 씨가 건강히, 그리고 무사히 돌아오게 해달라고 매일 기도하는 것뿐입니다.

　편지에서 이번 여행을 '일상적인 여행'이라고 조금은 역설적으로 묘사하신 글을 읽고는 '인생이 곧 나그네'라는 오래된 명제가 떠올랐습니다. 제아무리 안온하게 보이는 일상도 위험을 의식하며 한 걸음씩 나아가는 여행과 다를 것이 없습니다. 프랑스의 실존철학자 가브리엘 마르셀의 명저인 《여행하는 사람》에서 볼 수 있듯이 여행이야말로 일상 그 자체입니다.

인생의 여행에는 크게 세 가지 단계가 있습니다. 첫 번째 여행은 파란 곡절이 가득한 청소년기입니다. 이 시기의 여행은 세계에서 내가 차지하는 위치를 찾아보는 여행입니다. 이어서 한곳에 정착하고 자기만의 생활을 쌓아 올리는 중년의 여행이 있습니다. 마지막 3단계인 노년기에 들어서면 그동안 뿌리내리고 지켜왔던 생활이 계속 살아갈 땅이 아님을 깨닫게 됩니다. 지금껏 힘들게 이룩한 일상의 한계와 불안전한 자신의 존재를 또 한번 확인하고 다시금 나그네로서의 걸음을 시작합니다. 이 여행은 영원에 이를 때까지 멈출 수 없는 기나긴 여행의 시작이기도 합니다.

노년기의 원숙은 '잃어버림'을 통해 얻어진다는 말이 사실인 것 같습니다. 집착은 자유로운 유랑에 어울리지 않습니다. 구약성서에 기록된 아브라함(아브람)의 이야기가 이를 극적으로 표현하고 있습니다. "주님께서 아브람에게 말씀하셨다. '네 고향과 친족과 아버지의 집을 떠나, 내가 너에게 보여줄 땅으로 가거라.'"(창세기 12장 1절) 신의 부름을 받았을 때 아브라함의 나이는 이미 75세였습니다. 그러나 아브라함은 정든 고향땅도, 모아놓은 재산도, 근심도 모두 내려놓고 행선지를 알 수 없는 여행길에 몸을 던졌습니다. 자신을 기다리는 것이 지난

날 알게 되었던 모든 것보다 훌륭하다는 것을 믿었기에 늙은 몸을 이끌고 새로운 목표에 맞선다는 모험의 가치를 꿰뚫어볼 수 있었습니다. 아브라함처럼 자신의 소유를 말 그대로 버려야 하는가를 떠나서 중요한 것은 내면의 자유입니다. 영원이라는 목표를 지향하며 미래를 향해 걸어가는 인간의 모습을 파스칼은 약간 과격한 감상으로 이렇게 표현했습니다. "우리는 아직 살아 있는 게 아니다. 살아 있기를 바라는 것이다."

나그네의 자유로운 마음을 소유하게 되었을 때 비로소 나의 죽음을 받아들일 만한 마음의 여유가 생기는 것 아닐까요. 중세시대에는 죽는다는 행위가 예술로 취급받기도 했습니다. 사람들은 보다 아름다운 죽음을 맞이하기 위해 영원에의 여행준비를 서둘렀습니다. 우리가 진행 중인 세미나의 최고 핵심과제인 데스 에듀케이션(죽음의 준비교육)은 쉽게 말해 중세시대 죽음의 가치관을 현대적으로 재현한 데 불과하다고 생각합니다.

어떤 의미에서는 현대를 살아가는 우리야말로 태어남과 동시에 나그네로서의 방랑을 강요받고 있는지도 모릅니다. 오늘의 사회에서 평생토록 자신이 태어난 땅을 떠나지 않고, 친척과 가까운 이웃에게만 둘러싸여 일생을 보낸다는 것은 거의 불가능합니다. 많은 사람들이 태어난 고향을 떠나 뿌리 없는 들풀처럼 이리저리 떠돕니다. 나 또한 지금까지의 인생 중 거의 대부분을 '외국'에서 지냈습니다. 일본을 제2의 고향으로 삼고 끝없이 사랑하며 이 땅에 뼈를 묻을 결심을 굳히면서 인간에게 실제의 고향만이 고향의 전부는 아니라는 것을 알게 되었습니다. 우리는 언제 어느 곳에 있더라도 친구라는 이름의 정신적인 고향을 만날 수 있습니다.

마음의 고향인 우정에는 지리상의 고향보다 더 큰 장점이 있습니다. 스스로 자유롭게 선택할 수 있다는 점입니다. 이에 비해 물리적으로 태어난 고향땅은 선택의 여지가 없습니다. 한정된 지역 내에서 모든 사람이 참된 평온을 느낀다고는 말할 수 없습니다. 방랑으로 한평생을 보낸 시인 릴케도 이렇게 노래했습니다. "내게 고향이 있다고 한다면 여기저기에 있는 친구들의 가슴속이다." 인생의 여로를 뒤돌아보았을 때 친구의 곁에서 고향의 온기를 느꼈던 경험이야말로 최고의 추억으로 기억될 것입니다. 아무리 길고 험난한 길이더라도 일본의 속담처럼 '여행에는 길동무' 그 자체인 것입니다.

그러나 참된 우정이라면 시련 또한 따르기 마련입니다. 소노 씨의 이번 여행에 대한 계획을 듣고부터 기회가 될 때마다 소노 씨가 겪게 될 어려움을 상상해보곤 했습니다. 특히 한 달 넘게 여섯 명이 두 대의 자동차라는 한정된 공간에서 생활한다는 건 여느 극한상황에 못잖을 것이라고 생각합니다. 동행하는 분들 모두가 공통의 목표와 우정으로 굳게 뭉쳐 있을지라도 사막이라는 광대한 밀실에서의 생활은 가장 가까운 친구 사이에도 마찰과 긴장을 불러올 것입니다. 성서에 '황야'라는 이름으로 등장하는 사막이 얼마나 가혹한 땅인지는 나도 한 번 경험해보았습니다. 그곳에서 나는 육체적인 내구력과 함께 정신적인 포용력도 철저하게 시험받았습니다.

인간관계에 대한 철학적인 테마 중 하나가 이런 문제와 깊은 연관이 있습니다. 바로 '사랑하기에 벌어지는 싸움'이라는 테마입니다. 우정과 애정에 대한 여러 오해 중 서로에 대한 애정으로 묶여 있는 두 사람 사이에 대립이라는 구도는 있을 수 없다는 믿음이 있습니다. 그런데 풍요로운 우정을 기르기 위해서는 정신적인 갈등을 겪어야만 합니다. 상대방의 말을 무조건 따르는 친구라면 자신의 인격적 가치를 상실한, 따라서 함께 있어도 지루하기만 한 존재밖에 되지 않습니다. 서로에게 유익한 비평을 게을리한 부부는 겉으로는 아무 문제가 없어 보여도 어느 순간부턴가 마주 보기만 해도 하품이 나올 것 같은 권태로운 관계가 될 위험이 큽니다. 정신적인 갈등은 비유컨대 우정과 애정을 돋보이게 하는 향신료입니다. 인간관계가 깊어질수록 권태로워지는 것을 방지해줍니다. 이 같은 갈등은 상대방에 대한 애정과 존경에서 비롯되어야 하며, 때와 장소를 적절히 선택해야 한다는 것은 두말할 필요도 없습니다.

친구로부터의 도전이 상대방의 잠들어 있는 능력을 깨웁니다. 사랑하기에 벌어지는 싸움은 상대방이 보다 나은 자신을 발견하고 정신적으로 새롭게 태어나는 것을 도와주는 수단이며, 좀 더 발전된 인간성의 탄생에 필요한 산파역이라고 생각합니다. 필요한 순간에 상대방의 의견에 반대하며 맞설 수 있는 용기를 갖지 못한 사람은 그를 진심으로 사랑한다고 말할 수 없습니다. 단단한 강철을 얻기 위해서는 작열

하는 용광로에 넣어 제련해야 하듯 끈끈한 우정 또한 '사랑하기 때문에 싸울 수밖에 없는' 불길에 던져져 단련되어야 합니다. '사랑하기에 벌어지는 싸움'의 필요성은 독일의 철학자 '카를 야스퍼스'가 처음 주장했는데, 그가 말하고자 했던 바는 애정으로 맺어진 사람들은 서로 싸우지 않으면 안 된다, 그러나 이 싸움은 상대를 쓰러뜨리기 위한 싸움이 아닌 상대를 도와 새로운 도전을 시작하기 위한 싸움이다, 라는 의미였습니다. 친구라면 표면적인 동의와 마음을 주고받는 교제로 만족해서는 안 됩니다. 자기 자신에 대해서도, 상대인 친구에 대해서도 때로는 엄격할 줄 알아야 합니다. 사랑이 뒷받침된 시련을 함께 거쳐야만 참된 우정이 실현되고, 그 같은 우정의 테두리에서 인격적인 '나와 너의 만남'도 가능해진다고 생각합니다.

인생의 여로에서 하나의 단계를 밟아나간다는 것은 동시에 무엇인가를 잃었다는 뜻입니다. 그러나 노년기에 이르러 인간은 상실의 보상으로서 인격적인 원숙함에 다다릅니다. 그렇기 때문에 노년기는 삶에서 가장 소중한 시기이기도 합니다. 이런 것을 생각해봤을 때 아프리카의 평균수명이 45세에 불과하다는 이야기는 여러 가지를 생각하게 합니다. 일본에서 45세라고 한다면 한창 일할 나이입니다. 그런데 일본의 평균수명(남자 74.22세, 여자 79.66세. 1989년 통계에서는 남자 75.91세, 여자 81.77세)이 이처럼 늘어난 것이 극히 최근이라는 사실을 알고 있는 사람은 매우 드문 것 같습니다. 제3의 인생과 죽음을 테마로 강연을 할 때면 빼놓지 않고 "1921년 일본의 평균수명은 몇 살이었을까요?" 하고 물어보는데 가장 많은 대답이 '55세'입니다. 실제로는 당시의 평균수명은 남자 42.1세, 여자 43.2세였습니다. 이 같은 수치를 비교해본다면 일본에서 노인문제는 최근 들어서야 사회적으로 부각되었음을 알 수 있습니다. 이만큼 삶의 경계선을 확대해준 의학의 발전에는 감사하지 않을 수 없지만 어디까지나 이것은 육체적인 생과 사의 문제입니다.

다른 한편에서는 오늘날의 의료가 오직 육체적인 연명에만 집착하고 있는 것은 아닌가, 하고 의문이 생기기도 합니다. 노인문제 연구를 위해 모국인 독일을 비롯한 미국, 일본 등의 노인홈을 방문했을 때 가장 크게 인상에 남은 것은 숱하게 많은 노인이 육체적인 죽음에 앞서 '부분적 죽음'(partial death)을 맞이하고 있었다는 점입니다. 소노 씨도 편지에서 시력과 청력의 상실을 '부분적인 죽음'이라고 표현하셨더군요. 내가 노인홈에서 보고 들은 것은 육체적인 생명의 종말 직전에 사회적인 죽음, 또는 정신적인 죽음을 먼저 체험하고 있는 노인들의 안타까운 모습이었습니다.

사회적인 죽음이란 사회생활에서 따돌림을 당하거나 스스로 빠져나온 상황을 가리킵니다. 인간은 본질적으로 사회적인 존재이므로 사회에 소속되지 않았다는 것은 어떤 의미에서는 인간다운 삶을 영위하지 못하고 있다는 뜻으로 해석할 수도 있습니다. 사회에서의 소외가 부분적인 죽음으로 이어지는 것입니다. 캐나다에서 실시된 조사에 따르면 노인의 50퍼센트 이상이 가장 큰 고민으로 '고독'을 꼽았습니다.

캐나다만이 아니라 거의 모든 선진국에서 사회의 급격한 진보와 변혁을 따라가지 못하고 뒤처지는 노인들이 소외감으로 괴로워하고 있으며, 이것이 노년문제의 핵심으로 부상하고 있습니다. 일본인은 자신의 인간적인 가치를 사회에의 공헌도로 측정하려는 사람이 많아서 더 이상 사회에 공헌하지 못하는 자신의 처지가 사회와 가족에게 '짐'이 될 뿐이라고 생각하며 괴로워하는 사람이 많습니다. 일본의 노인들에게 죽고 싶다고 생각하는 이유를 물어보면 대부분 "가족에게 폐를 끼치고 싶지 않아서."라는 대답이 돌아온다고 합니다. 일본 특유의 미덕이라고 할 수 있는 '타인에게 폐를 끼쳐서는 안 된다'라는 관념 그 자체는 훌륭하다고 생각합니다. 문제는 노인들이 왜 자신의 처지를 남에게 폐가 된다고 생각하게 되었느냐는 점입니다. 우리 모두가 반성해야 될 문제가 아닐는지요.

소노 씨도 일본이 75세 이상의 여자자살률 1위(1984년 통계)라는 뉴스를 보셨을 걸로 압니다. 우리 주변에 육체적인 죽음 이전에 사회적인 죽음이라는 부분적 죽음을 강요당하고 있는 노년이 생각보다 많은 것은 아닌지 걱정스럽습니다.

또 다른 부분적인 죽음이라고 할 수 있는 정신적인 죽음 또한 심각한 문제입니다. 정신적인 죽음이란 마음속에서 인간다운 삶을 중단한 상태를 뜻합니다. 노인홈에서 자주 목격하는 광경인데 철저하게 주변에 무관심한 노인들, 염세주의의 의복을 입고 있는 것 같은 노인들, 삶의 희망도, 기쁨도 그들 내면에서는 벌써 오래전에 타버려서 재가 된 것처럼 보입니다. 육신은 살아 있어도 빈 껍질과 비슷합니다. 심각한 것은 노년기가 아닌 사람들 중에서도——때로는 학생들에게서도——비슷한 정신상태가 발견된다는 점입니다.

의학의 눈부신 진보는 육체적인 생명을 연장하는 데 성공했지만 노년기의 사회적·정신적 생활의 풍요로움이 뒷받침되지 않는 이상 참된 의미에서의 진보라고 말하기는 힘들 것입니다.

노년기에도 삶의 보람을 발견할 수 있느냐의 문제는 미래에 대한 희망을 가질 수 있느냐, 라는 문제와 밀접한 관련이 있습니다. 인간은 희망을 품고 사는 존재입니다. 아침에는 오늘도 좋은 하루가 되기를, 하는 일이 잘되고 목표가 달성되기를 희망하고, 저녁에는 편안한 수면과 내일 아침에도 오늘처럼 기분 좋게 눈을 뜨기를 희망합니다. 더운 여름날에는 가을의 선선한 바람을, 추운 겨울날에는 따뜻한 봄의 햇살을, 병상에 누워서는 빨리 회복되기를 바라는 것이 인간의 자연스러운 모습 아닐까요. 희망은 인간의 마음에 심어진 근원적인 충동이며 우리에게 활력과 창조력, 용기, 기쁨을 가져다줍니다. 아무런 희망도 없이 인간다운 생활을 영위한다는 건 도저히 불가능한 일이며, 인간으로서 살아 있는 한 어떤 때라도 우리는 희망과 마주쳐야 합니다.

희망의 대상은 인생의 단계별로 모습이 바뀝니다. 청년 때와 중년에는 구체적인 대상, 원하는 직업, 성공, 승진, 지위, 평가, 재산 등을 바라며 열심히 노력합니다. 그러나 나이 들어 노년기에 이르러서는 희망이라는 대상에 질적인 변화가 찾아옵니다. 젊은 날에 꿈꿨던 희망들 중 몇 가지는 실현이 불가능하다는 것, 그나마 실현된 희망도 마음의 갈증을 완전히 치유해주지는 못한다는 것을 알게 됩니다. 젊은 날에 그토록 노력해서 손에 넣은 직업과 지위와 건강이 점점 사라지고 있다는 불안이 소리도 없이 다가오고, 죽음의 때에는 이 모든 것을 내려놓아야 한다는 현실이 서서히 눈에 보이기 시작합니다.

실존철학자인 요셉 피퍼와 마르셀 등은 희망을 크게 두 가지 형태로 분류했습니다. 하나는 일상적인 희망이며, 또 하나는 근원적인 희망입니다. 일상적인 희망이 매일의 생활에서 구체적인 목표를 정하고 이를 쫓아가는 것이라면 근원적인 희망은 인간의 실존, 인격과 직결됩니다. 근원적인 희망에서 제기되는 의문은 인간이 미래에 대해 지금처럼 긍정적인 태도로 임할 수 있느냐는 것입니다. 이에 대한 대답에 따라 희망을 안고 살아갈 수도, 그 반대가 될 수도 있습니다.

풍요로운 노년의 생활을 원한다면 사소하고 일상적인 희망을 초월하는 근원적 희망을 가져야 합니다. 노년생활에서도 일상적인 희망은 중요하지만 그보다 중요한 것은 거듭되는 실패에도 불구하고 인생에서 의미를 찾고, 그 같은 의미는 미래에도 주어질 것임을 확신하는 긍정적인 생각입니다. 나아가 근원적인 희망은 죽음을 목전에 둔 상황에서도 영원이라는 미래를 꿈꿀 수 있는가, 라는 가장 어려운 질문 앞에서 마지막 시험을 치르게 될 것입니다.

독일의 철학자이며 가톨릭 사제였던 알프레드 델프는 반나치 운동의 정신적 지도자로 활약하다가 37세의 젊은 나이로 히틀러에게 처형

당했습니다. 그의 창조적인 재능을 알고 있던 많은 사람들이 그의 젊은 죽음을 안타까워했지만 본인은 자신의 삶을 시간의 길이보다 질로써 측량했던 모양입니다. 그가 남긴 문장 가운데 이런 구절이 있습니다. "만일 한 사람의 인간에 의해 조금이라도 많은 사랑과 평화, 빛과 진실이 세상에 전해진다면 그 일생에는 무엇과도 바꿀 수 없는 의미가 있다." 내가 살아가는 방식을 통해 이 세상에 사랑이 더해졌을까. 매일 행해지는 나의 노력에 의해 이 세상이 조금이라도 따뜻해지고 살기 좋은 장소가 되었을까. 자신의 인생에 어떤 의미가 있는지 궁금하다면 이렇게 자문해보는 건 어떨까요.

다시 한번 무사히 여행을 마치시기를 기도하며 붓을 놓습니다. 언젠가 만나서 여행 이야기를 들어볼 수 있다면 무척 행복할 것 같습니다. 부디 몸조심하시기를.

알폰스 데켄 드림

만월의 사막에서

알폰스 데켄 신부님.

무사히 사하라 여행에서 돌아왔습니다! 감사합니다. 신부님이 우리를 위해 기도해주신 덕분이라고 생각합니다. 인간은 작은 위험을 피해갈 수는 있어도 거대한 위험 앞에서는 무력할 뿐입니다. 그럼에도 우연인지 피해갈 수 있는 위험만 만나게 되고, 우리가 그 사실을 깨닫게 되었더라도 그것은 우리의 힘이 아닙니다.

우리가 만난 위험은 이런 것이었습니다.

우리는 만월의 밤에 알제리령 사하라 북단의 아드랄이라는 도시를 출발했습니다. 이곳이 사막에 이르기 전 마지막 도시였습니다. 여기서 150킬로미터쯤 남쪽으로 달리면 레간느라는 마을이 나오는데 거기서는 휘발유 보급만이 가능했습니다.

동구 밖에서 포장도로도 끊어지고 여기서부터는 남쪽으로 1480킬로미터를 휘발유, 물, 식료품 보급 없이 사막의 바다로 들어가야 했습니다.

처음 50킬로미터는 시속 20킬로 이상의 속도를 내는 것이 어려울 만큼 길이 험했지만 이후로는 사하라의 그 단정한 기품이 서린 표정이 나타났습니다. 사막이라고는 해도 시속 100킬로까지 달리는 것이 가능한 모래 상태였습니다.

그날 저녁까지 우리는 200킬로미터의 사막을 달려 야영을 할 계획이었습니다. 달력을 보지 않고 일정을 정했음에도 그날 밤은 만월의 이튿날이었습니다. 우리가 갈다야, 엘 고레야, 티미문, 베니 아베스 같은 북부 사막과 오아시스의 거리들과 모래언덕 지대를 여행하는 동안 달이 만월로 차올랐다는 멋진 운명과 조우하게 된 것입니다. 우리의 사소한 조난사건과 약간은 관계가 있으니 끝까지 들어주세요.

만월을 사막에서 맞게 되었다는 행운에 나는 무척이나 들떴습니다. 그야말로 내가 꿈꾸었던 목적 중에 하나였기 때문입니다. 왜냐고 물으신다면 딱히 대답할 말은 없습니다. 단지 이렇게 호화로운 밤을 보냈다는 사실을 나이 들어 임종 때가 되면 깊은 감사와 더불어 떠올릴 것 같다는 생각이 들었습니다.

200킬로미터를 달려 야영할 곳을 정하고 우리는 발전기를 돌렸습니다. 전기밥솥에 밥을 짓고 프로판가스로 반찬을 만들고, 100와트 전구를 환하게 밝혔습니다. 사막이라고는 생각되지 않을 정도로 호사스런 저녁식사였습니다. 반경 360도에는 아무것도 존재하지 않는 공간에 냉랭하고 어두컴컴한 밤이 두 시간가량 흘렀습니다. 문득 고개를 들어 보니 동쪽 지평선이 심상치 않은 빛으로 물들어 있었습니다.

월출의 전조였습니다. 감나무 열매 빛깔로 물든 달은 조금 이상한 표현이지만 똑, 하고 떨어지는 게 아니라 스스로 올라가고 있었습니다.

우리는 식사를 마치고 프랑스에서 공수해온 코냑을 마시고 있었는 데 내가,

"이렇게 그냥 있기에는 좀 아깝네요. 전기를 끄면 안 될까요?"

하고 말하자 다들, "그렇게 합시다." 하고 찬성해주었습니다.

엔지니어인 요시무라 에이지 씨가 발전기를 멈추었습니다. 수백 킬로미터나 되는 사막이 우리가 있는 공간을 감싸 안은 정적만이 느껴졌습니다.

그때입니다. 차 밑에서 똑, 똑, 하고 물방울 떨어지는 소리가 들렸습니다.

그날 오후에 자동차 안에서 휘발유 냄새가 나기는 했지만 대수롭지 않게 여겼고, 1500킬로미터를 주유소에 들르지 않고 달릴 수 있을 만큼의 연료를 차내에 일부 쌓아놓기도 한데다, 외부기온은 섭씨 40도까지 올라간 상태였습니다. 약간의 휘발유 냄새에도 우리는 별 다른 의심을 하지 않았습니다. 그리고 차 안에서 담배를 피우는 사람이 없었기에 더욱 안심했던 것인데 지금 차 밑에서 새어나오는 액체는 누가 봐도 휘발유였고, 우리 모두는 잔뜩 얼어붙었습니다.

탱크를 조사해보자 차 안에 설치한 200리터짜리 보조탱크에 휘발유가 10~20리터밖에 남지 않았습니다. 원인은 곧 밝혀졌습니다. 휘발유 탱크는 차가 달리는 동안 외부기온에 의해 내부의 공기가 팽창합니다. 루프캐리어에 실렸던 금속제 휴대용 휘발유통은 두서너 시간에 한 번씩 뚜껑을 열고 내부공기를 순환시켜주었습니다. 당연히 200리터짜리 탱크에도 공기순환장치가 되어 있었는데 그 파이프 끝이 휘발유에 닿도록 설계되어 있었습니다. 그래서 험한 길에 차가 흔들릴 때 사이펀의 원리로 휘발유를 흘리며 달렸던 것입니다.

요시무라 에이지 씨가 서둘러 파이프를 수리한 덕분에 위험은 사라졌지만 200리터나 되는 휘발유를 잃은 채로 사막을 완주할 수는 없었습니다. 우리는 의논 끝에 차 한 대에 휴대용 휘발유통을 모두 싣고 200킬로미터나 떨어진 레간느로 다시 되돌아갈 것을 결정했습니다. 이런 긴급한 상황 때문에 사막에서는 반드시 두 대 이상의 자동차로 주행해야 합니다.

프랑스어에 능숙한 카메라맨 구마세가와 오사무 씨와 요시무라 에이지 씨가 휘발유를 사러 떠나기로 했습니다.

밤의 사막을 달려야 해서 속으로 많이 걱정했는데 구마세가와 씨는 괜찮다고 말했고 요시무라 씨도 이런 일에는 전문가나 다름없습니다. 우리는 두 사람을 배웅하고 그날 밤은 달빛 속에서 잠들었습니다.

그날 밤 나는 노트에 이런 글귀를 적어보았습니다.

"만월의 밤, 사막은 바다 밑이 되고

인간은 모두 물고기가 된다."

다행히 우리는 위기에서 벗어날 수 있었습니다. 이튿날 정오 무렵 두 사람이 탄 자동차가 먼지를 일으키며 지평선 너머에서 나타났을 때의 감격은 잊지 못할 것 같습니다.

조금 더 달린 후에 예비탱크가 비어 있다는 것을 발견했다면, 조난까지는 아니었더라도 자동차 한 대를 사막에 버려두거나, 연료 때문에 더욱 긴 거리를 되돌아가는 등의 위험과 부자유를 겪게 되었을지도 모릅니다. 그런 위기 속에서 사막의 달이 우리를 구해주었습니다. 세상에 존재한다고는 믿어지지 않는 바다 밑에서 올려다보는 듯한 월광의 밤과 정적이 우리에게 위험을 알려주었습니다. 그리고 우리 중 누구 한 사람도 이런 상황과 맞닥뜨리게 되리라고는 예측하지 못했습니다.

우리의 우정에 대해 염려해주셨던 신부님의 친절에 뭐라 감사의 말씀을 드려야 좋을지 모르겠습니다. 성격이 비관적인 탓에 출발 전부터 우리가 가혹한 여행에 지쳐 평상심을 잃고 우정에 상처라도 난다면 어떻게 하나 하고 많이 불안했습니다. 실제로 그런 일이 벌어져도 할 수 없다라는 생각까지 했습니다.

모든 인간은 무엇인가를 손에 넣으려고 할 때 대가를 지불해야 합니다. 사막도 예외는 아닙니다. 그러나 결과적으로… 내 근심은 기우였습니다. 우리는 매일 성대하게 상대방 면전에서 그에 대한 험담을 거리낌 없이 입에 담았고, 여행이 끝날 때쯤에는 더 이상 비난할 거리도 찾지 못했습니다. 우리는 여행 시작부터 생명보험의 수취인으로 이름

을 올린 에이지 씨의 매형 요시무라 사쿠지 씨로부터,

"이왕 죽으려면 온전하게 시체를 남겨요. 크게 훼손되면 곤란하니까요. 내가 보험금을 제대로 타려면 시체가 확실해야 한다구요."

라는 말을 매일 들어왔기에 오기로라도 죽어서는 안 된다고 결심을 굳혔습니다. 덕분에 전원이 무사히 돌아왔습니다. 1월 하순경 우리 집에서 사하라 멤버들이 모임을 가졌는데 파리에서 사는 구마세가와 씨까지 참석해주셨습니다. 우리는 그날 사막에서 미처 풀지 못했던 서로에 대한 험담을 늘어놓으며 포도주 열 병을 비웠습니다.

세월이 쌓일수록 삶에 대한 나의 탐욕은 커져만 가는 것 같습니다. 어느새 이 나이가 되었고, 남의 평판과 세상의 이목이 두렵지도 않습니다. 그렇다고 타인의 존재에 내가 무관심하다는 것은 아닙니다. 타인에게서 받은 다정함을 이해하고 진심으로 감사를 표할 수 있게 된 것도 나이를 먹었기에 가능하다고 생각합니다. 지금도 두려운 것이 있다면 우리가 아무리 애쓰고 노력해도 속일 수 없는 신의 존재입니다.

신부님이 지적하신 대로 여행은 죽음의 준비라는 생각이 들었습니다. 여행을 떠나지 않으면 죽음의 준비를 하지 못한다는 이야기는 아닙니다. 이번 여행을 통해 사하라는 젊은이의 여행지가 아니며, 오히려 중년과 노년의 여행지로 적합하다는 느낌을 받았습니다. 첫 번째 이유로 사하라 종단에 필요한 준비를 하다보면 모험에 젊음이 필요하지는 않다는 것, 그리고 둘째는 매우 현실적인 이야기인데 사막종단은 상당한 경제력을 필요로 하기에 청년들이 감당할 수 있는 수준이 아니라는 것,(우리는 자동차 회사에서 자동차를 제공받지 않았습니다. 조금 가격을 깎아주기는 했지만 정식으로 구입했습니다.) 셋째로는 조금이라도 위험한 지역에는 어린 자녀를 돌봐야 할 책임이 있는 젊은 부모세대는 가지 않는 편이 좋다는 것 등을 깨달았기 때문입니다. 위험 지역은 언제 죽어도 누군가에게 그다지 영향을 끼치지 않는 내 나이 또래가 가야 한다는 것을 알게 되었습니다. 안타깝게도 우리 멤버 중 나를 제외하고는 모두 젊었지만 말이지요….

쓸데없는 말은 이쯤에서 그치고 이번 여행의 가장 큰 수확에 대해 말씀드리겠습니다. 샤를 드 푸코 신부님의 고국인 프랑스 파리에서, 비록 내 짧은 프랑스어로는 이해할 수 없겠지만 일어로 번역되지 않은 푸코 신부님의 저서를 몇 권 구입했습니다. 샤를 드 푸코라는 신부를 연구하는 전문가들이 꽤 많겠지만 그들 중 나처럼 타만라세트 산상에 웅크리고 있는 초막에 가본 사람은 별로 없을 겁니다. 자랑할 생각은 추호도 없으나 내가 그곳까지 걸음을 옮겼다는 것은 앞으로 내가 그곳에 대한 이야기를 글로 써야 된다는 계시처럼 다가옵니다.

푸코 신부님은 1858년 프랑스의 자작(5등작의 네 번째 작위) 가문에서 태어났습니다. 다섯 살에 부모를 여윈 푸코 신부님은 백모의 집에서 아홉 살 연상의 마리라는 사촌누이를 만납니다. 푸코 신부님은 그녀를 누나로, 동시에 어머니로, 때로는 연인으로 애정을 기울였습니다. 그러나 마리는 훗날 드 본드 부인이 되었고, 푸코 신부님은 프랑스 육군사관학교에 입학합니다.

그때부터 그의 생활은 엉망진창으로 망가집니다. 나중에 아프리카의 투아레그족 땅에서 선교활동을 펴며 투아레그어 사전을 만드실 정도였으니 재능을 타고난 분이라고 할 수 있습니다. 그러나 푸코 신부님의 출발은 실망스러웠습니다. 스무 살에 조부의 사망으로 유산을 물려받자 물 쓰듯 돈을 낭비했습니다. 미식에 빠져 살이 찌고, 수상한 여자를 임지로 데려가 푸코 부인이라고 소개했습니다.

나처럼 속물적인 인간의 입장에서는 이 같은 인간적인 모습이야말로 샤를 드 푸코의 가장 큰 매력입니다. 그에게 이런 모습이 없었다면 성인(聖人)으로 불리는 분들에게 치졸한 선입관을 갖고 있던 내가 이렇듯 관심을 기울이게 되지는 않았을 것입니다.

방탕한 나날들 속에서 불현듯 샤를 드 푸코의 심리에 상당한 변화가 찾아옵니다. 군에서 제대한 후에도 내 안에 신앙 따위는 없다고 공공연히 외치고 다니던 푸코가 어느 날 갑자기 고해성사를 하고 성체를 받아들입니다. 지금까지의 샤를 드 푸코가 죽고 새로운 푸코가 태어난 것입니다.

그의 전기를 참고해도 당시의 심적 변화의 진짜 이유는 확실히 밝혀내기가 어렵습니다. 그저 인간은 변한다는 것, 변할 수 있다는 것뿐입니다.(전보다 더 악화된 인간으로 변하는 사람도 있습니다.) 그리고 변화에는 시간이 걸립니다. 언제가 될지는 모릅니다. 여든, 아흔을 지나 죽기 전날에 변하는 사람도 있습니다. 확실한 건 그 변화의 날이 우리가 완성되는 그날이라는 것입니다. 변했다고 해서 완전해진다고는 말할 수 없지만 그의 인생에서 변했다는 것은 나름대로 조금은 완성되었음을 뜻합니다.

살아감에 따라 좋은 방향으로 자신을 변화시키는 인간의 모습을 보면서 노년을 살아가는 의미를 이해하게 됩니다. 그리고 자살의 나약함에 대해서도 납득합니다. 스스로를 만들다가 중간에 포기해버리는 것은 삶을 이해한 자의 선택이 될 수 없습니다.

샤를 드 푸코는 수도회 중에서도 청빈한 생활을 강조하는 트라피스트 수도회에 들어갑니다. 가장 처음에는 프랑스에 있는 수도회를, 그리고 다시 예루살렘 북쪽의 트라피스트 수도회에서 자신을 변화시켰습니다.

그러나 가난한 수행은 그를 만족시키지 못했습니다. 나사렛 예수처럼 아주 자연스럽게 가난한 자들의 생활에 녹아들어가 고통과 기쁨을 함께하고 싶었기 때문입니다.

알제리에서 군복무를 하던 시절 이슬람인의 경건한 신앙에 감동한 푸코는 프랑스의 식민지정책과 노예매매를 비판하는 데 앞장서왔습니다. 암흑의 대륙으로 불리는 아프리카에 기독교의 빛을 가져다주고, 그 땅에서 사람들과 함께 살며 같은 대지에 앉아 이야기하고 싶다…. 이것이 샤를 드 푸코의 간절한 소망이 되었습니다. 세상에서의 성공, 세상이 보여주는 쾌락은 그의 관심에서 완전히 지워졌습니다.

그는 먼저 알제리의 수도 알제 남쪽의 모로코에 가까운 베니 아베스에서 선교활동을 했고, 이어서 멀리 떨어진 사하라의 중심 타만라세트라는 작은 마을에서, 다시 그곳에서 북쪽으로 70킬로미터 떨어진 아세크렘 산꼭대기에 혼자 누울 수 있는 초막을 짓고 살면서 주변의 투아레그족들과 형제가 되었습니다.

샤를 드 푸코 신부님은 1916년 제1차 세계대전 도중에 대(對)프랑스 운동의 여파로 이슬람 과격파인 시누시교도의 소년에게 살해당합니다.

우리는 별이 질 무렵에 아세크렘 산정으로 올라갔습니다. 곳곳에 바위가 가로막고 있는 어두운 길을 현세에서 영원의 세계로 반쯤 들어간 것 같은 늙은 수도사가 허술한 옷을 입고 얼어붙을 것 같은 한풍을 맞으며 즐거운 표정으로 가쁘게 올라갑니다. 새벽녘의 빛줄기가 동쪽 하늘을 물들였습니다.

그때의 광경만큼 나에게 여러 가지를 생각하게 하는 광경은 없었습니다. 푸코 신부님의 초막이 있는 산정에 오르면 250킬로미터 저편의 광활한 사막, 아니 암막(岩漠)이 보인다고 합니다.

그곳에서 보는 사막은 인생이었습니다. 헛되고 작은, 그러나 헛되고 작기에 따뜻하고 소중한 인간의 생애가 생각나는 곳이었습니다.

아우슈비츠에서 유태인을 대신해 굶어 죽은 코르베 신부님의 죽음이 그 당시에는 헛된 희생처럼 여겨졌듯이 푸코 신부님이 살아 있을 때도 그의 노력은 풍요로운 결실과는 거리가 멀었습니다. 푸코 신부님이 세례를 준 신도도 몇 사람에 불과했으며, 투아레그족은 신부님의 존재와 물질에 관심을 가졌을 뿐 신앙을 인정하지는 않았습니다.

그러나 푸코 신부님은 "한 알의 밀알이 땅에 떨어져 썩지 않으면 언제까지나 한 알인 채다. 그러나 썩으면 많은 열매를 맺는다."라는 말씀을 사랑하셨습니다. 다음 생명을 위해 자신이 희생되는 것은 손해도 아니고 헛되지도 않고, 그렇게 사는 것이야말로 풍요로운 인생이라는 것을 알고 계셨습니다. 그의 깨달음은 죽음이 다가왔음을 알고 있었기에 가능했겠지요. 푸코 신부님이 경험한 죽음 앞에서의 깨달음이란 죽음은 어둠이 아니며, 일찍이 느껴보지 못했던 밝은 미래가 관념이 아닌 현실처럼 다가오는 어느 순간입니다.

금년은 너무 추워서 힘들었습니다. 4월 중순쯤 시력을 잃은 분들의 가이드를 맡아 함께 이스라엘을 여행합니다. 벌써 50명이 넘는 분들이 신청했습니다. 건강한 분들도 많이 동참하실 텐데 이번 여행을 통해 서로가 서로의 살아가는 방식을 배우는 기회가 될 것입니다. 다음 편지에서는 이 여행에서 내가 얼마나 바보 같은 짓을 했는지 보고하겠습니다.

신부님이 왕성하게 활동하신다는 소식을 들을 때마다 무리하시는 건 아닌지 걱정스럽습니다. 우리도 더는 젊은 나이가 아니니 조금은 조심해주세요. 이른 감이 있지만 뜻깊은 부활절이 되기를 기도드립니다. 저는 성지 어딘가에서 부활절을 맞게 될 것 같습니다.

소노 아야코 드림

데켄 신부의 다섯 번째 편지

죽음은 배우고 준비해야 합니다

소노 아야코 님.

훌륭한 여행이야기 감사히 잘 들었습니다. 문명의 도움을 받았더라도 사막여행은 넓은 바다를 항해하는 것과 비슷한 힘겨움이 있습니다. 목표를 달성하고 무사히 돌아오신 것을 새삼 축하드립니다. 기술적인 문제는 그렇다 치고 인간의 내면을 한층 풍요롭게 채우고 보다 완성된 곳으로 이끌어갔다는 의미에서 소노 씨의 사하라 종단은 진정한 모험이며 여행이었다고 생각합니다.

세월은 쉬지 않고 달려서 첫 번째 편지를 받은 지도 1년이 지나가고 있습니다. 대학강의도 금년 과정을 모두 종료하고 신학기 준비를 시작해야 합니다. 지난 1년간 많은 일이 있었는데 죠치대학에서 '죽음의 철학'을 강의하면서 학생들이 이웃에서 체험한 죽음을 다양하게 접했습니다. 47세에 암에 걸려 6개월 시한부 선고를 받은 아버지, 갑작스런 교통사고로 돌아가신 어머니, 자살한 형, 아침식사를 마치고 자리에서 일어나다가 심장마비로 쓰러지신 할아버지…. 얼마 전에는 한 학생이 연구실로 찾아와 이런 이야기를 들려주었습니다. 그의 아버지는 일주일을 병원에 입원하셨는데 몸이 좋아졌으니 걱정 말고 퇴원하라는 의사의 말을 믿고 집에 돌아왔다고 합니다. 그날 밤 모처럼 가족이 한자리에 모인 식탁에서 아버지는 역시나 별일 아니었다며 기쁘게 웃으셨는데 이튿날 병원에서 어머니에게 전화가 걸려왔다고 합니다. "바깥 어른은 앞으로 4개월밖에 남지 않았습니다." 그날 이후 매일 가족들의 거짓말을 믿으며 살아가는 아버지를 보면서 가족들의 심경은 어땠을까요. 의사는 어머니에게 말기암에 대해서는 아버지 본인에게 절대로 알리지 말라는 부탁을 했다고 합니다. 내 강의를 신청한 학생들 중 매년 몇 명인가는 가까운 사람의 죽음이 수강하게 된 계기였다고 말합니다. 내가 가르치는 죽음의 철학이 가족의 죽음을 체험하고 싹튼 여러 의문을 해결하는 데 조금이라도 도움이 됐다는 말을 들을 때마다 교사로서 과분할 정도로 감사한 마음을 갖게 됩니다.

이런 학생들과 이야기를 나누다보면 마음에 걸리는 게 하나 있습니다. 인간의 성숙과 죽음의 준비에 대해서입니다. 사고 등으로 갑작스레 세상을 떠나는 상황은 제외하고, 죽음을 선고받은 가족이 죽음을 받아들일 준비를 마치고 죽음에 이르렀다고 생각되는지를 물어보면 "그런 것 같지는 않습니다."라는 대답이 압도적입니다. 죽음은 인생에서 가장 큰 과제이며 여기에 도달하기 위해서는 적절한 교육에 의한 준비가 반드시 필요하다고 절감합니다. 인간의 죽음은 동물적인 단순한 죽음으로 치부되어서는 안 됩니다. 죽는다는 행위를 통해 우리는 인생의 종막을 훌륭히 닫아야 합니다. 죽음의 드라마에서 주역을 맡은 주인공은 죽음을 향해 떠나는 우리 자신입니다. 따라서 평소에 자신이 맡은 역할을 연구해야 합니다. 그렇지 않으면 다른 무엇인가가 주인공 역할을 빼앗아갈지도 모릅니다. 우물쭈물 지내다가는 나도 모르는 사이에 의사가 내 죽음의 주인공이 되고, 나는 소도구로 전락하게 될지도 모릅니다. 그런 죽음이 과연 인간다운 죽음일까요.

요즘 들어 일본의 현실에 적절한 데스 에듀케이션(죽음의 준비교육)의 구체적인 방법을 여러 가지로 고민하고 있답니다. 장래에는 데스 에듀케이션을 초등학교 필수과목으로 교육과정에 넣고 싶다는 커다란 꿈도 있습니다. 이 같은 정규교육적인 측면 외에도 삶과 죽음에 대해 배우고 마음의 준비를 갖출 기회는 우리 주변에 흔하게 퍼져 있습니다. 이를테면 귀여워했던 애완동물이 죽었을 때 아이들에게 자연스레 죽음을 인식시킬 수 있습니다. 사소해 보여도 이 또한 훌륭한 데스 에듀케이션입니다. 애완동물의 죽음 앞에서 어린 자녀는 죽음이라는 현상에 대해 이것저것 물어볼 것입니다. 그럴 때 아버지와 어머니는 화제를 다른 데로 돌리지 말고 진지하게 아이의 의문에 대답해줘야 합니다. 어린아이들은 어른 이상으로 유연하게, 혹은 단단하게 자신의 체험을 소화합니다. 무엇보다도 죽음이라는 문제에 홀로 맞서보려는 자녀의 시도는 정신적인 성장과정에서 매우 중요한 요소입니다.

인간의 일생에는 성숙에 필요한 여러 요소가 있고, 하나의 단계에서 다음 단계로 이행하는 체험은 보다 나은 죽음을 맞기 위한 훈련입니다. 앞서 말했듯이 인생의 새로운 단계가 시작되기 전에 우리는 전 단계에서 맞이한 많은 것을 잃어버리는 '작은 죽음'을 경험해야 합니다. 그런 과정을 통해 우리는 다음 단계에 어울리는 변화를 이뤄냅니다. 인간은 겁이 많아서 때로는 친숙했던 것들에 필사적으로 매달리기도 합니다. 이전 단계에서 소유했던 것들을 버리지 못하고 새로운 세계로 나아가는 용기를 갖지 못할 때도 있습니다. 그렇게 자신의 과거에 연연해서는 인격적 성장을 기대하기 어렵습니다. 죽음을 거치지 않고 '재생'하기를 바랄 수는 없습니다.

요즘은 유년기를 졸업한 것 같지 않은 젊은이들을 볼 때마다 슬퍼집니다. 고등학생이 되어 맹렬히 수험공부를 하다보면 지적으로는 대학생 못잖은 수준에 도달하지만 정서적으로는 여전히 아이인 경우가 많습니다. 어른도 마찬가지여서 중년인 사람들 중에서도 정서적으로는 사춘기를 맴돌며 성숙한 어른의 인격을 확립하지 못한 사람이 너무나 많습니다. 여러 노인홈을 방문하면서 연령상으로는 노년기에 접어들었지만 인격적으로 원숙하지 않아 '중년기의 죽음'을 받아들이지 못하는 용기 없는 노인들을 자주 만났습니다. 그런 사람들은 이전의 친숙했던 감정들에 집착하는 나머지 버려야 할 것들을 버리지 못하기 때문에 결국에는 제3의 인생에서 가치를 발견하지 못하고 실현해낼 기회도 상실하게 됩니다. 인생의 과도기적인 단계야말로 인간의 성숙과 죽음에 대한 마음자세를 갖추는 최고의 기회라고 생각합니다. 여러 가지 작은 죽음이 '커다란 죽음'을 준비시켜주기 때문입니다.

지금까지 내가 걸어온 길을 돌아볼 때면 인상 깊게 되살아나는 광경은 소년시절에 겪었던 결정적인 체험입니다. 그 시절 나는 갑작스럽게 새로운 도전에 직면했고, 아이에서 어른으로의 도약을 강요받게 되었습니다. 제2차 세계대전 중에, 내가 아직 초등학생이었을 때의 일입니다. 당시 독일에서는 전국의 초등학교에서 학생을 한 명씩 선발해 지도자양성학교라는 곳에 모아놓고 훈련을 했습니다. 그곳은 여러 지방의 가장 우수한 학생만이 교육을 받을 수 있고 미래의 정치, 경제, 학문, 군사 등 다방면의 지도자로 성장할 수 있는 약속의 땅이었습니다. 지도자양성학교에 입학한다는 것은 전국에서 최고로 손꼽히는 훌륭한 지도자들의 교육을 받을 수 있다는 의미였습니다.

우리 학교에서는 내가 뽑혔습니다. 영광스러운 일이었고, 그 이야기를 처음 들었을 때는 말할 수 없이 기뻤습니다. 그러나 잠시 후 이 일이 내게 무엇을 의미하는지를 생각해보았습니다. 지도자양성학교에 입학한다는 것은 내가 나치의 엘리트 교육을 받고 먼 훗날 독일을——나치 통치하의 독일을——이끄는 입장이 된다는 의미입니다.

내 안에서 양심의 갈등이 시작되었습니다. 어린 소년이기는 해도 분별력이 있던 나는 당시 독일정부가 내세운 이데올로기에 공감할 수 없었습니다. 그들의 이데올로기는 독재정치이며, 개인의 자유를 존중

하지 않기 때문에 도덕적으로 정당화될 수 없다고 생각했습니다. 평화로운 생활을 원했던 나는 나치정부가 라디오와 신문, 학교에서 전쟁을 찬미하는 데 대해 심한 반감을 느꼈습니다.

내가 이런 영예로운 추천을 받아들여 지도자양성학교에 입학하더라도 그 자체는 직접적인 죄악은 아닙니다. 그러나 간접적으로 나치체제를 지지하는 행동이므로 다음 단계에서 체제를 존속시키는 데 필요한 책임 있는 지위가 강요될 것입니다.

오랫동안 고민한 끝에 반도덕적인 정치체제에 동조하는 것은 나의 양심을 속이는 행위라고 결론짓게 되었습니다. 양질의 교육적 혜택을 누릴 수 있는 추천을 거부하겠다고 결심하는 것은 쉬운 일이 아니었습니다. 국가가 주관하는 최고의 교육기관에 입학할 학생들을 선별하는 것은 단순한 추천이 아닌 정부의 명령이었습니다. 명령을 어기면 나와 우리 가족이 체포되거나 강제수용소에 끌려갈지도 모릅니다. 불과 얼마 전에 이웃에 사는 어느 한 분이 밤중에 비밀경찰에 체포되어 강제수용소에 끌려간 사건이 있었습니다. 그 후 얼마 동안은 밤마다 불안해서 잠들지 못했습니다. 어둠 속에서 졸린 눈을 비비며 주위를 살피는 밤이 며칠씩 계속되었습니다. 그럼에도 불구하고 나는 옳지 않다고 생각하는 정치체제에 협력하기보다는 나의 양심에 성실해야 한다고 믿었습니다.

외로운 결정이었습니다. 그날부터 나는 내가 선택한 길을 홀로 걸어가야 했습니다. 선택받은 나를 부러워하던 같은 반 친구들은 내가 감히 이런 기회를 저버릴 줄은 몰랐던 모양입니다. 친구들이 명령을 거부한 내 마음을 이해할 수 있었을까요. 국수주의의 파도는 전국을 뒤덮은 지 오래였습니다. 모든 미디어가 독일군의 승리를 찬양하고, 교장선생님의 조례 인사는 열광적인 '하이 히틀러'였습니다. 이런 분위기에서 홀로 흐름을 역행한다는 것은 이제 와서 고백하건대 무척이나 괴로웠답니다.

선생님들도, 친구들도 나를 이해하려고 하지 않았습니다. 인간관계는 갈수록 어색해졌습니다. 갑작스레 차가워진 주위 사람들의 반응에 소외감과 고독이 밀려왔습니다. 이렇게 나는 억지로 나 자신을 바라보게 되었고, 창작을 위한 풍요로운 영감을 얻게 되었습니다. 외로울 때면 나의 내면을 문학적으로 묘사하고 싶어져서 여러 권의 노트에 시를 썼습니다. 스스로 결단을 내려 외양적인 성공의 가능성을 희생시켰지만 덕분에 체험하지 못했던 내적 감동과 창조적 능력이 개발되었다고 생각합니다. 그것은 희생에 대한 보상이었습니다. 그때 내가 세상과 나의 대립을 경험하지 못했다면 창조적인 인생을 깨닫지 못했을 테고, 이를 키워나간다는 건 감히 꿈도 꾸지 못했을 겁니다. 인간이 가지고 있는 잠재적 능력의 가능성을 실현하기 위해서는 고통스런 체험이라는 도전이 필수입니다.

그때의 체험에서 내가 배운 가장 가치 있는 가르침은 자기만의 독립적인 사고방식을 찾아내고 확립해야 한다는 것입니다. 선생님들이 우리에게 강요했던 국수주의와 전쟁찬미는 잘못된 이념이 분명했습니다. 교과서도, 신문도 믿을 수 없었습니다. 그래서 나는 나 자신의 생각에 눈길을 보낼 수밖에 없었습니다. 요즘의 많은 젊은이가 매스미디어와 사회에서 주입하는 사고방식을 무비판적으로 수용하는 것을 볼 때마다 자립된 사고의 확립이 인생에서 얼마나 중요한 가치를 지니는지 새삼 깨닫게 됩니다.

그 사건이 내 인생에서 결정적인 체험이었던 또 하나의 이유는 인생의 인도자인 양심을 가르쳐주었기 때문입니다. 주위의 가치관이 잘못되었음을 알고 난 뒤부터 나의 양심에게 인생의 길안내를 맡길 용기가 생겼습니다.

생각해보면 고통과 만족이 교차되던 나날들이었습니다. 어떤 의미에서는 그때의 경험이 죽음과 비슷했는지도 모릅니다. 내 안의 어린 소년이 죽고, 그 죽음을 계기로 한 사람의 어른이 태어났습니다. 소년에서 어른으로의 성장은 원래 여러 단계를 거치면서 자연스레 이뤄지는 게 보통이지만 내 경우는 특수한 시대상 때문인지 조금은 급하게 진행된 감이 있습니다.

이 밖에 또 한 가지, 당시에는 막연한 예감에 불과했지만 그 뒤의 사색과 철학에서 매우 중요한 위치를 차지하게 되는 제3의 발견이 있습니다. 우리는 현실에서 두 가지 차원을 구별해야 합니다. 첫째는 전체를 전망하고 해결방안을 모색하는 차원, 둘째는 인간의 능력으로는 파악할 수 없는, 다시 말해 이론적인 해결방안을 초월한 차원입니다. 나치와 전쟁이라는 악을 독일이라는 세계는 선으로 인정했습니다. 하지만 내 입장에서 나치는 악이었습니다. 내 입장에서 악이라고 생각되는 이념에 나 홀로 반대한다는 것은 고독을 의미했고 현실과의 딜레마를 뜻했습니다. 그런 체험에서 나는 제3의 발견에 눈을 뜨게 되었습니다. 지난번에 말씀드렸듯이 전쟁이 끝나고 프랑스의 실존철학자 가브리엘 마르셀에게 철학을 배울 수 있는 행운을 얻었습니다. 마르셀의 심원한 사상과 조우하면서 내가 간직하고 있는 의문들은 풍요로운 사색들로 덧칠해졌습니다. 내가 마르셀의 철학과 매우 가까운 사고방식으로 살아왔음을 알게 되었습니다.

마르셀은 현실의 두 가지 차원을 '문제'와 '신비'로 부르며 구별합니다. '문제'란 질문을 던지는 나 자신의 바깥에 있습니다. 내가 바깥에서 전체를 바라보며 객관적인 해결을 구하기 위해 질문을 던집니다. 우리는 이렇게 발생한 '문제'를 철저히 탐구하고 기술적인 노하우로 '문제'를 해결하려고 합니다. '문제'는 적당한 기술과 지식만 있으면 완전히 해결할 수 있고, 한번 해결된 '문제'는 인간의 지배를 받습니다. 역사가 시작된 이래 인간은 이렇게 '문제'를 만들어왔고, 이를 바탕으로 세계에서 그들이 처한 상황과 입장을 관리해왔습니다.

그러나 현실세계에 '문제'만 있는 것은 아닙니다. '신비'로 불리는 질문도 있습니다. 이 질문은 나의 실존이 질문의 본질이기에 객관적인 해결을 허용하지 않습니다. 예를 들어 '나는 누구인가?'라는 질문에 대해 생각해보겠습니다. 문제설정에 '나'라는 계기가 포함됩니다. 탐구대상이 나인 동시에 문제를 해결해야 하는 주체도 나입니다. 바꿔 말하면 내가 질문을 던지고, 그 질문이 나에게 묻습니다. 이것이 '신비'이며 '문제'와 달리 기술적인 해결책이 없고, 따라서 우리는 '신비'를 지배할 수 없습니다.

현대교육은 젊은 사람들에게 이 세계가 '문제'로만 구성되고, 무슨 일이든——답이 나올 때까지 노력하면——해결 가능하다는 환상을 심어주고 있습니다. 이런 교육으로는 세상에 존재하는 악을 설명하지 못합니다. 공습이 있던 날 저녁 빗발치듯 쏟아지는 폭탄과 기총소사의 탄환 속에서 소년의 몸으로 내가 체험했던 악의 정체, 그리고 독재와 탄압과 편협한 이데올로기와 위선된 교육이라는 악의 정체. 그 외에도 대인관계에서의 질투, 증오, 배신 같은 악한 감정은 우리가 '문제' 삼더라도 기술적인 해결책을 제시할 수 없는 사안입니다. 우리는 거대한 '신비' 앞에 서 있습니다. '신비'에 접근할 때는 '문제'에 접근할 때와 같은 태도여서는 안 됩니다. '신비'를 지배하려고 시도할 게 아니라 겸손한, 그리고 열린 마음으로 다가가야 합니다.

우리의 테마이기도 한 '삶과 죽음' 또한 기술적으로 해결할 수 있는 '문제'가 아닙니다. 죽음에 직면한다는 것은 이해를 초월한 '신비'와 대면하는 기회입니다. 현대교육이 데스 에듀케이션을 고려해야 하는 이유입니다. 죽음의 신비를 인식하는 기회가 교육을 통해 제공되어야 합니다.

사랑이야말로 우리가 알고 있는 가장 큰 '신비'입니다. 사랑을 생각하면 오늘날 우리의 교육이 얼마나 위험한지 이해하게 됩니다. 우리

시대의 교육은 사랑을 '문제'의 차원으로 끌어내리려 합니다. 만일 우리가 인간관계와 만남과 사랑에서 '신비'라는 차원을 상실하게 된다면 그것은 인생의 가장 값비싼 보물을 잃어버리는 것과 같습니다. 친구와 남편과 아내를 '문제'로 다뤄서는 안 됩니다. 인간관계는 그 자체로 '신비'의 차원이며, 그에 대한 우리의 인식이 깊어질수록 경험하지 못했던 새로운 차원에 발을 들여놓게 됩니다. 우리는 이것을 인정하고 소중히 생각해야 될 것입니다. '신비'로서의 인간관계에 경의를 표하는 것은 상대방의 자유를 존중하는 행동이기도 합니다. 우리는 사랑하는 상대에게 나의 생각과 행동, 소망을 강요해서는 안 됩니다. 마음과 마음으로 교류하고 서로를 존경하는 대화를 통해 함께 걸어갈 수 있는 하나의 길을 찾아내야 합니다.

현대인의 일상은 다종다양한 기계에 둘러싸여 있습니다. 기계는 당연히 '문제'의 차원에서 파악되는 대상입니다. 기계의 존립은 인간에게 어떤 도움을 줄 수 있는가, 라는 기능적인 접근으로 설명됩니다. 그런데 기계에 둘러싸인 생활 때문인지 우리는 무의식적으로 주변 사람들의 기능을 파악하려고 합니다. 기계를 기능적 가치로 평가하는 것은 논리적으로 적절합니다. 기계의 가치는 인간이 기대하고 있는 기능을 충족했을 때 비로소 올바른 판정을 받기 때문입니다. 그러나 인간은 다릅니다. 기능적인 측면으로 인간을 평가한다는 것은 터무니없는 발상입니다. 타인의 존재가치를 나에게 얼마나 도움이 되는가, 라는 기준으로 판단한다는 것은 우리가 원하는 정답이 아닙니다. 모든 인간에겐 기능과 상관없이 그만의 소중한 가치가 담겨 있습니다. 인간관계의 바탕은 기능적 접근과는 본질적으로 다른 인격적인 접근이어야 합니다. 달리 말하자면 인간을 '문제'의 차원으로 끌어내리려서는 안 된다, 즉 인간의 내면에 도사리고 있는 '신비'의 차원을 주목해야 하는 것입니다. 21세기 교육이 안고 있는 최대의 사명은 기술과 기계의 역할이 증대되는 문명사회에서 '인간적인 것'의 차원, '신비'의 차원을 발견하고 지켜내는 데 있다고 확신합니다.

아쉽지만 여기서 붓을 내려놓아야 될 것 같습니다. 어느새 밤도 깊었고 저도 많이 지쳤습니다. 오늘은 하루 종일 '죽음의 철학'과 관련된 시험답안을 읽었습니다. 400~500통이나 되는 개성적인 글씨의 답안지를 읽는다는 것은 쉽지가 않더군요. 반면에 학생들이 지난 1년간 나의 강의에서 무엇을 이해하고 무엇을 마음에 담아뒀는지를 알게 된다는 것도 큰 기쁨이었습니다. 오늘 여러 번 느낀 것인데 일부 학생들은 한자를 좀 더 아름답게 쓰는 법을 익혔으면 합니다. '외국인 선생님'에게 보여주는 글씨라면 더욱 그렇습니다. 일본인 선생님에게 제출할 때와 똑같이 마구 흘려 쓴 글씨의 답안지를 읽다보면 "데켄 선생님은 외국인이셨지."라는 사실을 완전히 망각한 건 아닌가, 라는 생각이 들 정도입니다. 일본인 선생님을 대할 때와 같은 마음으로 부담이 없어서 그랬다면 무척 감사한 일이겠지만 말이지요.

답안지를 읽다가 한 번씩 심각해질 때가 있었습니다. 아시다시피 나는 죠치대학 관현악단 고문을 맡고 있습니다. 그런데 어떤 답안지의 마지막 줄에 "데켄 선생님, 저는 오케스트라 멤버입니다. 잘 부탁드립니다."라고 써 있는 것이었습니다. 소노 씨도 내가 인정이 없는 사람이 아니라는 것은 알고 계실 겁니다. 상대가 마음에 드는 사람이라면 더욱 그렇습니다. 고문을 맡으면서 오케스트라 멤버들이 모두 훌륭한 청년이라는 것을 알게 되었습니다. 점수를 매겨야 하는 나의 심정은 햄릿의 그 마음과 다르지 않았습니다. '죽느냐, 사느냐'가 아닌 'A이냐, C이냐 그것이 문제로다'라는 차이가 있기는 했지만…. 걱정해주신 덕택으로 A를 주고 싶다는 인간적인 욕망을 물리치고 교육자로서의 이성이 시키는 대로 객관적인 평가로 B를 주었습니다.

실은 최근에 신경 쓰이는 테마가 있어 이번 편지에서 다루고 싶었지만 시간은 벌써 새벽 한 시입니다. 내일은(이미 오늘이지만) 입학시험을 감독하는 업무가 기다리고 있습니다.(금년의 죠치대학 지원자는 2만 5000명으로 그중 합격자는 2000명에 불과합니다. 이토록 가혹한 경쟁에 내몰리는 어린 학생들을 보고 있으면 가슴이 아픕니다.) 다음 편지에서는 반드시 새로운 테마──유머와 사랑──를 다뤄볼 생각입니다. 방금 우연한 기회에 중요한 깨달음을 얻었습니다. "유머는 가장 고귀한 구체적인 사랑의 표현이다."라는 깨달음입니다. 사랑에 빠진 인간은 유머와 웃음으로 상대를 기쁘게, 그리고 따뜻한 기분을 느끼게 해주고 싶다고 생각합니다. 유머를 키우기 위해 얼마나 많이 자신의 잠재적인 능력의 가능성을 개발했는지가 그 사람을 사랑하는 척도가 될 수는 없을까요. 유머의 본질은 상대방에 대한 배려이기 때문입니다. 다음에 편지를 쓸 때까지 이 테마에 대해 좀 더 고민해봐야겠습니다. 소노 씨의 의견도 듣게 되기를 고대합니다.

올해 부활절은 4월 하순입니다. 그때쯤이면 조금 따뜻해지겠군요. 다시 한번 좋은 여행을 다녀오시길 바랍니다. 즐거운 마음으로 답장을 기다립니다.

알폰스 데켄 드림

부분적인 죽음

알폰스 데켄 신부님.

타오르는 듯한 봄의 신록을 맞으며 편지를 씁니다.

신부님이 학기말과 신학기의 '살인적'인 스케줄로 정신이 없던 시기에 나는 시력장애로 불편해하시는 분들을 모시고 성지순례를 다녀왔습니다. 나리타에 도착했을 때 70여 명이 무사히, 그리고 뭔가를 얻은 것 같은 기분으로 돌아올 수 있었음에 가슴이 두근거렸지만 교황님의 어색한 발음이 사랑스러웠던 '신에게 감사를'(일본어가 익숙하지 않은 교황님은 '시 인에게 감사를' 하며 서툴게 발음해서 우리도 장난꾸러기 학생처럼 흉내를 내곤 했지만)이라는 간결한 표현 외에는 그때의 내 감정을 달리 묘사할 길이 없는 듯하여 '시 인에게 감사를' 하고 속으로 혼잣말을 해보았습니다.

이번 여행에 대해 잠시 이야기해볼까 합니다.

제가 눈 수술을 받은 것도 벌써 3년 전인데 수술이 끝나고 얼마 안 되었을 때입니다. 다시 일을 해도 된다는 말을 듣고《코르베 신부 이야기》라는 그림책을 쓸 기회가 생겼습니다. 코르베 신부님이 나가사키에서 만든 '성모의 기사회'와 연락이 닿았고, '성모의 기사회'에서 출판을 맡고 있던 사카타니 토요미쓰 신부님께서 이 일을 내게 의뢰하셨습니다.

책이 만들어질 무렵 몇 가지 협의할 일이 생겨서 도쿄 내리마구(練馬區)에 있는 '성모의 기사회'를 방문했습니다. 그때 성당 입구에서 수도사 한 분을 뵈었습니다. 그분은 시력장애를 알려주는 하얀 지팡이를 짚고 계셨는데 나는 그것을 보고 반사적으로 몸을 옆으로 비켰습니다. 아마도 그분은 내가 앞에 있었다는 것도 몰랐을 것입니다. 그런데 사카타니 신부님이 나를 그분에게 소개해주었습니다.

그저 악수만 하고 헤어졌을 뿐인데 눈 수술이 성공한 이후 시력장애를 겪고 있는 분들과 마주치면 괜스레 미안해지곤 했습니다.

사카타니 신부님이 그분에 관해 간단히 이야기해주셨습니다.

무슨 병인지는 모르지만 그분은 자신이 머잖아 앞을 볼 수 없다는 것을 알게 되었고, 말없이 그날만 '기다리고' 있다는 말씀이었습니다. 감춰둔 불안과 슬픔도 있었겠지만 시력을 잃는다는 크나큰 슬픔에 의해 마침내 십자가에 달리신 주님의 고통을 조금이나마 나눌 수 있게 되었다고 스스로 만족해한다는 이야기를 들었습니다.

겉으로는 아무렇지 않은 척했지만 뭔가로 호되게 한 대 얻어맞은 기분을 숨기고 있었습니다. 나 또한 2년간 앞이 잘 보이지 않는 시간을 보냈기 때문입니다. 바티칸에서 일하시는 시리에다 마사유키(尻枝正行) 신부님에게 "소노 씨가 시력을 잃는다면 하느님을 뵙게 될 거예요."라는 말을 들은 것도 내 눈에 문제가 생긴 그때였고, 내가 "하느님을 못 봐도 좋으니 시력이 회복되었으면 좋겠어요."라고 대답한 것도 그때입니다. 나는 남들 이상으로 눈 때문에 고통받았다고 생각했는데 단 1초도 그 수도사 같은 생각은 해본 적이 없습니다. 뿐만 아니라 같은 일본어로 시력장애를 그런 식으로 표현할 수 있다는 것도 몰랐습니다.

역시나 그 수도사는 자신이 바란 대로의 운명을 걸었습니다. 그리고 1982년 코르베 신부님의 열성식(列聖式)이 로마에서 거행되었을 때 나가자키 순례단의 일원으로 이스라엘 성지를 순례한 후 로마의 열성식 현장에 참석했습니다. 그런데 자신의 운명을 그처럼 적극적으로 받아들인 그분에게도 위기가 닥쳤습니다.

이스라엘 성지순례 도중에 버스 안내원의 설명을 듣던 수도사는 자신을 잃어버릴 정도로 괴로웠습니다. 주위 사람들이 보고 있는 풍경이 내 눈에는 보이지 않는다, 앞으로 죽을 때까지 그들이 보는 풍경을 볼 수 없다…라는 자괴에 빠져버린 것입니다. 억울하고 분해서 미쳐버릴 것 같은 고통 속에서 그분은 기도했고, 끝내는 그런 자신을 초월하게 되었다는…, 그런 이야기였습니다.

그 수도사에 관한 에피소드를 듣고 기회가 되면 시력장애가 있는 분들과 성지순례를 떠나고 싶다는 소망을 품게 되었습니다. 만약 실현된다면 앞이 보이지 않는다는 장애가 이 순례단에서는 지극히 정상적인 상태입니다. 그러므로 보이는 모든 풍경을 일일이 내가 묘사하고 설명해야 합니다. 또 어느 곳에 도착하든 다들 눈을 감고 바람을 쐬며 파도 소리를 듣는 것이 여행의 전부가 됩니다. 나는 꼭 이 여행을 실현하고 싶습니다.

나의 속내를 엉겁결에 사카타니 신부님에게 털어놓고 말았습니다.

데켄 신부님, 이런 여행은 나 혼자 바란다고 해서 이루어질 일이 아닙니다. '마음의 등불운동'에 앞장서고 계시는 하야트 신부님의 도움과 가톨릭에 이해가 깊은 여행사의 지원과 소프라노인 야나기 사다코(柳貞子) 씨가 여행에 동참하여 아베마리아 등의 찬양을 인도해주시기로 약속하시는 등 여러분의 도움과 관심으로 80여 명에 달하는 순례단이 발족하게 되었습니다. 뭐니 뭐니 해도 이번 순례단의 결성은 그 수도사와의 만남이 결정적인 이유였습니다.

처음에 나는 시력장애 인원이 18명인데 비해 봉사에 나선 분들의 수가 너무 많은 것이 아닌가 생각했는데 여행이 시작된 후로는 이 같은 비율이야말로 하느님이 정해주신 최상의 조합이라고 믿게 되었습니다. 봉사자의 수가 충분하지 않으면 가뜩이나 미숙한 여행에서 몸만 피곤해집니다. 잠시만 걸어도 모두가 서로 팔짱을 끼고 돌아다녀야 합니다. 그렇게 밀착해서 다니는 가운데 화제도, 세계도 넓어졌습니다.

정말 우리의 여행에 딱 알맞은 인원수였습니다.

시력장애를 안고 있는 분들은 실명 이후의 시간에 따라 생활하는 방식이 다릅니다. 전에 누군가로부터 도중에 실명한 경우 운명을 받아들이기까지 3년은 걸린다고 들었는데 암모니아를 뒤집어쓰는 노동재해로 시력을 상실한 반노 슈이치(伴野修一) 씨에 따르면 "5년은 걸린다."는 것입니다. 반노 씨도 불행을 초월하는 와중에 보기 힘든 인품을 다지게 된 분이었습니다.

우리는 4월 11일 일본을 출발해 25일까지 보름간 이스라엘과 로마, 파리, 루르드(피레네 산맥 북쪽 기슭의 소도시. 1858년 베르나데트라는 14세 소녀가 이곳에 있는 마사비엘의 동굴에서 18회에 걸쳐 성모마리아로부터 메시지를 들었다고 전해진 후 순례지가 되었다.)를 순례했는데, 각 지역에 도착할 때마다 그곳 사정에 정통한 전문가이드를 섭외했습니다. 내 역할은 눈에 보이는 풍경들을 가능하면 입으로 모두 설명해주는 것이었습니다. 그러나 타고난 재능과 상황에 한계가 있어서 우리가 본 대로 온전하게 감상이 전해지지는 않았습니다. 오히려 그분들은 매일 바뀌는 새로운 파트너로부터 어제와 다른 개성적인 표현으로 설명을 듣는 것이 더 재미났던 모양입니다.

우리는 무엇이든 손으로 만져보도록 도왔습니다. 가장 먼저 도착한 로마공항에는 조그마한 채플(예배당)이 있었는데, 이곳의 강대상은 코린트 유적에서 직접 가져온 것이었습니다. 거기에 손을 대는 것부터 우리의 여행이 시작되었습니다.

　다행히도 나리타에서 알리탈리아항공에 탑승했을 때부터 좋은 징조가 보였습니다. 나를 여행가이드쯤으로 생각했는지 여객기가 이륙하기도 전에 귀엽게 생긴 스튜어디스가 흥분한 얼굴로 달려와서는,

　"이렇게 멋진 여행에 동참하게 돼서 정말 영광이에요. 도착할 때까지 아무 걱정 마세요. 저희가 불편한 데 없이 돌봐드리겠습니다."

　하고 말하는 것이었습니다. 누군가로부터 지시를 받고 그런 말을 했다고는 생각되지 않았습니다. 그녀는 우리 같은 여행단을 보살피게 된 것을 진심으로 기뻐했습니다. 덕분에 나를 포함한 봉사자들까지 약간은 부당한 '영광스런 대접'을 누렸습니다.

　시력장애를 앓고 있는 분들은 깨닫지 못했을 테지만 부활절에 들른 파리의 노트르담 사원은 어두컴컴한 실내에 사람들이 가득했고, 앞이 보이지 않는 분들의 손을 잡고 그 안으로 들어가야 했던 나는 입구에서부터 걱정이 이만저만이 아니었습니다. 혼자 걷기에도 상당히 힘든 상황이었습니다. 그런데 나의 불안은 곧 기우로 판명되었습니다. 그곳에 있던 모든 관람객이 우리를 위해 길을 양보해주었습니다. 미처 우리의 존재를 깨닫지 못한 중년부인이 한 명 있었습니다. 그 옆에 있던 10대 아들이 우리를 발견하곤 엄마의 어깨를 손으로 붙잡으며 우리가 먼저 지나가도록 친절을 베풀었습니다. 부인도 그때는 우리를 알아차리곤 따뜻한 미소를 보여주었습니다. 조금 후에는 세 살배기로 보이는 사내아이를 안고 있는 젊은 아빠와 부딪혔습니다. 그의 양옆에는 다섯

살, 일곱 살은 된 것 같은 사내아이 두 명이 더 있었습니다. 내가 봤을 때 그의 처지도 무척이나 힘겨워 보였습니다. 그런데 젊은 아빠는 어린 아들들을 그 자리에 세우고 우리가 지나갈 때까지 길을 비켜주었습니다.

신부님, 일본인의 지적 수준은 세계에서도 꽤나 인정받습니다. 하지만 타인을 배려하는 교육을 제대로 받지 못했다는 점에서 야만인과 다를 게 없습니다. 그곳에서 내가 깨달은 것은 그들이 우리를 불쌍히 여겨 길을 양보해준 것은 아니라는 점입니다. 그들은 이런 곳까지 힘들게 찾아온 우리를 진심으로 존경하기 때문에 자신의 권리를 양보해준 것입니다. 나는 그렇게 느꼈습니다. 내 곁에는 내가 신을 포기하고서라도 움켜쥐고 싶었던 소중한 감각을 상실한 분들이 있었습니다. 그분들은 인간의 존엄을 잃지 않고 여기까지 걸어왔습니다. 관광객들은 그분들이 살아온 세월에 존경을 표시하는 마음으로 길을 비켜준 것입니다. 오늘의 일본에서는 보기 힘들어진 배려인데, 전장에서 상처 입은 병사가 조국에 귀환해서 받게 되는 영예와 비슷하다는 생각이 듭니다. 여행 전부터 내가 겪었던 고통을 떠올리면서 참여를 희망했던 분들을 위해 내가 할 수 있는 일이 무엇인가를 고민했는데, 이분들은 일반인보다도 자립심이 뛰어났습니다. 앞이 안 보이는 상황에서도 외국 여행을 결심한 적극적인 분들입니다. 식사시간에도 예의가 발랐고, 나중에 봉사자 중 한 명에게서 들은 이야기인데 여객기 안에서 우리 그룹이 여러 단체여행객 중 가장 깨끗했다고 합니다. 중간에 경유하는 공항에서도 우리는 모포와 베개를 언제나 깨끗하게 정리했습니다. 우리보다 먼저 사용했던 건강한 사람들이 훨씬 지저분하게 사용했습니다. 그리고 보면 정리정돈은 앞이 안 보이는 사람들이 훨씬 잘합니다. 시력장애를 극복하고 최대한 정상적인 생활에 가깝게 지내기 위해서는 정리정돈이 필수이기 때문입니다. 나처럼 덜렁대는 성격도 눈이 잘 안 보일 때는 물건을 제자리에 갖다놓는 것을 한시도 잊은 적이 없을 정도입니다.

여행에 어려움이 없던 것은 아닙니다. 하지만 우리에게는 공통의, 그리고 의심할 여지없는 목적이 있었습니다. 18명의 순례단을 목적지까지 무사히 데려다드려야 한다는 사명입니다. 또는 오늘 하루도 안전하게, 즐겁게 지낼 수 있도록 돌봐드려야 한다는 책임감이었습니다. 그런 단순한 목적 때문인지 약간의 불평은 알아차리기도 전에 어디론가 사라지기 일쑤였습니다. 마치 감기에 걸린 아이를 돌보느라 잠도 제대로 못 잤지만 지나고 보면 화가 나기는커녕 아이를 위해 수고한 자신이 대견해지는 것과 비슷합니다. 우리는 그분들에 의해 강해졌고 많은 것을 배웠습니다. 그런데 오히려 우리는 그분들로부터 항상 감사인사를 받았습니다. 정말 모두가 훌륭한 분들이었다고 생각합니다.

이 자리에서 솔직히 고백할 말이 있습니다. 나는 시력장애를 살아서 겪게 되는 부분적인 죽음이라고 생각했습니다. 시력장애만이 아닙니다. 나이를 먹는다는 것, 지능이 점점 저하되는 것도 일종의 부분적인 죽음이라고 생각합니다. 이에 대해서는 지난 편지에도 썼었지요.

이 밖에도 감각과 기능이 저하되고 사라지는 것은 죽음에의 준비이며, 사람이 죽어가는 과정입니다. 적어도 내 나이에 부분적인 죽음을 겪어보지 못한 사람은 없으리라고 봅니다. 그중에서도 시력장애는 실제적인 죽음과 가장 가까운 것 같습니다.

신부님도 여러 번 방문하셨겠지만 남프랑스의 시골마을에 사는 베르나데트라는 소녀가 어느 동굴에서 성모를 만났고, 그 동굴에서 기적의 샘물이 터졌다는 루르드는 신앙의 유무에 따라 인상이 달라지는 곳이었습니다. 우리가 갔을 때도 수많은 중증환자, 달리 표현하자면 죽음을 약속받은 사람들이 찾아왔습니다. 부활절 전날 밤인 성 토요일의 지하 대성당에는 수천 명이 운집해 있었습니다. 성당의 일부는 일어서지 못하는 노인과 걷지 못하는 사람들의 이동침대, 휠체어의 '주차장'으로 할당되었습니다. '할렐루야'의 대합창이 시작되고 병자를 포함한 수천 명이 양초에 불을 붙였습니다. 참혹한 육체에 갇혀 있더라도 인간에겐 빛나는 영혼이 깃들어 있다는 것, 인간의 삶은 죽음을 약속받았지만 그럼에도 우리의 시간은 존엄으로 가득합니다. 아니 죽음과 연결되었기에 고뇌가 있고, 고뇌는 인간임을 증명하기 위해 준비되었음을 납득할 수밖에 없습니다.

동물은 고통으로 괴로워해도 죽음의 징조에 겁을 먹거나 이별을 예감하며 눈물 흘리지는 않습니다. 그것은 오직 인간에만 해당되는 능력입니다. 인간다운 개성을 지닌 사람일수록 세상에는 슬픔과 불안이 가득하다고 느끼며, 현실은 죽음의 가능성이 일상적으로 느껴지는 장소가 됩니다. 우리는 삶을 통해 공통되는 것들을 공유할 수 있지만 모든 인간에게 가장 평등한 한 가지를 꼽으라고 한다면 다름 아닌 죽음입니다. 루르드에서 목격한 광경은 우리가 공통으로 짊어지고 있는 운명이었습니다. 그곳에서는 죽음과 가까워진 자들에게 과잉된 위로를 보낼 필요도 없었고, 죽음과 가까워진 자들은 그들 나름의 작은 소망이 이루어져 존엄이 실현되는 죽음을 기대할 수 있었습니다.

루르드는 다정한 도시였습니다. 많은 병자의 발길이 끊이지 않았기 때문인지 역의 홈이 닳아 선로와 같은 높이였고, 휠체어와 들것에 실린 사람들을 육교를 지나지 않고도 개찰구까지 데려갈 수 있도록 설계되어 있었습니다. 나는 이 도시에서 굉장히 매력적인 남성들을 보았습니다. 어깨에 하네스(멜빵)처럼 생긴 끈을 걸치고 있던 남자들입니다. 이 하네스는 들것을 메기 위한 장치였는데 일생에 단 한 번이라도 남편이 (내가 반하고 싶었기 때문일까요) 여기서 이런 차림으로 자원봉사를 했으면 좋겠다고 생각했습니다. 만약 남편이 이곳에서 자원봉사를 하겠다고 나선다면 나는 기적의 샘물에서 머리를 감고 싶어 하는 일본인 여행객을 위해 일본어 통역을 담당하는 욕실 자원봉사를 하겠습니다.

루르드에서 아침 일찍 깨어나 이것저것 생각해봤습니다. 다가온 죽음을 각오한 사람들과 육신은 건강해도 앞이 보이지 않는다는 운명에 묶인 사람들, 그들은 각자 무슨 생각을 하고 있을까…. 눈이 잘 보이지 않을 때 나는 삶보다 죽음을 더 원했습니다. 죽음에 이른 그 즉시 앞이 보일 거라고 믿었기 때문입니다. 암에 걸려보지 못해서 그런 생각을 했던 모양입니다. 눈이 보여도 살아갈 날들이 남지 않았다면 그게 무슨 소용이냐고 말기암 환자들은 말했겠지요. 사람은 저마다 자신이 품고 있는 고통으로 괴로워합니다. 결국에는 신이 내게 주신 괴로움이 나와 가장 잘 어울린다며 수락하고 맙니다. 나는 마지막까지 반항할 것 같지만.

관광버스 안에서 어떤 목소리가 들렸습니다. 누가 그렇게 말했는지는 모르겠지만,

"왜 이렇게 됐을까?"

라는 혼잣말이었습니다. 그 말의 의미를 알아차린 것은 눈이 보이는 사람들 중 저뿐이었을지도 모릅니다. 잃어버린 빛을 기억하는 목소리였다고 나는 기억합니다. 두 번 다시 빛을 보지 못하리라는 운명이 아직도 낯설기만 한 사람도 있었던 것입니다. 당연한 것이겠지요. 하지만 그 목소리에 내 마음은 갈기갈기 찢어지는 듯했습니다. 그렇습니다. 나는 1분이라도, 단 2분이라도 그분들을 시간의 중압감에서 벗어나게 해주고 싶었던 것입니다. 그래서 여기까지 모셔온 것입니다.

여행이 힘들었죠, 라고 묻는 사람도 있었는데, 나는 내가 여행하는 김에 그분들도 함께 데려가는 것이라고 여겼습니다. 헤어질 때 우리는 정말 눈물을 뚝뚝 흘리며 어렵게 작별인사를 나눴습니다. 내년에도 기회가 있다면 또 돈을 모아두겠습니다, 라고 말하는 분도 계셨습니다. 다시 한번 "시 인에게 감사를."

죽음과 유머의 관계를 가르쳐주시리라 기대하겠습니다.

나는 죽음이 자기 혼자만의, 혹은 가족 간의 사태라는 점을 잊어서는 안 된다고 생각합니다. 아무리 사소한 죽음도 내게는 사랑하는 사람이 세상을 떠난 커다란 상실일 테지만 타인도 나처럼 생각해줄 것이라고 기대하고 싶지는 않습니다.

유머는 현실을 있는 그대로 주시하는 데서 생겨나는 자유로운 정신의 표현이 아닐까요. 고급스런 유머를 여간해서는 만나보기 어려운 까닭은 그만큼 인생을 달관하는 사람들의 숫자가 많지 않기 때문일 것입니다. 익살 따위야 얼마든지 가능하겠지만 말이죠…. 주어진 삶이 얼마 남지 않았다는 것을 알게 되었다면, 그리고 남겨진 사람들에게 마지막으로 따뜻한 기억 한 조각을 전해주고 세상과 작별하고 싶다면 유머는 인간의 최후에 더없이 잘 어울리는 예술입니다. 나는 무엇이든 가볍게 보내고 싶습니다. 죽음도, 이별도 아무 일도 없었다는 듯. 모든 것은 언젠가는 지나가버리기 때문입니다.

학생들의 악필 답안지에 고생하셨다니 뭐라고 위로해드려야 좋을까요. 내 원고가 워드프로세서여서 정말 다행이라고 안심했습니다. 가끔은 하느님이 선물하신 안약과도 같은 푸른 잎사귀를 바라보시면서 피곤해진 눈을 보듬어주세요.

소노 아야코 드림

그럼에도 불구하고 웃음을 잃지 않는다

소노 아야코 님.

시력장애로 불편을 겪고 있는 분들에 관한 이야기를 읽다가 고통과 죽음이 포함된 사물의 진정한 모습을 '보는' 법에 대해 배운다는 것은 참으로 불가사의한 체험이었습니다. 우리는 고통스러울 때 자신의 고통만이 보이기 때문에 이 세상에서 가장 괴로운 사람은 '나'라고 자인하며 타인을 돌아보는 여유 따위는 생각도 하지 않곤 합니다. 그럴 때의 우리는 어떤 의미에서는 맹인이라고 하겠습니다. 그러나 소노 씨의 '눈'은 세계의 모습을 있는 그대로 바라보면서 목격한 대로 우리에게 전해주고 있습니다. 진보한 것처럼 보여도 실은 수많은 금기에 둘러싸여 있는 현대문명에는 소노 씨 같은 '눈'이 필요하지 않을까요.(만약 일본에서 데스 에듀케이션 교과서가 기획된다면 무조건 소노 씨에게 집필을 부탁해야겠다고 혼자 마음먹고 있습니다.)

신체적 장애를 안고 있다는 것은 생리적인 노화만큼이나 불편하고 괴로운 일입니다. 그러나 만년의 20년간 실명이라는 아픔 속에서도 시작(詩作)에 정열을 기울인 밀턴과 만년의 15년간 작곡가에겐 치명적이라고 할 수 있는 고도난청과 싸우면서도 '제9교향곡' 같은 걸작을 세상에 남긴 베토벤의 예가 아니더라도 인격을 구성하는 능력 중 하나가 손상된 후에도 또 다른 잠재능력을 개발하여 이를 극복해낸 사람들이 많습니다. 내가 가장 두렵게 생각하는 것은 마음의 눈이 닫히는 것입니다. 마음의 실명은 앞에서 말씀드린 것처럼 우리 모두가 일상에서 체험하고 있습니다. 우리의 가치관은 시대와 사회, 교육, 개인의 자각에 좌우되곤 합니다. 보다 높은 가치를 지향하고 싶다면 마음을 열고 부단히 노력해야겠지만 현상에 안주하며 편히 지내고 싶다는 욕망이 쉬운 상대는 아닙니다. 독일의 철학자 마르크스 셸러는 지금보다 더 높은 가치에 눈을 돌리려 하지 않는 태도를 가리켜 '가치에의 맹목(盲目)'이라고 정의 내렸습니다.

마음의 실명이 위험한 까닭은 보이지 않는다는 현실을 보지 못하기 때문입니다. 마음의 눈으로 바라보는 것을 중단했을 때 인간은 자신의 진정한 모습을 잃게 됩니다. 타인에게 나의 좋은 인상만 보여주려고 겉모습에만 신경 쓸수록 남들 앞에서 나의 맨 얼굴을 드러내는 것이 무서워집니다. 실제의 나보다 더 좋은 모습으로 보이고 싶다는 욕심이 생기면서 내게 어울리지 않는 가면을 쓰게 됩니다. 가면을 쓰는 그 순간부터 우리의 눈도 가면에 가려집니다. 유머의 중요한 작용 중 하나가 이런 가면을 벗고 나의 진짜 모습을 드러내는 데 있습니다. 유머는 때때로 우리를 기습하고, 당황하게 만들고, 평생 소중하게 지켜온 가면이 얼마나 유약했는지를 알려줍니다. 그리고 지금껏 힘들게 그려왔던 '완벽해 보이는' 나보다 장식하지 않은 있는 그대로의 내가 훨씬 더 매력적임을 알게 됩니다. 가면을 쓰고 살다보면 어느 순간부턴가 가면과 진짜 나의 구별이 모호해집니다. 이것은 자기기만이며, 여기에서 벗어나지 않는 한 사물의 진짜 모습을 판별하는 '눈'은 떠지지 않습니다.

예전에 이런 것을 몸으로 배운 사건이 있습니다. 일본에 온 지 얼마 안 되어 일본어를 잘 못할 때입니다. 나는 매주 일요일 죠치대학 학생들과 고아원을 찾아가 아이들과 놀아주고 공부를 가르쳐주는 봉사활동을 했습니다. 이 그룹의 이름은 '소피아 스튜던트 소셜 서비스(죠치대학 학생사회봉사회)'였고 각 단어의 첫 번째 스펠링을 따서 통칭 4S클럽이라고 불렀습니다.

크리스마스를 앞둔 어느 날 4S 클럽의 학생들로부터 생각지도 못한 상담요청을 받았습니다. 시설의 아이들 200여 명이 모이는 크리스마스 파티에서 산타클로스 역할을 맡아달라는 부탁이었습니다. 산타클로스는 선물을 나눠주기 전에 유머와 교훈이 가득한 이야기를 들려주는 게 전통입니다. 나는 일본어에 자신이 없어서 거절하려고 했는데 통사정을 하며 원고를 미리 준비하겠다는 말을 듣고 결국 승낙해버렸습니다. 나는 갓 배우기 시작한 일본어를 총동원해서 원고를 썼고, 학생들에게 보여줘 몇 군데를 고친 후 열심히 외웠습니다. 그때 내가 준비한 이야기는 이렇게 시작합니다. 우선 산타클로스가 아이들 앞에 나타납니다. "여러분, 나는 누구일까요?" 그러면 아이들은 "산타클로스!" 하고 대답하겠지요. 나는 "네, 맞아요. 산타클로스는 착한 아이들에게 선물을 주려고 크리스마스 밤에 찾아온답니다…." 하고 분위기를 띄웁니다. 몇 번이나 말씀드렸듯이 학창시절에 나는 시를 쓰는 게 취미였습니다. 한때는 시인을 꿈꾸기도 했습니다. 그 꿈이 좌절된 후에도 언제, 어느 곳에서나 바르고 아름다운 말을 사용하자는 나만의 신념을 지켜왔습니다. 그때의 내 최대 관심사는 완벽한, 그리고 아름다운 일본어로 말하는 것이었습니다.

마침내 크리스마스 당일이 되었고 준비한 원고는 완벽하게 외웠습니다. 회장 가득히 나를 기다리고 있는 아이들 앞에 멋지게 등장했습니다. 산타클로스 분장을 하고 턱에는 길고 흰 수염을 붙이고, 손에는 지팡이를 들고 선물이 가득 담긴 커다란 보따리를 짊어진 채 말입니다. 약간의 긴장을 하면서 사전에 외웠던 대로 아이들 앞에서 연기를 시작했습니다. "여러분, 나는 누구일까요?" 아이들 반응은 내 예상과 완전히 달랐습니다. "산타클로스!"라는 외침 대신에 "데켄 신부님! 데켄 신부님!" 하는 큰소리가 들렸습니다. 이렇게 해서 기껏 외워둔 원고도 쓸모없어지고 꼼꼼히 퇴고했던 문장도 사용할 기회를 놓쳐버렸습니다. 내 예상과 다른 반응에 산타클로스 가면이 벗겨지고 '일본어가 서툰 알폰스 데켄'의 모습으로 돌아가게 된 것입니다.

그때의 광경이 지금도 눈에 선합니다. 교사의 실패를 눈앞에서 봤다는 행운(?)에 크게 즐거워하며 무대 뒤에서 와, 하고 웃음을 터뜨리던 학생들, 어떻게 해야 될지를 몰라 그 자리에 멍청히 서 있던 나…. 그러나 다음 순간 신의 계시처럼 번뜩 떠오르는 생각이 있었습니다. 나의 가치판단이 잘못되었음을 깨달은 것입니다. 준비한 대로만 이야기하는 것에 집착했던 나는, 말은 통하지 않더라도 마음을 열고 함께 즐기면 서로의 감정을 이해할 수 있다는 가능성을 까맣게 잊고 있었습니다. 완벽한 일본어, 정확한 문법보다 더 중요한 것이 있는데, 마음과 마음의 접촉이 가장 중요했는데, 하고 새삼 깨달은 것입니다. 서툰 일본어가 부끄럽다는 내 입장만 생각한 나머지 그것이 오히려 가면이 되어 진심을 숨겨버렸음을 알아차렸습니다.

나는 암기해둔 이야기를 전부 지워버리고 더듬거리는 일본어로, 그러나 마음을 담아 크리스마스 메시지를 전했습니다. 신은 언제나 우리 모두를 사랑하고 계시다는 것, 우리 모두는 형제자매라는 것, 예수님의 탄생으로 크나큰 사랑과 기쁨이 세상에 왔다는 것…. 문법적으로는 엉망진창이었을 것입니다. 하지만 태어나 처음으로 원고 없이 내가 하고 싶은 말을 일본어로 이야기했습니다. 내가 하고 있는 말들이 마음 속에서 우러난 진실임을 알았기에 이 뜻하지 않은 사건에 깊이 감사했습니다.

일본에 도착하고 오늘까지 언어와 문화의 차이를 이해하지 못해 실패한 이야기를 풀어놓는다면 책 한 권은 되고도 남을 것입니다. 내가 수영을 좋아한다는 것은 전에도 말씀드린 기억이 납니다. 요즘도 거의 빠지지 않고 매일 아침 죠치대학 실내수영장에서 수영을 하고 있습니다. 독일에서는 상당히 차가운 물에도 들어가고 그랬습니다. 언젠가 한 번 4월 상순에 가마쿠라(鎌倉)를 찾았는데 독일에서처럼 바다에서 수영을 하려고 했습니다. 해변에서 수영복을 갈아입고 바다에 들어가려는 찰나, 뒤에서 할머니 한 분이 "자살이에요! 자살이에요!" 하고 외치는 소리를 듣고 깜짝 놀라 고개를 돌렸습니다. 그분 입장에서는 아직은 차가운 4월의 바다에서 헤엄을 친다는 건 제정신이 아닌 사람이었지만 그때의 나는 그런 것은 이해하지 못했습니다. 나는 당황하며 할머니에게 달려가 "나는 천성이 낙천적이라 자살 같은 건 생각해본 적도 없어요." 하고 안심시키려고 했지만 지금 생각해보면 이상하게 생긴 외국인의 갑작스런 행동에 놀란 것도 무리는 아니었을 겁니다.

이런 실패를 통해 나는 유머, 특히 자기풍자의 중요성을 배우게 되었습니다. 일본에 도착한 이후 언어의 부자유, 이질적인 문화, 인간관계에서의 작은 오해와 실패에 고민하다가 끝내는 노이로제에 걸리는 외국인이 적지 않다는 것은 남의 일이 아니었습니다. 일상에서의 반복적인 실패를 일일이 신경 쓰면서 심각하게 받아들일 것이냐, 아니면 유머감각을 몸에 익혀 자신이 겪은 실패와 결점을 웃음거리로 만들 용기를 갖느냐…. 마음과 몸의 건강을 생각한다면 나는 무조건 후자의 길을 택해야 했습니다. 괴롭고 힘든 시기에도 나 자신을 객관적으로 관찰하며 그런 나를 웃음의 소재로 삼을 수 있는 유머정신을 갖춘 사람은 다른 모든 사람, 또는 이 세상의 불완전함에 상처받지 않고 따뜻한 사랑을 보여줄 수 있습니다. 이런 태도에서 참된 희망과 낙천주의가 태어나고, 세계를 보다 좋게 만들고 싶다는 노력이 출발한다고 믿습니다.

유머가 자유로운 정신의 표현이라는 말씀에 동감합니다. 자유는 철학의 기본 테마 중 하나입니다. 그리고 인간의 내적인 자유로움은 인간성의 깊이와 원숙을 측정하는 중요한 척도입니다. 유머가 내적인 자유로움의 구체적인 표현이라고 한다면 유머야말로 인간성의 원숙을 증명해주는 최고의 수단이 아닐는지요. "인간은 웃을 수 있는 유일한 동물이다."라고 흔히 말하는데 여기서 한발 더 나아가 유머에 능할수록, 그리고 웃음을 이해할수록 인간다워진다고 말해도 크게 문제는 없을 듯합니다.

유머와 자유가 원숙한 인간성에 미치는 영향은 내가 존경하는 영국의 인문주의자 토머스 모어의 에피소드에서도 분명하게 드러납니다. 억울한 누명을 쓰고 단두대형에 처해진 모어는 특유의 유머를 잃지 않고 죽음 앞에서도 재치 있는 농담을 꺼냈습니다. 사형집행인에게 "용기를 내서 당신의 임무를 수행해주시오. 내 목은 다른 사람보다 짧은 편이니까 겨냥을 잘해야 될 거요. 그동안 갈고닦은 솜씨 좀 보여줘요." 라고 한 것은 아주 유명한 이야기이지요. 국왕의 불합리한 요구를 거부하고 자신의 양심을 지켜서 처형된 토머스 모어는 인간이 진정으로 소중한 것을 위해서는 생명도 아끼지 않으며, 그것이야말로 내면의 자유를 증명하는 길임을 가르쳐주었습니다. 가톨릭에서는 모어를 '양심의 성인'이라고 부르는데 나에게 모어는 '유머의 성인'이기도 합니다. 절제와 낭만의 유머를 겸비한 토머스 모어는 젊은 날의 나에게 깊은 영감을 주었고, 반나치 운동에 참가했던 전쟁 중에는 내 마음의 지주로 나를 지탱해주었습니다.

유머러스한 사람은 인생에 대한 진지함이 부족하다느니, 냉엄한 현실을 이해하지 못한다느니 오해를 사곤 하는데 토머스 모어의 사례에서도 알 수 있듯이 사실무근입니다. 유머는 저속하고 우스꽝스러운 농담이 아닙니다. 그저 나날을 재미있게 보내려고, 또는 직면한 문제를 외면하며 번잡한 일을 겪지 않으려고 자신을 낮추는 태도는 유머의 정신과는 거리가 멉니다.(지나간 일들을 있는 그대로 받아들인다는 것과는 별개의 문제겠지만.) 독일에서는 "유머란 그럼에도 불구하고 웃는 것이다."라고 말합니다. 이 말처럼 유머는 고뇌와 고통의 한가운데서 진가가 나타납니다. 인생의 부조리와 고뇌와 낙담을 겪은 후 '그럼에도 불구하고' 웃음을 잃지 않는 것이야말로 진짜 유머입니다.

문학사를 통틀어 가장 위대한 작품 중 하나로 꼽히고 있는 단테의 《신곡(La Divina Commedia)》에 작가가 붙인 원제는 '희극(코미디)'입니다. '신성한(divina)'이라는 형용사를 추가한 것은 출판사였다고 합니다. 인간의 편력을 그린 이 심원한 이야기를 희극이라고 부른 단테의 의도는 무엇일까요. 단테가 말하고자 한 '희극'이란 단순히 웃기기만 한 익살이 아니라 비극에 대한 문학적 반대, 즉 해피엔드를 동반한 문학작품이라는 의미입니다. 단테는 인생의 어두움과 슬픈 체험, 고뇌, 인간의 어리석음, 전쟁과 증오, 질병과 죽음에 대해 지나칠 만큼 자세히 알고 있었으며, 직접 체험한 경우도 많았습니다. 그럼에도 불구하고 그는 가장 힘든 때라도 미래에는 희망이 존재한다고 믿어왔습니다. 그렇기 때문에 인생은 궁극적으로 해피엔드라는 확신을 갖고 있었고, 자신의 대표작에 '희극'이라는 제목을 붙였던 것은 아닐까요.

인생이 괴롭다고 느껴질 때 따뜻한 유머 한마디가 주위 사람들이 짊어지고 있는 무거운 짐을 약간은 가볍게 해주고, 인생에서 작은 위안을 맛보게 해줍니다. 지난 편지 말미에 "유머는 가장 고귀한 구체적인 사랑의 표현이다."라고 말한 것은 바로 이런 의미에서였습니다. 독일의 극작가 칼 추크마이어는 남녀의 사랑도 유머 없이는 지속되기 힘들며 견디기 어려운 부담이 될 뿐이라고 말했습니다. "만일 두 사람이 함께 웃을 수 없다면… 두 사람 사이에 참된 이해는 기대하기 어렵다. 웃음이 동반되지 않는 사랑은 죽은 사랑이며, 유머가 없는 인간관계는 억압, 폭력, 인간성의 붕괴로 나아간다."

유머의 시작은 선의, 사랑, 공감, 그리고 따뜻한 배려입니다. 이도 저도 아닌 감상의 나열이 아니라 자신을 비롯한 모든 사람이 포함된 '세계에의 사랑'이며, 동시에 현실의 불안을 인식하는 것입니다. 나와 타인의 결점과 한계를 인정하는 데서 선의와 배려가 생기는 것인지도 모르겠습니다. 독일의 작가 오이겐 로트는 "세상에는 사랑하지 못하는 사람들이 있다. 아마도 그들에겐 유머가 없을 것이다."라고 말했습니다. 죽음과 대면하는 자리에서 죽음을 맞이해야 하는 사람에게도, 지켜봐야 하는 가족에게도, 의사에게도 유머와 웃음이 필요하다는 것은 지금까지 책과 강연을 통해 여러 번 다뤄왔는데, 연구를 거듭하고, 체험이 거듭되고, 경험자로부터 이야기를 들으면 들을수록 죽음의 순간에 유머가 얼마나 큰 힘이 되는지를 통감하게 됩니다. 평생교육의 일환으로 '유머교육'을 시작해보면 어떨까, 라고 고민 중입니다. 유머를 가르친다는 것은 말처럼 단순한 문제는 아닙니다. 독일인의 '융통성 없이 고지식한' 사고방식으로는 이 문제를 해결하기가 힘들어 보이지만 언젠가는 소노 씨께 지혜를 구해볼 작정입니다.

소노 씨의 도움으로 '생과 사를 생각하는 세미나'가 마침내 3회째를 맞았습니다. 내일 저녁에 제 강연이 있습니다. 850명의 청중이 지켜보는 가운데 강연을 할 생각을 하면 벌써부터 긴장이 됩니다. 나로 인해 '마음과 마음의 접촉'이 어긋나는 실패가 벌어지지 않도록 기도해주셨으면 합니다. 여행으로 지치셨을 텐데 무리하지 마시고 당분간은 편히 쉬도록 하세요.

알폰스 데켄 드림

어머니의 묘비명

알폰스 데켄 신부님.

유럽에서 오신 분들이라면 끈적거리는 이 처참한 무더위 속에서 인간이 어떻게 살아나갈 수 있었을까, 하고 의아해할 일본의 여름입니다. 아마도 신부님은 여름휴가는커녕 휴가를 생각할 틈도 없이 열심히 일하고 계시겠지요.

걱정해주신 덕분에 건강하게 잘 지내고 있습니다. 며칠 전에 모처럼 시력검사를 받으러 나고야에 다녀왔습니다. 조금 더 교정하면 2.0의 시력도 가능하다는 얘기를 들었습니다. 마음속 어딘가에서 아직도 내 눈은 보이지 않는다고 생각했던 나에게 2.0의 시력이 가능한 현재의 눈은 누군가에게 빌려온 것처럼 이질적입니다. 만일 진짜로 빌린 것이라면 빌려준 사람은 하느님밖에 없으므로 안심하고 마음 편히 빌려 쓰려고 합니다.

시력이 회복되고 가장 먼저 착수한 마이니치 신문의 연재소설《시간이 멈춘 갓난아기》가 드디어 완결되었습니다. 신문연재소설을 책임진 작가에게 처음이자 마지막 임무는 연재가 끝날 때까지 죽지 않는 것입니다. 그 임무만은 훌륭하게 수행한 셈입니다. 지금보다 더 나이가 들어 내 나름으로 죽음을 예감하게 되는 날이 온다면 절대로 신문연재를 맡지 않을 것입니다. 소설이 완성되면 작가는 더 이상 할 말이 없어집니다. 그 때문인지 장편이 완결된 후에는 한동안 마음이 가볍습니다.

여름휴가 내내 게으름을 피우면서도 마무리 지은 일이 있다면 어머니의 묘에 묘비를 세운 것입니다. 어머니가 작년 2월에 돌아가셨으니 1년 반이나 묘를 완성하지 못한 셈입니다. 물론 유골함이나 묘를 두르는 작은 울타리는 만들어놓았지만 묘비에는 조금 더 공을 들이고 싶었습니다.

묘비에는 일반적으로 새겨 넣는 '무슨무슨 가(家)'라는 문구는 빼버리고 작은 십자가에 라틴어 한 구절을 새기기로 했습니다. 라틴어는 "신에게 감사합니다."라는 말이었습니다. 그리고 사람들 눈에 잘 보이지 않는 묘비 뒤에 더 작은 글씨로 "우리의 죄를 용서해주십시오."라는 말을 새겼습니다. 여러 가지로 고민했는데 이 두 구절 외에는 마지막에 어울리는 기도가 생각나지 않았습니다.

어머니의 묘는 우리 가족이 좋아하는 바다가 보이는 밝은 언덕 위에 자리하고 있습니다. 마침 오렌지색 백합이 한창 때였습니다. 전에도 썼지만 우리 가족은 묘 앞에, 이것도 일본인의 습관인데, 꽃병을 두지 않기로 했습니다. 묘 앞에 꽃병을 두고 꽃을 꽂아놓으면 꽃이 금방 시들어 더러워질 뿐만 아니라 모기가 들끓어 살아 있는 사람들을 고통스럽게 만듭니다. 아들도 내 의견을 따랐습니다. 꽃병을 치우는 대신 매년 봄에 베고니아를 심기로 했습니다. 백합과 수선화와 석산은 이미 심었으므로 때가 되면 꽃이 필 것입니다. 해마다 봄에 베고니아만 심으면 이 꽃이 오랫동안 어머니의 묘를 밝게 장식해줄 겁니다.

묘는 가족만이 아니라 참배하러 오는 다른 사람들을 위해서도 밝고 깨끗해야 한다고 생각합니다. 어머니는 흔히 하는 말로 천수를 누리시고 돌아가셨지만 어머니와 함께 바로 옆 묘지에 묻힌 다른 가족들의 고인 중에는 젊은 나이에 세상을 뜬 사람도 적지 않은 것 같습니다. 그들의 가족이 참배하러 이곳에 왔을 때 우리가 심은 꽃과 바닷바람에 둘러싸여 연인들의 밀회와도 같은 멋진 시간을 보냈으면 좋겠습니다.

나와 마음이 잘 맞는 약간 괴짜인 사촌오빠가 한 명 있습니다. 그는 생전에 어머니가 가장 사랑했던 생질인데 어머니의 묘를 내 멋대로 꾸몄다고 해서 비방하지는 않겠지만 그래도 뭔가 하고 싶은 말이 있지 않을까, 궁금해졌습니다. 사촌오빠는 전쟁 전에 사립대학의 응용화학과를 졸업한 인재입니다. 그 때문인지 사고방식이 약간 차가운 편입니다.

사촌오빠는 죽은 인간의 시체를 관에 넣고 태워버리는 것처럼 죄스러운 일도 없다고 합니다. 지구의 에너지 자원에는 한도가 있어 산림의 남벌도 문제가 되는 이때에, 나무로 관을 만들고, 더구나 그냥 태워버린다는 게 말이나 되느냐는 것입니다.

평소부터 화장(火葬)이 가장 좋은 방법이라고 생각해왔지만 나무를 구경하기 힘든 인도의 어느 지역에서는 사자(死者)를 화장하기 위해 땔감을 사는 것조차 유족들에게 큰 부담이 되는 것을 목격하고 마음이 무거워졌습니다. 인도의 힌두교에서는 원칙적으로 죽은 자를 화장하여 갠지스 강이나 그 지류에 흘려보내야 합니다. 사촌오빠 말로는 인간이 남기고 떠난 사체는 미래를 위해 사용되어야 한다고 합니다. 해부용으로 사용하는 것은 당연하고 각막과 장기도 쓸 만한 것은 모두 떼어내야 하고, 남은 유체도 칼슘과 단백질을 분리해서 이용하는 등 충분히 활용 가능하다고 합니다. 이렇게 쓸모가 있는 사체를 귀한 나무와 함께 태워버리면 너무 아깝지 않느냐는 것이 사촌오빠의 지론이었습니다. 오빠 본인은 사후에 해부용으로 몸을 기증하겠다며 헌체절차를 밟은 모양인데, 우리 두 사람이 가족들이 보지 않는 곳에서 분개했던 것은 1억 명이 넘게 사는 일본에서는 연간 수십 만 명이 세상을 떠나고 있음에도 불구하고 스리랑카로부터 각막이식용 안구를 수입하고 있다는 현실이었습니다. 그나마 우리 두 사람이었기에 이런 분노도 가능했습니다. 전쟁 중에 나치가 아우슈비츠에서 살해된 사람들의 지방으로 비누를 만들었다는 이야기가 회자될 만큼 죽은 자의 시체를 활용한다는 것은 위험한 사상처럼 여겨지는 게 보통입니다.

사촌오빠는 세상이 달라졌으므로 그런 염려는 하지 않아도 된다고 말합니다. 죽어서 기름을 짜내려는 것이 아니다, 의료적인 치료와 가족의 애정 속에서 죽은 인간이 최후의 순간에 자신의 몸이 타인에게 도움이 되기를 바라는 마음이야말로 오히려 자연스러운 것 아니냐고 주장했습니다.

신부님, 만일 누군가가 너는 사형수로서 교수대에서 죽임을 당하겠는가, 아니면 의학에 필요한 실험대상으로 죽임을 당하겠는가, 라고 묻는다면(최대한 고통스럽지 않게 조처해줘야 한다는 전제조건이 실현되어야겠지만) 기꺼이 실험대상으로 죽겠습니다. 사형수에게 둘 중 하나를 선택할 자유는 허락해도 좋지 않을까요. 사형이 필요한가에 대한 논의는 별도로 치고 사형이 존재한다는 가정하에서입니다. 이왕이면 보람을 느끼며 죽어갈 수 있도록 배려해주는 것이 옳다고 생각합니다.

쓸데없는 참견인지도 모르겠습니다. 세상의 많은 사람들은 내가 죽은 후에 해부용 사체로 이용되는 건 싫다고 말할 테고, 사촌오빠처럼 해부뿐 아니라 단백질과 칼슘까지 분해해서 사용해야 한다는 '폭론'에 찬성하는 사람은 거의 없을 겁니다. 그래서 우리 두 사람은 가족들의 눈까지 피해가며 몰래 이런 이야기를 주고받았습니다.

그런데 며칠 전 내가 항상 생각해왔던 문제가 현실에서 벌어지고 말았습니다.

나고야에 사는 여성이 담낭암에 걸렸는데 병원에서 암이라는 사실을 고지해주지 않아 결국 수술시기를 놓쳐 사망했고, 이에 가족들이 병원을 상대로 손해배상청구소송을 제기한 것입니다.

병원 측은 "암이라는 말은 하지 않았지만 담석증이 심각해서 입원해야 한다고 알려줬음에도 본인이 담석이라면 입원할 필요가 없다고 판단해 해외여행을 떠났다. 암에 걸렸다는 사실은 환자가 입원할 때 가족에게만 알려주려 했다. 암은 본인에게 알려주지 않는 게 원칙이다."라고 주장했습니다.

내가 충격을 받은 것은 이 마지막 말이었습니다. 암은 본인에게 알려주지 않는 게 원칙이다…. 이것이 일본인의 사고방식인가 봅니다.

병원의 태도는 선의에서 비롯된 것이겠지요. 그곳이 도쿄가 아닌 나고야였기 때문인지도 모릅니다. 나고야 사람들은 도쿄 사람들보다 훨씬 다정합니다. 즉 병원에서는 환자에게 암에 걸렸다고 알려주면 충격에 휩싸인 환자가 자살할지도 모른다고 판단했을 수도 있습니다.

하지만 신부님, 인간이 인간의 존엄을 유지하며 살다가 죽는다는 것은 그의 문제입니다. 사람의 일생은 기쁨과 괴로움이 공존한다는 원칙을 인정해야 합니다. 자신의 운명이——아는 사람이 한 명도 없다면 모르겠지만——의학적인 판단에 의해 대략적인 추측이 가능하다면 그것을 본인에게 알리지 않는 것이야말로 인권에 관련된 문제라고 생각합니다. 인간의 일생은 바라는 것이 이뤄지지 않는 경우가 더 많아서 나는 지금껏 아주 사소한 일상조차도 내 뜻대로 계획을 세우려고 노력해왔습니다. 그런 계획들이 실패할 때가 더 많았지만 내가 원한 것이므로 실패를 경험해도 그 같은 실패에서 새로운 의의를 발견하곤 했습니다.

그러나 다른 사람이 알고 있는 내 삶의 운명을 정작 본인인 내가 모른다는 것은 내 생애를 강탈당하는 것과 마찬가지입니다. 그것만은 거부하고 싶습니다.

인간에겐 자신의 운명을 선택할 권리가 있습니다. 그러므로 의료기관은 초진 때 환자에게 다음과 같은 항목을 제시하며 환자 본인이 희망하는 항목을 선택하도록 배려해야 한다고 생각합니다.

①진단결과를 본인에게 직접 알려주기 바란다.

②진단결과는 본인 이외의 가족, 또는 지인에게만 알려주기를 바란다.

환자가 ②를 선택했다면 병원에서 통보해줄 가족과 지인의 이름 및 연락처를 적도록 합니다. ②를 선택한 환자는 단순한 감기나 무좀이더라도 본인이 아닌 가족과 지인에게 병명이 고지됩니다. 평소에 이런 방식의 진단에 익숙해지기 위해서입니다.

개중에는 고칠 수 있는 병이면 가르쳐주고 심각한 병이면 의사만 알고 있어달라고 부탁하는 환자도 있다고 합니다. 만에 하나 환자가 이렇게 해주기를 원했다면 의사의 판단에 문제가 있다고 생각되어도 소송은 불가한 쪽으로 법을 개정해야 합니다. 의사는 이 정도 병명은 알려줘도 되겠다 싶어 고지했는데 정작 환자 본인은 충격을 받고 자살한 경우에도, 혹은 고치기 어렵다고 판단해서 고지해주지 않았는데 그 때문에 환자가 치료시기를 놓쳐 적절한 치료를 받지 못하는 상황이 발생하더라도 의사는 면책되어야 합니다. 의사의 판단은 완전할 수 없습니다. 비록 오진은 아니더라도 의사가 판단한 환자의 입장이 예측과 달라지는 상황은 얼마든지 가능합니다. 그럴 경우 환자가 의사를 비난한다면 의료라는 행위는 불가능해집니다.

평상시에 반복적으로 예행연습을 했더라도 의사 입에서 당신의 생명은 앞으로 1년, 또는 한 달밖에 남지 않았습니다, 라는 선고를 듣고도 침착해질 수 있는 사람은 거의 없을 겁니다. 그렇더라도 우리는 생명의 고뇌를 정면에서 맞아들여야 합니다. 신부님이 말씀하셨듯이 남아 있는 시간 동안 우리를 용서해주겠다는 모든 사람과 화해한 후 죽음을 기다려야 합니다.

임종의 고뇌 속에서 내가 나 자신을 완성할 것이라고는 기대하기 어렵습니다. 아마도 고통과 두려움에 짓눌려 세상을 저주하고, 간호해주는 사람에게 화풀이를 하며 처참한 모습으로 죽게 되는 건 아닐지 벌써부터 걱정스럽습니다. 만약 그렇게 되더라도 어쩔 수 없는 일입니다. 그게 바로 나였을 테니까요. 내가 그렇게 죽어간다면 나를 아는 사람들은 "거 봐. 그 사람은 별로 좋은 사람이 아니었어."라고 쑥덕거리겠지만 하느님은 내가 고통을 두려워하며 약한 모습을 드러냈더라도 나를 비난하지 않을 거라고 믿습니다. 쓸데없는 말이 길어졌는데 본인에게 그의 임종에 관한 사실들이 알려지지 않는다는 것은 사기, 과실치사, 인권무시…. 나처럼 법에 무지한 인간이 꺼낼 수 있는 단어는 이

것뿐이지만 어쨌든 범죄입니다.

　며칠 전 작가인 나가이 다쓰오(永井龍男) 씨가 쓴 근사한 이야기를 읽었습니다. 작가이며 문화청 장관이기도 했던 곤 히데미(今日出海) 씨가 영면하기 직전의 모습입니다.

　진정한 '문화인'으로 존경받아온 곤 씨는 밝고 따뜻한 인품으로 맛있는 요리를 무척이나 좋아했는데 자신의 운명을 알게 되고부터는 좋아하는 음식을 멀리했다고 합니다.

　걱정이 된 딸이 아이스크림을 만들어,

　"아빠가 좋아하는 아이스크림이에요."라고 건네면 곤 씨는,

　"그래, 내가 살아 있을 때는 아주 좋아했지."하고 대답했다는 것입니다. 더 이상 가망이 없어 병원에서 퇴원했을 때는 이미 죽음을 각오했던 듯 장례절차와 밤샘 등에 관한 것을 아내에게 일일이 가르쳐준 후,

　"나 없이 밤샘하려면 재미없을 텐데."

　라고 말하며 웃었다고 합니다. 곤 씨와 함께라면 그 자리가 어떤 곳이든 재미나고 따뜻한 분위기였을 겁니다. 그런데 곤 씨의 장례식 밤샘에는 주인공인 곤 씨 본인의 모습이 보이지 않을 테니 그를 기억하는 분들이 쓸쓸해할 것은 이루 말할 나위가 없겠지요.

　신부님, 일본인은 유머 센스가 부족해서 지나치게 엄격한 죽음을 맞는 사람이 대다수입니다. 신부님은 죽음을 앞두고 유머러스하게, 밝게 죽음을 환영하는 일본인이 적다고 아쉬워하셨지만 곤 씨처럼 멋진 죽음을 맞이한 분들도 간혹 계신답니다. 이런 분들의 지적 수준이야말로

최상급이라고 할 수 있는데, 곤 씨 같은 경우는 지성 그 이상의 뭔가를 보여주셨다고 생각됩니다.

요즘 들어 가끔 "그렇게 살고 싶어."라는 말이 저절로 나올 때가 있습니다. 누구나 한 번쯤은 해본 말이겠지만 진실로 바라마지 않는 장래의 날들을 상상하며 자신의 감정에 충실해졌을 때 불쑥 튀어나오는 감탄사 같은 말입니다. 내가 그때까지 살아 있다면, 혹은 그렇게 된 상황에 내가 살고 있다면 나는 정말 기뻐하며 내 삶을 누릴 테고, 만약 그렇게 살 수도 없고, 그때 내가 살아 있을 가능성이 없더라도 그런 날을 예감하고 상상하는 것만으로 행복해질 것입니다. 인간에게 죽음이라는 가능성이 없다면 인생은 지금처럼 매력적이지는 못했을 것입니다. 동화적인 상상력을 발휘해본다면 인간이 죽지 않는 것보다 더 큰 고문은 없을 것 같습니다. 따라서 우리는 죽음으로 운명 지어진 생에 감사해야 합니다.

평소라면 지금쯤 미우라 반도의 바닷가 집에 머물러야 하는데 올해는 도쿄의 집에서만 워드프로세서를 쓸 수가 있어 내려갈 마음이 생기지 않네요. 원고지보다는 워드프로세서가 문장을 다듬기도 편하고 편집하는 분들에게도 폐가 되지 않는 깔끔한 문장이 나온다는 것을 알게 된 후로는 손으로 원고를 써서 넘겨줄 용기가 생기지 않습니다.

지금쯤 미우라 반도의 집에는 채소들이 많이 자랐을 겁니다. 닷새에 한 번은 가지, 토마토, 강낭콩, 풋고추, 피망 등을 따러 내려가는데 지난번에는 가지를 7킬로그램이나 땄습니다. 우리 식구끼리 다 먹을 수가 없어 나리타의 프란체스코회 신부님들께 보내드렸습니다. 시력 때문에 고생하던 시절에 심었던 과실나무 중 키위는 100개나 열렸고, 무화과나무도 첫 열매가 하나 달렸습니다. 초귤(초를 짜내는 데 쓰는 귤의 한 종류)도, 유자나무도 멋지게 자라나고 있습니다.

이 나무들을 심을 때만 해도 열매가 달릴 무렵이면 실명하여 열매가 달린 모습을 못 볼 거라고 생각했습니다. 나는 지독한 현실주의자라서 앞이 거의 보이지 않거나 아예 맹인이 된다면 그런 현실을 받아들이지 못해 자살할지도 모르고, 만약 그렇게 된다면 미우라 슈몽(남편, 작가) 혼자 바닷가 집에서 살 수는 없는 노릇이니 팔아버릴 게 분명하다고 생각한 적도 있습니다.

그래도 나랑 상관없는 일이라고 여겼습니다. 누가 그 집에 살든 그곳에 사는 그 사람이 그 열매들을 먹어주면 다행입니다. 그것이 나무를 심은 자의 영광입니다. 내가 심었음을 그가 모르더라도 괜찮습니다. 그 사람을 기쁘게 해주려고 심은 게 아니라 내가 살기 위해 심었던 것이니까요.

해변이 보이는 뜰에 서서 작은 감동을 느꼈습니다. 나는 언제나 조금씩이나마 미래를 계획해왔고, 그런 계획을 실현하기 위해 약간의 노력을 해나감으로써 방향이 잡히는 것으로 알고 있었습니다. 그런데 이 나무들은 어떤가요. 내가 조바심을 내는 것과 불안해하는 것과는 상관없이 그들은 절대로 서두르는 법이 없습니다. 그들은 오직 열매를 맺기 위해 전력을 다합니다. 대자연의 예절이라는 것이겠지요. 화초서적에 나온 대로라면 우리 집 라일락은 작년에 꽃이 피었어야 하는데 1년 늦은 올해 꽃을 틔웠고, 키위는 3년째 접어들면 한 그루당 수백 개씩 열매가 달린다고 써 있었는데 4년째인 올해 들어서야 암나무 네 그루에 다 합쳐서 100개 정도의 꽃이 피었습니다.

매사에 자연스러운 것이 최고겠지요.

그럼 신부님, 항상 더위 조심하시고 일하시는 만큼 쉬시는 것도 잊지 않으시기를 바랍니다.

소노 아야코 드림

재회에의 기대

소노 아야코 님.

연재소설 완결을 축하드립니다. 어제 최종회를 감명 깊게 읽었습니다. 연재 중에는 매일 아침 하루의 영감에 필요한 양식으로 삼으며 빠뜨리지 않고 애독해왔습니다. 눈의 건강을 되찾으신 것도 새삼 기쁘게 축하드리면서 앞으로도 좋은 작품 꾸준히 발표해주시기를 진심으로 부탁드립니다.

금년 여름은 근래 가장 더웠다고 알려진 작년 여름만큼이나 기록적인 혹서였습니다. 다행히 건강하시다니 마음이 놓입니다. 나는 지금 예수회에서 운영하는 하코네 코라료(箱根強羅寮)에 머물고 있습니다. 소노 씨의 상황도 다르지 않으리라고 생각하는데 도쿄에서는 하루 평균 10여 명의 손님이 방문하고, 열댓 번의 전화통화를 해야 합니다. 졸업한 제자로부터 결혼식 주례를 맡아달라는 부탁이 월 평균 세 건 정도 되고, 협의와 리허설은 시간이 부족할 지경입니다. 그래서 1년에 한 번쯤은 세상을 향하고 있는 눈과 귀를 닫고 홀로 집중해서 연구하며 글을 쓰는 '여가의 기간'을 실천하고 있습니다.

'워커홀릭(일중독자)'이라는 말이 세상에 등장하고 꽤 세월이 흘렀는데, 우리가 주목해야 될 것은 지나친 업무가 아닌 여가사용법에 대한 무지였다는 생각이 듭니다. 일반적으로 여가란 일의 능률을 향상시키는 데 필요한 잠시의 휴식쯤으로 치부되고 있지만 이것은 지나치게 공리주의적인 해석입니다. 이런 해석은 제3의 인생, 즉 노년기에는 너무나도 무의미해집니다. 퇴직 후의 일상에서 노동을 대비한 휴식은 불필요하기 때문입니다. 여가는 일을 위해 필요한 게 아니라 자신의 인간성을 개발하고 인격의 완성을 돕는 데에 참된 의의가 있습니다. 다시 말해서 여가란 창조적인 자기개발을 위해 허락된 귀중한 특권입니다. 이런 특권을 충분히 활용하려면 젊은 시절부터 많은 준비가 필요합니다. 워커홀릭 상태에서 정년을 맞아 퇴직 다음 날부터 멋지게 여가를 활용한다는 것은 불가능합니다. 아무리 늦어도 '중년의 위기'를 자각한 시점부터 창조적으로 여가를 보내는 법을 배워야 합니다.

소노 씨 같은 문학인이나 예술가들에겐 일이 곧 창조적 자기실현이므로 저 같은 사람이 여가의 의의 따위를 이야기한다는 건 부처님 앞에서 설법을 하는 것과 다름없겠지요. 워드프로세서로 오래도록 작업하면 눈이 피곤해진다고 하니 미우라 반도에 피어난 꽃과 채소, 과일들에 둘러싸인 시간도 충분히 만끽하시기를 권해드립니다. 죠치대학에서도 여러 부서가 워드프로세서를 도입하고 있습니다. 내 조수도 자비로 휴대용 워드프로세서를 구입해서 사용하고 있습니다. 그래서 이서한도 지지난 회부터는 워드프로세서로 작성된 원고만이 오가게 되었습니다. 나도 기회가 되면 조작하는 법을 배우고 싶기는 한데 말처럼 쉽지는 않을 것 같습니다. 글쓰기가 직업인 분들에게 워드프로세서라는 기계가 얼마나 유용한지에 대해서라면 옛날 방식의 타이프라이터로도 충분히 만족하는 나이기에 금방 상상이 됩니다. 더구나 소노 씨는 일찍이 컴퓨터를 서재에 들여놓으셨으니 한발 앞서나간 도전정신에 절로 고개가 숙여집니다.

그러고 보니 우리의 왕복서한은 소노 씨의 어머님이 귀천하신 이야기부터 시작되었더군요. 어머님과 가족의 희망대로 소중한 안구를 시력 때문에 고통받고 있는 분을 위해 제공하셨다는 이야기를 듣고 진심으로 감사하게 생각했습니다. 내 몸의 일부를 아무런 보상도 기대할수 없는 사후에 타인에게 제공한다는 것 자체가 더없이 위대한 사랑의 표현이라고 하겠습니다. 나도 게이오대학의 아이뱅크(안구은행)와 도쿄의 신장이식보급회에 등록했습니다. '죽음의 철학' 수업에 참석하는 학생들에게도 나처럼 장기기증 신청을 권하고 있답니다. 그런데 한가지 곤란한 문제가 있습니다. 장기기증을 희망하는 학생들이 적지 않은데 그 가족들의 반대가 심하다는 점입니다. 이런 상황에 직면할 때마다 자녀교육에 열심인 일본의 엄마들부터 다시 가르쳐야 되는 것 아닌가, 라는 회의가 듭니다.(얼마 전에 충격적인 체험을 했습니다. 어떤 강연회에서 내가 아이뱅크에 등록했다는 이야기를 하자 나중에 한 여성이 찾아와서는 '아이진(일본어로 애인이라는 뜻)뱅크'에 등록하셨다니 그게 무슨 말씀이시죠? 하고 되묻더군요. 아이뱅크보다도 아이진뱅크가 사람들 사이에서 더 유명하다니 조금 곤란해졌습니다.)

장기기증을 주저하는 사람들의 심리를 분석해보면 그 심층에는 뿌리 깊은 죽음에의 공포가 도사리고 있습니다. 죽음과 관계된 생각만으로도 겁이 나서 사후의 여러 가지 문제에 부정적인 태도를 취하게 됩니다. 암 '고지'와 관련한 논쟁도 여기에서 비롯됩니다.(암 '선고'라는 표현이 보편적이지만 '선고'라고 하면 형벌을 선고하는 것 같은 부정적인 의미가 느껴져서 '고지'라는 용어로 통일해야 한다고 보는데 소노 씨의 의견이 궁금합니다.) 지금까지 암 고지를 터부시해온 이유는 암이라는 병명이 환자에게 절망을 안겨주어 삶에 대한 의욕을 잃고, 결과적으로 몸이 쇠약해져 병이 악화될 수 있다는 염려 때문이었습니다. 그런데 의사들을 대상으로 몇 가지 연구를 진행한 결과 고지를 망설이는 진짜 이유는 의사 자신이 죽음을 무서워하기 때문이었습니다. 지나칠 정도로 죽음을 두려워하는 의사는 환자의 죽음——의사 입장에서는 자신의 패배이기도 합니다——과 대면할 용기를 잃고 "곧 좋아질 겁니다"라는 거짓말로 환자가 처한 현실에서 도피하려고 합니다. 하지만 아무리 숨겨도 환자는 언젠가 진실을 알게 됩니다. 진실의 은폐는 때론 심각한 갈등을 낳기도 합니다. 환자와 의사, 그리고 가족이 서로에게 속고 속이는 '희비극'이 연출되는 것입니다.

　나고야에서의 예로 알 수 있듯이 현재 일본은 암 고지에 대한 여론이 찬반으로 나뉘어 있습니다. 환자에게 고지해주는 것은 암을 극복하기 위한 불가결한 전제이며, 이를 적극적으로 실천해 성과를 올리는 의사가 있는 반면에, 언젠가 신문 투서란에 실린 기사처럼 "알려줘야 한다고 말하는 사람들은 암이라는 지옥을 겪어보지 못했기 때문이다. 어쭙잖은 상상으로 말하지 말라."는 비통한 외침도 들립니다. 만약 고지가 바람직하지 못한 결과를 가져왔다면 고지해준 방법에 문제가 있어서 그런 것은 아닐까요. 미국은 고지에 관한 논의보다는 누가, 언제, 어떻게 알릴 것이냐를 문제 삼는 단계에 있습니다.

　'암=죽음'이라는 사회에 만연된 고정관념이 환자에게 필요 이상의 공포를 심어주고 있다는 점을 외면해서는 안 될 것입니다. 특히나 중요한 것은 고지 후의 애프터케어(환자의 건강관리와 사회복지를 위한 지도)입니다. 아시다시피 유럽에서 고지의 역할은 신부와 목사가 담당합니다. 단순히 알려주고 그치는 게 아니라 몇 시간 후에, 또는 다음 날 이후 환자를 방문해 불안과 고통에 귀를 기울여주고 마음을 위로해주려고 노력합니다. 가뜩이나 바쁜 의사에게 환자의 처우에 대한 모든 의무를 일임하는 것은 무리라는 사회적 인식이 형성되었기에 가능한 일입니다. 그런데 일본의 병원은 종교인의 개입을 달가워하지 않는 것처럼 보입니다. 특히 불교의 스님에게는 이런 역할이 상당한 고민이 될 것으로 보입니다. 죽음을 목전에 둔 환자를 찾아가 심적으로 위로해주고 싶어도 스님이 병원에 들어서는 순간 재수 없다, 벌써 장례식 준비를 하는 거냐는 식으로 색안경을 씁니다. 안타까운 일이지만 이는 일본의 의사들이 의무보다 더 무거운 책임을 지고 있다는 뜻이기도 합니다.

인간에게는 진실을 거부할 권리도 있습니다. 고지하기 전에 환자가 자신의 상태를 궁금해하는지, 고지한 후 환자가 심각한 갈등을 겪게 되는 것은 아닌지, 환자의 입장과 가족의 입장은 어떤지, 환자의 심신이 진실이라는 충격에 견딜 만한 상태인지를 신중하게 검토해야 합니다. 예를 들어 병명을 알려주면 절망한 나머지 자살을 도모할 위험이 있다고 판단되는 환자는 불안해하는 마음부터 진정시켜주는 것이 옳습니다. 이런 상황을 충분히 고려하고 고지했음에도 "모르는 편이 나았다"라는 원망을 들을 수 있습니다. 이때 환자의 반응을 곧이곧대로 받아들여서는 안 됩니다. 죽음의 과정에서 거의 모든 사람들이 '분노'라는 단계를 거칩니다. "왜 알려줬느냐"라는 분노는 "나는 살고 싶다"라는 환자의 목소리이며, "왜 내가 이런 고통을 겪어야 되는가"라는 의문에서 비롯되는 좌절입니다. 다가오는 죽음을 자각하고, 이를 토대로 인격적인 성장을 이룩하는 데 있어 반드시 거쳐야 하는 단계입니다. 암환자에게 암을 고지하는 것은 죽음의 선고와는 엄연히 다릅니다. 고지는 환자에게 생명과 관련된 지원의 약속이며, 고통을 초월하는 용기와 희망의 출발점이 되어야만 합니다.

최근 몇 주일 동안 동료 두 명이 암으로 세상을 떠났습니다. 두 사람 모두 54세의 젊은 나이였습니다. 우리와 고작 한두 살밖에 차이가 나지 않아 남의 일 같지 않았습니다. 그중 한 명은 죠치대학 교수로 지지난 주 일요일에 문병을 약속했는데 내가 병원에 도착하기 직전에 세상을 떠났습니다. 그나마 위안이 되는 점은 두 사람 모두 자신의 병이 암이라는 것을 알고 있었고, 한 번뿐인 죽음을 제대로 맞기 위해 최선을 다해 준비해왔다는 것입니다.

얼마 전 도심의 병원으로 제자 한 명을 만나러 갔습니다. 이 학생도 암을 앓고 있었는데 의사의 진단으로는 불과 몇 개월밖에 살지 못한다는 이야기였습니다. 병원에서는 학생에게 진단결과를 알리지 않을 작정이었지만 마침 담당의사와 내가 친분이 있어 진실을 알려달라고 설득했습니다. 나는 그 학생에 대해 충분히 알고 있었고, 그가 이 무거운 진실을 온전히 받아내리라 확신했던 것입니다.

그러나 암이라는 설명을 듣고 한참이 지나도 그는 진실을 받아들이려고 하지 않았습니다. '죽음의 순간' 시리즈로 유명한 엘리자베스 퀴블러 로스 여사가 말했듯이 이것은 매우 자연스러운 반응입니다. 누구나가, 특히 젊은 청년이란 자신이 이렇듯 빨리 죽게 될 줄은 상상도 못했던 게 당연합니다. 그 후 이 학생은, 이 또한 매우 자연스러운 결과인데 심한 우울증에 시달렸습니다. 나는 병원으로 그를 찾아가 많은 대화를 나눴습니다. 그는 힘겹게 우울증을 극복한 것처럼 보였습니다. 지난 몇 주일 동안 그는 내가 찾아갈 때마다 이런 질문을 던졌습니다. 인간은 죽어서 무엇이 되는 걸까요, 사후의 생명을 인정할 만한 현실적인 근거가 있을까요…. 그에게 질문을 받고 철학자, 또는 종교인의 입장에서 인간이 왜 사후의 생명을 기대하는지를 설명해주었습니다. 시간이 지날수록 영원이라는 미래에 대한 그의 관심은 깊어졌습니다. 나의 설명을 그가 모두 수용한 것은 아니지만 그중 몇 가지 의견에는 흥미를 보였습니다. 그는 초등학생 때 어머니와 사별했는데 천국에 가면 어머니를 다시 만날 수 있다는 희망에 용기를 얻은 것 같았습니다. 그를 보면 생명의 영원함에 대한 기대와 희망이야말로 죽음의 공포를 극복하는 데 가장 결정적인 열쇠라는 생각이 들었습니다.

　소노 씨 어머님의 작고 아름다운 묘 이야기를 듣다보니 언젠가 처음으로 어머니 묘 앞에 섰을 때가 떠오르더군요. 벌써 5년 전입니다. 반년간의 사바티컬(일상적인 업무에서 벗어나 연구와 여행을 하는 기간)을 맞아 모처럼 독일을 찾았습니다. 어머니의 묘에는 소노 씨 어머님의 묘가 그랬듯이 형형색색의 꽃들이 심어져 있었습니다. 아름답게 피어난 꽃들은 죽음이 품고 있는 어두운 이미지를 희석하여 영원한 행복이 엿보이는 듯했습니다. 첫 번째 편지에서 말씀드렸듯이 주로 외국에서 생활해온 탓에 어머니의 임종을 지켜드리지 못했습니다. 그 때문인지 처음 찾은 어머니의 묘 앞에서 과거의 기억들이 새록새록 떠올랐습니다. 임종하시기 직전에 편지쓰기를 싫어하시던 어머니가 자신의 생애를 회고하는 장문의 편지를 써서 보내주신 일이라든가, 먼저 돌아가신 아버지도 임종 전에 장문의 편지를 보내주셨던 것, 어머니가 아버지를 만나게 되리라는 기대로 즐거워하며 숨을 거두셨다는 형제들의 전언…. 우리는 7남매인데 네 살이라는 어린 나이에 불치병을 앓다가 세상을 떠난 여동생의 마지막 말도 "천국에서 만나요"였습니다. 언젠가는 나보다 먼저 세상을 떠난 사랑하는 사람들과 다시 만날 수 있다는 기대가 현실의 나를 움직이는 에너지원이 되고 있습니다. 사후의 영생에 대한 희망은 나만의 불멸을 바라는 것이 아닌 사랑하는 모두와의 재회를 그리워하는 소망이라고 생각합니다. 천국은 모든 소망과 동경이 충족되는 장소입니다. 사랑하는 사람과의 재회가 불가능한 천국에서 완전한 행복을 기대한다는 것은 있을 수 없는 일입니다.

몇 차례 방문하면서 제자가 영원한 생명을 확신할 수 있도록 격려해 주었습니다. 그는 자신의 살 날이 얼마 남지 않았음을 알고 있었고, 그로 인해 죽음 이후의 문제에 관심을 갖게 되었습니다. 그 같은 관심이 그의 인간적인 성숙에 방해가 되었다고는 생각하지 않습니다. 제자만이 아니라 나 역시 이런 대화를 통해 사후의 영생이라는 문제에 새롭게 관심을 갖게 되었습니다.

가톨릭 신자로서 우리는 매일같이 "영원한 생명을 믿습니다"라고 고백합니다. 철학자의 입장에서 이 고백은 '개연성의 수렴'이라는 측면에서 매력적입니다. 사후생명을 과학적으로 증명해낼 방법은 현재로서는 전무합니다. 반대로 죽음이 모든 것의 끝이라는 증명도 실현되지 않았습니다. 사후생명에 철학이 어떤 대답을 들려줄 수 있는가를 두고 제자와 여러 번 토론했는데, 여기서 간략하게나마 그때의 이야기를 되풀이하고자 합니다.

사후의 영생에 대한 믿음은 인류 역사에 등장하는 여러 민족과 문화와 시대에 공통적으로 등장합니다. 거의 모든 종교서적이 사후세계의 존재를 설파하고 있으며, 세계 각지에서 발견되는 장례절차에서도 내세에 대한 신념이 엿보입니다. 사후를 궁금해하는 것은 인류의 공통된 성향이며, 내세신앙은 우리의 인간성에 깊숙이 뿌리내리고 있습니다. 철학사에서도 인간의 내적인 본질, 즉 영혼은 불멸한다고 주장한 소크라테스와 플라톤이 있고, 인간의 잠재적 능력의 가능성과 도덕적 의무의 무한한 요청에서 영원한 생명의 존재를 확신하게 된 윌리엄 제임스와 칸트가 있습니다. 이 연재에서 몇 번인가 언급한 적이 있는 사랑의 본질에 담긴 영원성에의 희구, 즉 "사람을 사랑한다는 것은 '사랑하는 사람이여, 당신은 결코 죽지 않습니다'라고 고백하는 것이다."라는 마르셀의 주장 또한 사랑이라는 관념에 사랑하는 상대의 불사를 확신하는 전통적인 사후개념이 포함되어 있습니다. 인간의 성장을 촉구하는 상실체험을 '작은 죽음'과 '작은 탄생'으로 인식하고, 이에서 한발 더 나아가 '더 큰 죽음'을 통해 '더 큰 탄생'이 기대된다는 사고방식 역시 사후에 대한 인간의 신앙과 별반 다르지 않습니다. 최근에는 말기 환자의 관찰(카리스 오시스, 미국의 심리학박사)과 말기암을 극복한 환자들의 증언(레이먼드 무디 주니어, 미국의 의학·철학박사)을 토대로 죽음의 객관적인 재구성도 시도되고 있습니다.

　　암에 걸린 그 제자가 가장 깊은 관심을 보인 것은 시적 상상력으로 묘사된 사후세계였습니다. 임종을 앞둔 사람들 중에는 사후에 대한 매우 강렬한 인상을 영감이 넘치는 표현으로 기술하기도 합니다. 사후세계에서 어떤 메시지를 받은 것처럼 말이지요. 1938년 서른여덟의 젊은 나이에 세상을 떠난 미국의 작가 토머스 울프는 신앙과는 거리가 먼 성격이었지만 죽기 직전에 사후세계를 놀라울 정도로 신비적인 이미지로 그려냈습니다. 그 제자에게도 소개한 울프의 유작 《그대 다시는 고향에 돌아가지 못하리》의 마지막 구절을 인용해보겠습니다.

"친애하는 폭스 씨, 그리운 친구여. 결국 우리는 함께 걸을 수 있는 길의 마지막에 도착했습니다. 나의 이야기는 여기서 끝입니다. 그러니 안녕히 계십시오.

떠나기 전에 한마디만 더 말씀드리겠습니다.

내가 알지 못하는 존재가 밤이 깊어질수록 가늘어지는 나의 양초를 바라보며 말했습니다. 내가 알지 못하는 존재가 밤중에 나에게 말을 걸어 이야기한 것입니다. 너는 죽을 것이다, 그러나 어디에서 죽게 될지를 너는 모를 것이다, 라고. 그리고 이런 말도 했습니다.

'지금까지 네가 알고 있던 대지를 잃는 대신 지금보다 위대한 이해를 갖게 될 것이다. 지금까지의 생명을 잃는 대신 지금보다 위대한 생명을 얻게 될 것이다. 지금까지 사랑했던 친구들 곁을 떠나는 대신 지금보다 위대한 사랑을 하게 될 것이다. 지금까지 살아온 고향으로 돌아가지 못하는 대신 고향보다 다정하고 고향의 대지보다 더 넓은 땅을 발견하게 될 것이다.

그곳에 새로운 세상의 기둥이 세워지고, 기둥이 세워지는 방향으로

세계의 양심이 흐를 것이다. 바람은 불고 강은 흐른다.'라고."(《세계 인생론 전집》7권, 지크마 쇼보)

앞에서 살펴본 바와 같이 사후에 관한 논의는 매우 다양하지만 이 모든 논의에 공통되는 것이 한 가지 있습니다. 바로 '사후생명이 존재할 가능성이 있다'라는 인식입니다. 언뜻 다양한 설이 난무하는 것처럼 보여도 개연성은 오직 이 한 가지 인식뿐입니다. 그리고 이 같은 인식을 수렴하다보면 또 다른 개연성을 발견하게 됩니다. "사후생명이 존재할 개연성이 크다"라는 점입니다.

이 같은 논리적 흐름은 일상생활에서 드문 일이 아닙니다. 우리는 중요한 결단을 내리기에 앞서 이런 방법을 선택하곤 합니다. 예를 들어 결혼하려는 상대가 나를 진심으로 사랑하고 있는지를 과학적으로 증명해낼 방법은 없지만 사랑하는 연인 대부분이 결혼이라는 '모험'을 주저하지 않고 시도합니다. 나를 사랑한다는 연인의 말이 진심이라고 확신하는 근거는 무엇일까요. 나를 사랑한다는 연인의 말과 행동뿐 아니라 그가 살아온 경력, 나아가서는 그가 가족과 친구들 앞에서 평범하게 말하고 행동하는 모든 태도에 대한 종합적인 판단에 의해서입니다. 이 또한 넓은 의미에서는 '개연성의 수렴'입니다. 이런 것을 무시하고 사후의 영생은 불가능하다고 주장하는 사람들이야말로 이성과는 거리가 멀다고 생각되는데 소노 씨의 의견은 어떠하신지요.

한 줄의 문장은 마침표를 찍었을 때 비로소 의미가 결정됩니다. 인생에서의 의의 또한 죽음에 의해 최종적인 결론이 내려집니다. 만일 죽음에 의해 그동안 살아왔던 시간들이 무로 돌아간다면 삶의 영위는 부조리에 지나지 않습니다. 반대로 죽음을 새로운 삶의 입구로 인정한다면 인생에서 겪어온 모든 노고는 헛되지 않습니다. 사후의 영생을 믿는다는 것은 현재의 삶에서 의의를 찾는다는 의미이기도 합니다. 이에 대해 괴테는 "내세를 희망하지 않는 사람은 현세에서도 죽은 것과 같다."라고 말했습니다.

예정된 매수를 많이 넘겼습니다. 오늘은 이쯤에서 펜을 놓아야겠습니다. 내년에 두 가지 큰 계획이 있습니다. 두 가지 모두 일본에서는 최초의 시도인데, 《죽음의 준비교육 총서(Death Education)》(전 3권)를 직접 편집하여 출판한다는 기획이 실현을 눈앞에 두고 있습니다. 나머지 하나는 내년 봄의 골든위크에 '호스피스—만남의 나날'이라는 테마로 15명의 말기 암환자와 의사, 간호사, 자원봉사자 등이 함께 3일간 지낸다는 프로그램입니다. 의학의 힘으로는 더 이상 어찌할 수 없는 환자일지라도 인간적인 만남을 통해 서로에게 많은 기쁨을 안겨줄 수 있다는 호스피스의 이념을 실천해보고자 합니다. 구체적인 내용에 대해서는 언젠가 소노 씨에게 조언을 구하겠습니다. 많은 도움과 지도를 부탁드립니다. 더위를 잊게 해주시는 활약을 기대하며 항상 기도해드리겠습니다.

알폰스 데켄 드림

죽음 이후 신의 위로

알폰스 데켄 신부님.

오랫동안 못 뵈었는데 건강하시다는 편지를 읽고 안심했습니다. 저도 별 탈 없이 지내며 일본이 자랑하는 화려한 '식욕의 가을'을 즐기고 있습니다. 작년에 취재차 들렀던 마다가스카르의 수도원에서 받은 극진한 대접이 떠오릅니다. 어느 수도원을 막론하고 손님은 귀하게 대접해야 한다는 정신이 있어서 평소 검소하게 생활했던 마다가스카르의 수도원이 나 때문에 무리하고 있는 건 아닌가, 하고 죄스러운 생각이 들었습니다. 그곳에서는 하루에 고기를 한 조각만 먹어도 "오늘도 단백질을 충분히 먹었구나. 이보다 더 감사한 일이 또 있을까. 마다가스카르에 와서도 내가 먹고 싶은 음식을 먹다니 이렇게 호사를 누려도 되는 걸까." 하고 고민했습니다.

마다가스카르에 머무는 동안에 나는 몸에서 필요로 하는 만큼만 먹었고, 그것만으로 마음과 몸은 충분히 만족했습니다. 그런데 일본에 돌아온 후로는 상황이 또 바뀌었습니다. 예전의 먹보로 돌아가 외국에 사는 친구들에게 "점심에 송이덮밥을 먹었습니다. 저녁반찬은 꽁치입니다. 후식으로 콩으로 만든 온갖 요리를 즐겼습니다."라는 편지를 보내면서 나의 생활이 얼마나 '유복'한지를 자랑하려고 했습니다. 인간은 생명이 유지될 만큼만 먹으면 된다는 것을 마다가스카르에서 배웠는데 1년 만에 그때의 가르침을 깡그리 잊어버리고 말았습니다.

9월 하순에는 오스트레일리아에 다녀왔습니다. 로열 멜버른 쇼라는 목축업자단체의 품평회에 일본이 첫 번째 초대국으로 초청되어 정계, 재계, 지방자치단체에서 선별한 인사들이 참석하게 되었는데, 외무성으로부터 품평회에 참가해 강연을 해달라는 부탁을 받고 적임자는 아닌 듯싶었지만 그래도 말석에 끼어 참석했습니다.

돌아오는 길에 미우라 슈몽과 싱가포르에서 만나 아랍에미리트를 둘러보았습니다. 일본의 지인들은 "별일 없으셨어요? 호르무즈 해협은 아직도 전쟁 중이죠?"라고 걱정스레 물어보곤 했는데 긴박한 분위기는 느껴지지 않았습니다. 페르시아 만의 푸른 바다와 강렬한 햇살은 그저 평온하기만 했습니다. 우리는 해상의 석유기지를 구경하고, 안면이 있는 노미야마(野見山) 일본대사 부부와 담소를 나누며 일주일간 즐거운 시간을 보냈습니다. 슈몽은 이번이 아랍권 국가를 처음 방문하는 것이었고, 사막도 난생처음이어서 무척 즐거웠던 모양입니다. 그러나 아랍에미리트의 사막은 옆길로 새지 않는 한 포장도로를 따라 전봇대가 길게 이어져서 사하라처럼 엄숙하거나 순수해 보이지는 않았습니다.

곧장 일본에 오는 대신 싱가포르에서 하루 묵기로 했습니다. 보루네오(동말레이시아)의 쿠틴이라는 도시를 방문했습니다. 그곳은 한 시대 전의 동남아시아가 그대로 보존된 곳으로 아들 내외가 신혼여행을 다녀온 곳이기도 합니다. 신혼여행에서 돌아온 아들은 "두 분도 쿠틴에 한번 다녀오세요." 하고 권했습니다. 우리는 이곳에서 옛 친구를 만났습니다. 몇 년 동안 나가노 현의 타카세가와 운하 댐이 건설되는 과정을 취재한 적이 있는데, 그때 알게 된 마미야(間宮) 소장이 쿠틴의 바탄아이에서 저장수량이 30억 세제곱미터에 달하는 거대한 댐 건설 현장을 지휘하고 있었습니다.

옛 친구와의 재회는 기쁘기 짝이 없었지만 100킬로미터가 넘는 건설현장까지 찾아가기에는 시간이 촉박했습니다. 쿠틴에서 만났으면 좋겠다고 생각하던 차에 헬리콥터를 보내줬습니다. 헬리콥터를 타고 남방의 밀림 위를 날아가는 신기한 경험을 하게 된 것입니다.

정글은 사막과 달라서 생명이 밀집해 있습니다. 사하라 때와는 다른 색다른 공포를 느꼈습니다. 사하라에서 우리는 1600만 엔의 수색보험에 가입했는데 정글이라면 똑같은 돈을 내도 수색을 맡아주겠다는 보험사는 나타나지 않을 것입니다. 헬리콥터는 유시계비행방식(조종사가 눈에 의지해 기체를 조종하는 것)으로 날아가는 중이었고, 특정한 비행코스도 없는 것 같았습니다. 이륙 전에 조종사가 지도 위에 선을 몇 개 긋고는 경유할 도시를 결정해버렸습니다. 이곳은 구름 한 점 없는 사막의 하늘과 달라서 우리는 곧 낮게 드리운 구름 속을 헤매게 되었습니다. 앞이 보이지 않자 조종사는 믿기지 않을 만큼 고도를 낮췄습니다. 이렇게 날아가다간 머잖아 밀림의 나뭇가지에 걸릴 거다, 라는 확신이 들어 조난까지 각오했습니다. 밀림 군데군데에 야생고무나무가 엄청난 높이로 우뚝 솟아 있었습니다. 나중에 부조종사석에 앉았던 남편에게 물어보니 우리가 탄 헬리콥터는 고도를 60미터까지 낮췄는데 제아무리 키가 큰 나무라도 60미터까지는 자라지 못해서 조금도 위험하지 않았다고 합니다.

나는 타고난 겁쟁이였나 봅니다. 조금이라도 낯선 환경과 마주치면 이러다가 죽는 건 아닐까 싶어 그에 대한 준비를 시작합니다. 생각할수록 우스운 얘기지요. 만약 헬리콥터가 추락한다면 무성한 숲의 바다에서는 발견되기 어려울 것이라고 생각했습니다. 다행히 헬리콥터가 폭발하지 않고 우리도 무사히 탈출하더라도 브로콜리처럼 생긴 거대한 잡목의 밀림은 헬리콥터와 우리의 존재를 순식간에 감춰버릴 것입니다. 인근에 평지라도 있다면 그곳으로 빠져나가 발견되기를 기대할 수도 있지만 밀림에서는 우리를 찾는 비행기에게 우리가 여기 있다고 신호를 보내는 것조차 불가능합니다. 정글이라는 거대한 숲에서는 물건을 태워 연기를 만드는 것 자체가 어렵습니다. 힘들게 성공해도 숲을 빠져나가는 사이에 연기가 흩어질지도 모릅니다. 사막에서는 태양광선을 거울로 반사해 수색대에 신호를 보내는 방법이 유용하지만 여기는 구름 때문에 직사광선을 구경하기가 힘듭니다.

우리를 태운 헬리콥터에는 마미야 씨를 위해 쿠틴에서 준비한 캔맥주와 현장직원들에게 선물할 말린 정어리 100여 마리, 비스킷 두 통, 약간의 단무지 등이 실려 있었습니다. 헬리콥터의 탑승자는 다섯 명이었습니다. 이 음식들을 조금씩 아껴 먹으며 무슨 수를 써서라도 강변이 있는 곳으로 나아가 구원을 요청해야 합니다. 그런데 실제로 최악의 상황이 발생한다면 신경질적으로 돌변한 내가 참지 못하고 다른 사람의 음식을 탐하며 짐승처럼 야비하게 굴다가 최후에는 정글 어딘가에서 짐승처럼 죽게 될 것만 같은 생각이 드는 것이었습니다. 지금 생각하면 완전히 만화입니다. 나는 항상 죽음을 대비해왔다고 자부하지만 현실은 고작해야 이 정도 수준의 망상입니다. 나는 사막보다 밀림이 더 무서웠습니다. 실제로도 그런지는 두 곳을 모두 다녀본 사람에게 물어봐야 알겠지요.

보루네오의 밀림에는 지름이 7~8센티미터는 족히 될 것 같은 래플레시아꽃들이 잔뜩 피어 있습니다. 신부님도 그 꽃을 보신 적이 있으신지요. 오래전에 우연히 이 꽃을 본 적이 있는데 지상에 줄기도, 잎도 없이 갈색 버섯처럼 생긴 기분 나쁜 꽃만 드러내고 있는 모양이었습니다. 래플레시아라는 이름의 어원은 싱가포르의 건설자로 유명한 래플스가 발견했기 때문이라고 들은 기억이 나는데 정확한지는 모르겠습니다. '피치 멜바(아이스크림에 시럽으로 조린 복숭아를 얹고 그 위에 멜바 소스를 뿌린 것으로 오페라 가수 멜바를 기념하기 위해 처음 만들어짐)'의 멜바(오페라 가수 넬리에 멜바)나, '샌드위치'의 샌드위치 백작, '래플레시아'의 래플스처럼 사후에 어떤 사물에 자기 이름을 남겨야 한다면 꽃이나 음식이 가장 즐거울 것 같습니다. '타르트(과일을 곁들인 파이) 데켄'이라는 과자가 생긴다면 맛있을 것 같은데 안타깝게도 신부님에겐 과자를 만드는 취미가 없으시겠지요….

8월 말에 아리요시 사와코(有吉佐和子, 소설가) 씨께서 돌아가셨습니다. 돌아가시기 몇 주일 전에 어떤 잡지와의 인터뷰에서 아리요시 씨가 한 시간에 12킬로를 달리는 게 목표라고 말씀하신 것을 읽고 남편을 불러 "아리요시 씨는 정말 대단해요. 당신보다도 빨라요. 그렇다고 무리하지 말아요. 당신 나이가 더 많으니까. 괜히 무리해서 달리다가 죽기라도 하면 신문에 '마라톤 할아버지 사망'이라는 식으로 기사가 나올지도 모른다구요."라고 농담을 던진 기억이 납니다. 그때만 해도 아리요시 씨는 무척 건강한 분인 줄로만 알았습니다.

우리는 옛날에 같은 동인잡지에서 만났습니다. 재능이 넘치는 분으로 항상 자신감에 차 있어 만나는 사람마다 그녀에게 반하곤 했습니다. 반면에 나는 한참을 생각하지 않으면 무슨 뜻인지 잘 이해를 못해서 스스로를 '수은등'이라고 불렀습니다. 혹시 '수은등'을 알고 계신지요. '수은등'은 형광등과 달리 불을 켜도 금방 환해지지 않고 조금 시간이 지나야 차차 밝아집니다. 그래서 머리회전이 조금 느린 사람을 일컬어 '수은등'이라고 놀린답니다.

생각해보면 우리가 건강해서 죽지 않는 건 아닙니다. 건강은 잠시의 상태일 뿐으로 다음 순간에 심장이 서버리는 것도 자연스러운 현상입니다. 빨리 죽어서 좋다는 건 아니지만 일정한 나이가 되면 내일은 오늘처럼 살아 있지 못할 수도 있다는 예상을 하며 주변을 정리해야 합니다.

도쿄 성 마리아 대성당에서 아리요시 씨의 장례식이 있었습니다. 세월이 더해질수록 이 건물에서는 인생의 깊이가 묻어나는 것 같습니다. 아들의 결혼식도 이곳에서 있었고, 앞으로도 수많은 장례식과 결혼식이 치러질 것입니다. 아리요시 씨를 위해 기도하고 있을 때 그분은 생전에 사회의 의식을 깨우는 훌륭한 작품을 많이 쓰신 분이므로 하느님께서도 "수고했다"라며 위로해주실 것 같다는 기분이 들었습니다. 그러자 문득 '성모의 기사회'를 이끄는 사카타니 토요미쓰 신부님께서 평소 입버릇처럼 하시던 말씀이 생각났습니다.

"소노 씨, 난 장례식이 정말 좋아요. 결혼식은 앞으로 어떻게 될지 모르지만 장례식은 다 알고 있으니까 좋아요. 완전히 끝난 거잖아요. 장례식이 끝나면 불안해질 일이 없으니 이것도 경사지요."

맞는 이야기였습니다. 살아 있는 인간이기에 앞으로 어쩌면 좋지 못한 일을 당하게 될지도 모릅니다. 그러나 생을 마친 사람에겐 신의 자비와 사랑만이 기다리고 있습니다. 지나치게 낙천적인 생각인지도 모르지만 거의 모든 사람이 죽어서 천국에 갈 것만 같습니다.

가톨릭의 장례식 분위기가 숙연하지 않은 데에 의구심을 품고 있는 분들이 꽤 많은 모양입니다. 나는 가끔 위로보다는 축하를 건네고 싶은 장례식과 만나곤 합니다. 주인공이 행운과 불운, 건강과 질병, 재능의 유무를 초월해 그에게 주어진 모든 사명을 수행하고 세상을 떠난 경우입니다. 초대 기독교를 수립하는 데 크나큰 공적을 세운 성 바오로가 '티모테오에게 보낸 둘째 서간'(4장 6~8절)에서 말하고 있는 만년의 심경과도 비슷할 것입니다.

"내가 이 세상을 떠날 때가 다가온 것입니다. 나는 훌륭히 싸웠고 달릴 길을 다 달렸으며 믿음을 지켰습니다. 이제는 의로움의 화관이 나를 위하여 마련되어 있습니다. 의로운 심판관이신 주님께서 그날에 그것을 나에게 주실 것입니다. 나만이 아니라, 그분께서 나타나시기를 애타게 기다린 모든 사람에게도 주실 것입니다."

그가 이 세상을 위해 얼마나 대단한 일을 했는가는 별로 중요하지 않습니다. 나에게 능력이 없으면 없는 대로 최선을 다했는지가 중요합니다. 세속적인 능력주의에서는 개인의 재능을 따지지 않습니다. 인간을 길게 줄지어 늘어놓고 결과만을 평가합니다. 하루에 100개를 생산하는 사람이 10개밖에 만들지 못하는 사람보다는 10배는 뛰어나다고 평가받는 것입니다.

그러나 신은 다릅니다. 부자유한 몸으로 간신히 만든 한 개는 건강한 신체를 타고난 사람이 게으름을 피우며 만들어낸 100개보다 더 큰 가치가 있다고 판단하십니다.

이런 결정은 오직 신만이 내릴 수 있습니다. '제5세대 컴퓨터(인공

지능 컴퓨터)'로 불리는 기계가 만들어져도 이런 결정은 오직 신만이 가능합니다. 신은 완벽하고, 정확하며, 섬세한 관찰자입니다. 그렇기 때문에 신은 인간의 개성을 놓치지 않습니다. 그리고 우리는 성 바오로처럼 자신의 인생을 사랑한 사람의 장례식에서 환하게 웃을 수 있습니다.

앞선 편지에서 신부님은 사후의 영생에 대한 믿음을 언급하셨습니다. 어머님께서 아버님과의 재회를 기대하면서 돌아가셨다는 글을 읽고 제 마음이 한결 밝아졌습니다. 나도 죽음이 다가올 때쯤이면 그렇게 확신할 수 있으리라 기대합니다만…. 나도 한 번은 이와 비슷한 생각을 한 적이 있습니다. 더 이상 앞을 보지 못하게 되리라고 절망했을 때입니다.

시력을 잃으니 죽는 게 낫다고 생각했는데…. 나만 그런 게 아니라 시력을 잃은 사람 거의 대부분이 내가 체험했던 절망에서 빠져나와 다시금 일어섭니다. 그때 내 희망은 현세가 아닌 사후세계에 있었습니다. 죽음과 동시에 내 눈은 다시 보게 될 것이라고 믿었기 때문입니다. 나는 그렇게 믿고 의심하지 않았습니다. 오히려 어둠에 갇혀 지낸 시기가 길어서 갑작스런 밝음에 내가 견딜 수 있을지 걱정이 될 정도였습니다.

신부님, 나는 사후세계의 증명에 대해 이런 생각이 듭니다. 무신론자가 흔히 말하듯이 사후세계가 존재한다는 증거는 없습니다. 그 말은 사후세계가 존재하지 않는다는 증거도 없다는 뜻이 됩니다. 신의 존재에 대해서도 같은 말을 할 수 있습니다. 신이 존재한다는 증거가 없지 않느냐고 말하는 사람들은 신이 존재하지 않는다는 증거를 우리에게 제시하지 못합니다.

얼마 전에 병원에서 낯선 신부가 말을 걸어와 귀찮았다는 어느 암환자의 글을 읽고 이 사람은 정말 강하다고 탄복했습니다. 내 병을 위해 기도해주는 분들에게 항상 감사해왔습니다. 내가 예상치 못한 행복이었기 때문입니다. 건강한 몸으로는 감히 기대할 수도 없는 영광이었습니다.

내년 봄의 골든위크에 기획하고 계신 '호스피스, 만남의 나날'에 저도 참가할 수는 없을까요. 나 같은 사람은 자격도 없고 방해가 될 뿐이지만 결원이 생겼을 때를 대비해 제 이름을 대기자명단에 적어주셨으면 합니다. 저는 지금 임시교육심의회 위원을 맡고 있습니다. 의무교육 과정의 어느 시점에서, 고등교육 과정이나 성인교육 과정에서 검토해야 되는지를 고민하고 있는데 기회가 된다면 정식으로 심의회에 '사학(死學)'을 교과목으로 제안해볼까 합니다.

많이 쌀쌀해졌습니다. 저처럼 텔레비전이라도 보시면서 "하하하." 하고 크게 웃으시며 즐거운 저녁시간 보내시기 바랍니다.

소노 아야코 드림

카이로스의 시간을 만나다

소노 아야코 님.

여느 때처럼 다채로운 활약을 하고 계시는 모습을 보게 되어 다행입니다. 임시교육심의회 위원이 되셨다는 뉴스는 텔레비전에서 보았습니다. 늦었지만 진심으로 축하드립니다. 대임에 어울리는 적절한 인선이 이루어진 것 같아 교육자의 한 사람으로서 마음이 든든합니다. 뛰어난 통찰과 식견으로 교육계의 미래를 개척해주시리라 기대합니다. 무엇보다도 '죽음의 준비교육(데스 에듀케이션)'이 필요하다는 데에 공감해주셔서 기쁘게 생각하고 있습니다.

최근 몇 개월간 대학에서 강의하는 틈틈이 북쪽으로는 홋카이도에서 남쪽의 오키나와까지 강연을 하러 다녔습니다. 스케줄표에는 '산다는 것은', '인생에서의 죽음의 의의', '제3의 인생', '말기환자를 위한 지원' 같은 해야 할 일들이 잔뜩 적혀 있습니다. 의사협회, 간호학회, 병원, 대학의학부, 간호학교 등 여러 기관의 협조도 구해야 합니다. 일반시민을 상대로 집회도 계획하고 있고, 그중에는 기업체 사장단이나 교장모임도 있습니다.

오키나와에서 사흘간 '죽음의 준비교육' 세미나가 있어 출발을 기다리면서 소노 씨의 소설 《잘라진 시간》을 다시 한번 읽어보았습니다. 역시나 이번에도 크게 감동했습니다. 오키나와는 이번이 처음입니다. 전쟁의 비극을 지금도 생생하게 간직하고 있는 오키나와와 오키나와 사람들 앞에서 그들이 받은 고통에 마음이 괴로워지지 않는 사람이 있을까요. 그곳에는 어린 시절 내가 독일에서 겪었던 전쟁의 참화를 떠올리게 하는 감정들이 여전히 남아 있었습니다. 전쟁체험의 의미는 나이를 먹을수록 무게가 더해진다고 통감한 여행이었습니다.

아리요시 사와코 씨의 죽음은 한창 일할 나이의 갑작스런 죽음이기에 저 또한 적잖은 충격을 받았습니다. 제가 노년문제를 다뤘던 《제3의 인생》(영어판)이 출판된 것은 우연히도 아리요시 씨의 《황홀한 사람》이 출간된 것과 같은 시기인 1972년입니다. 그 후 소노 씨의 서문을 받고 일어판을 출간한 게 1975년인데, 당시 아리요시 씨의 깊은 문제의식과 예리함에 감탄했던 기억이 납니다. 지금도 인상 깊게 남아 있는 대목은 치매에 걸린 시아버지를 대하는 며느리의 태도 변화입니다. 젊은 부부에게 망령을 부리는 노인의 존재는 무거운 짐에 불과했지만 여러 사건을 겪으면서 며느리는 시아버지를 따뜻한 마음으로 지켜보게 되고, 마지막에 이르러서는 노인의 죽음을 진심으로 슬퍼합니다. 아쉽게도 현실에는 늙은이를 그저 귀찮은 존재로 취급하며 '해방' 될 날만 손꼽아 기다리는 사람이 얼마나 많은지요.

아리요시 씨의 장례식에는 저도 참석했습니다. 소노 씨께서 오셨다는 말을 듣고 무척 반가웠습니다. 대성당에서 만나뵙지는 못했어도 장례미사가 진행되는 동안 함께 기도하고 있다는 친밀감을 느낄 수 있어서 좋았습니다. 묵상기도 중에 마음이 신에게 닿았을 때는 그 자리에서 함께 기도하는 분들의 마음과도 이어지는 체험을 하게 됩니다. 언어를 사용한 대화보다도 훨씬 깊은 커뮤니케이션이라고 생각합니다. 기도를 통해 빛나는 신의 사랑을 만나고, 끝없는 사랑에 우리의 마음이 열려 새로운, 그리고 깊은 사랑의 교류가 이루어집니다.

제단에 올려놓은 영정사진 속에서 아리요시 씨는 다정하게 웃고 있었습니다. 그 미소를 보며 소노 씨가 전에 하신 말씀을 생각했습니다. ──가톨릭의 장례식이 엄숙하지 않은 까닭은 헤어짐의 슬픔이 천국에서 다시 만날 수 있다는 희망과 기쁨의 빛에 부드럽게 감싸이기 때문입니다…. 인간적인 기준에서 아리요시 씨는 젊은 나이에 요절하신 셈인데 주님의 입장에서는 삶의 과제를 훌륭히 수행했고, 그래서 새로운 생명을 부여하고자 천국으로 데려가신 것은 아닐까요. 사진 속 미소는 세상노고를 보상해주고도 남는 천국에서의 행복한 아리요시 씨를 떠올리게 해주었습니다.

도쿄 대성당은 아드님의 결혼식을 비롯해 소노 씨 일가에게는 추억이 깃든 장소라고 하셨는데 저도 이 대성당과는 적잖은 인연이 있습니다. 신부로서 서품식을 받은 곳이 바로 이곳입니다. 즉 나는 '메이드 인 재팬' 신부라고 할 수 있겠지요.

여러 번 말씀드렸듯이 내가 태어난 곳은 독일이지만 뼈는 일본에 묻을 작정입니다. 일본에서 '외국인'으로서 살다보면 한 번씩 정체성의 위기를 경험합니다. 이렇게 바꿔 말할 수도 있을 것 같습니다. ─ '나는 누구인가'라는 의문에 태어나서 자란 고국을 정체성의 뿌리로 확립한 사람들보다 더 넓고 깊은 차원에서 정체성의 위기를 겪고 극복해야만 한다, 라고…. 그렇다고 내가 일본에 사는 외국인으로 나를 이해하고 있다는 뜻은 아닙니다. 이국적인 코와 머리색을 갖고 있어도 내 마음은 나를 일본인으로 여기고 있습니다. 그런데 세상의 눈은 내가 보는 것과 다름을 깨닫곤 합니다. 많은 분이 나를 외국인이 아닌 동료로 인정하고 있는 것은 틀림없는 사실입니다. 그 점에 대해서는 많은 일본인에게 감사하고 있습니다. 그분들 덕분에 소외감으로 고민한 적도 없고, 이곳을 제2의 고향으로 맞아들일 수 있었습니다. 하지만 거리를 걷다보면 간혹 어린아이가 눈을 동그랗게 뜨며 엄마 손을 이끌고 이렇게 말하는 목소리가 들립니다. "엄마, 외국인이야." 그때 나는 내가 주위의 사람들과 다르다는 것을 깨닫습니다.

학회에서도 가끔 재미난 경험을 합니다. 내가 학회에 출석하는 경우는, 예를 들어 의학학회의 요청으로 '말기환자를 위한 지원', '터미널 케어'(말기간호), '죽음의 의의' 등의 테마로 강연하기 위해서입니다. 학회 전날 리셉션 파티에 참석하면 낯선 '외국인'이 다가오는 것을 부담스러워하며 시선을 피하는 분이 많습니다. 외국인이 영어로 말을 걸어올까봐 두렵다는 표정입니다. 일본인 학자들에게 영어로 대화한다는 것은 때론 죽음의 공포에 버금가는 공포인가 봅니다. 이 낯선 외국인이 자신에게 인사하지 못하도록 등을 돌려버립니다. 딱딱하게 굳어 있는 표정은 "당신을 환영하지 않소"라는 무언의 커뮤니케이션입니다. 이럴 때 아주 살짝 미소만 보여줘도 좋을 텐데 말이죠. 미소도 무언의 커뮤니케이션이며, 환영의 인사입니다. 일본인 학자들은 맥주를 들이켜야 친절해지는데 처음 건배를 나누기까지의 30분은 거북하고 고통스럽습니다. 비슷한 상황이 제자들의 결혼피로연에서도 반복됩니다. 나를 모르는 분들 앞에서는 솔직히 지금도 소외감을 느낄 때가 많습니다.

인간은 출생이라는 환경을 통해 정체성이 확립된다고 말하는데 철학자의 한 사람으로서 이에 대해서는 찬성하기 어렵습니다. 동물이라면, 동물에게도 정체성이 있다면, 출생에 따른 차이가 종(種)으로서의 정체성에 결정적인 영향을 미치겠지만, 인간은 다릅니다. 인간의 정체성은 가문에 따라 수동적으로 결정된다기보다는 개인이 주체적으로, 그리고 자유롭게 선택할 수 있습니다. 정체성의 자유로운 선택이야말로 인간의 정체성을 결정짓는 본질적인 특징입니다. 내가 우연히 어느 나라에서 어떤 부모의 자녀로 태어났다는 진실은 바뀌지 않습니다. 쉽게 말해 외부에 드러나는 각인 같은 것입니다. 이런 '혈통'을 과소평가하지는 않습니다. 부모가 누구인가, 또는 어떤 나라에서 자라났는가에 따라 인간의 성향이 좌우되는 측면은 분명 있습니다. 다만 더 중요한 것, 보다 진실한 자아는 나의 선택에 따라 얼마든지 달라질 수 있습니다.

내가 선택해서 독일이라는 나라에서 태어난 것은 아닙니다. 그러나 나는 자유로운 선택에 의해 일본을 제2의 고향으로 삼았고, 이곳에서 평생을 살기로 결정했습니다. 미래에 대한 계획으로 이 땅에서 생명이 꺼질 때까지 살아가겠다는 결심은 과거의 나를 구성하는 모든 조건보다 나의 정체성에 더 많은 영향을 미치고 있습니다. 죽음이 포함된 나의 미래에서 내가 원하는 정체성을 탐구했고, 그 결과 지금 걷고 있는 이 길에서 '나는 누구인가'라는 질문의 해답을 찾아냈습니다. 나는 남은 일생을 일본에서 살 것이며, 일본에서 숨을 거둘 것입니다. 이 길의 끝에서 나는 일본인이 될 것입니다. '국민성'이라는 단어도 내 안에서 새로운 의미로 해석되고 있습니다. 국민성은 환경에 의해 우연히 주어지는 것이 아니라 자유로운 선택에 의해 결정됩니다. 나는 일본인다운 정신으로 살고 싶습니다. 지금 당장의 목표는 일본에서의 영주권이지만.

새로운 국민성을 선택했다고 해서 내가 태어난 고향과 조국을 잊을 수는 없습니다. 요즘 들어 부모님이 우리에게 베풀어주신 교육적 가치가 얼마나 위대했는지 새삼 감사하고 있습니다. 아버지와 어머니는 제1차, 제2차 세계대전의 어두운 시대를 경험하시면서 편협한 국수주의에 비판적인 시각을 갖게 되셨습니다. 인류의 평화가 무엇보다 소중하다는 것을 깨달으신 부모님은 우리에게 인류애의 가치를 일깨워주려고 노력하셨습니다. 부모님은 우리 남매들이 평화를 사랑하며 타국을 이해하고, 인류의 조화에 기여하는 사람으로 성장해주기를 바라셨습니다.

그 때문인지 형제자매 여덟 명 중 세 명이 외국을 제2의 고향으로 택했습니다. 여동생 중 한 명은 수녀가 되어 일본에 머물고 있는데, 그녀도 나처럼 일생을 이곳에서 보낼 작정입니다. 현재 여동생은 아키다의 성령단기대학에서 학생들을 가르치고 있습니다. 아키다 미인은 아니지만 스스로를 아키다 시민이라고 자부합니다. 누이 한 명도 가톨릭 수녀로 20년 넘는 세월을 인도네시아의 티무르 섬에서 봉사하고 있습니다. 이 미개의 땅에 수녀들은 병원과 학교를 세웠고, 그곳 주민들로부터 많은 사랑을 받고 있습니다. 그런데 일부 광신적인 국수주의자들이 외국인 수녀를 그 땅에서 추방하려고 계획했습니다. 이에 누이는 독일 국적을 버리고 인도네시아 국적을 취득했습니다. 티무르 섬은 가난한 곳입니다. 전기도 없고 굶주림과 물 부족은 오랜 옛날부터 일상입니다. 의료혜택도 너무나 부족합니다. 이처럼 곤란한 환경에서도 누이는 티무르 사람들과 어울려 그들을 도우며 사는 것을 기뻐하고 있습니다. 얼마 전에 누이가 보낸 편지에는 자신의 선택을 후회해본 적이 없다고 적혀 있었습니다. 인도네시아 국적을 취득함과 동시에 누이에게는 고난의 길이 주어졌지만 그녀는 고통받는 자들에게 자신이 도움을 줄 수 있음에 무척이나 행복해하고 있습니다.

이번 왕복서한이 게재되는 것은 신년호라고 합니다. 12월 초에 발매될 예정이라고 합니다. 지금 이 글을 쓰고 있는 날짜는 11월 중순입니다. 어렸을 때부터 그 해의 11월, 12월, 그리고 신년의 1월은 나에게 시간이라는 고민거리를 안겨주었습니다. 아시다시피 가톨릭 전통에서 11월은 죽은 이들을 기념하는 달입니다. 어린 아이들에게 11월 2일의 '위령의 날'은 기억에 남는 제일이었습니다. 가족이 묘지에 모여 위령미사를 드리고, 돌아가신 선조들을 추억하고, 그들의 영혼을 위해 기도드립니다. 앞선 편지에서 말씀드렸듯이 여동생이 어린 나이에 죽었기 때문에 11월은 천국으로 떠난 누이동생을 추억하는 특별한 달이기도 했습니다. 우리 가족은 산 자와 죽은 자의 연결을 무척 중시했습니다. 천국에서 다시 만날 거라는 확고한 믿음도 있었습니다. 그래서 백중맞이(음력 7월 보름) 같은 절기를 정해놓고 선조들의 영혼과 소통하기를 희망하는 일본의 풍습에 처음부터 친근감을 느꼈던 것인지도 모르겠습니다.

이어서 12월이 찾아옵니다. 내 고향 북독일의 겨울은 길고 엷은 그림자와 함께 하루의 시간이 마무리되는데 해는 점점 짧아지고 그만큼 밤이 길어집니다. 해가 점점 빨리 저무는 이 계절의 아이들은 시간의 유한성에서 벗어날 수 없는 자신의 인생을 생각해보곤 합니다. 각 계절마다 계절에 어울리는 상념이 있는 것 같습니다. 한 해의 클라이맥스를 장식하는 크리스마스! 12월 24일부터 3일 동안 신의 사랑을 기념하는 축제가 열립니다.(독일에서는 12월 26일까지가 크리스마스 휴일입니다.) 한껏 들떴던 날들이 지나고 신년을 며칠 앞둔 기간 동안 내 마음은 약간 울적해집니다. 사물의 상징적인 의미에 관심이 많았던 나는 매년의 끝에서 인간의 생명 또한 한정되어 있고, 생명은 죽음을 향해 나아간다는 부정적인 생각에 휩싸이곤 했습니다. 일본인들이 4월의 꽃놀이에서 떨어지는 벚꽃을 보며 떠올리는 무상함을 나는 12월의 마지막 날에 느꼈던 것입니다.

연초부터 1월이 끝날 때까지는 새롭게 태어난 것 같은 들뜬 기분으로 가득합니다. 문학소년이었던 나에게 1월은 풍요로운 결실의 시기였습니다. 모든 것이 새로워지는 계절에 인간의 감성도 묵은 때를 벗고 새로워졌습니다.

인생에서 시간이 지니는 의미를 나에게 가르쳐준 것은 아우구스티누스의 명저 《고백》이었습니다. 고등학교 시절 우리는 이 작품을 라틴어 원문으로 읽었습니다. 나는 시간에 대한 고찰이 담긴 11권 14장부터 28장을 가장 좋아했습니다. 그때부터 시간이라는 테마에 매력을 느꼈던 것 같습니다. 인간은 시간 속에 살고 있고, 따라서 시간을 생각하며 시간을 이해한다는 것은 인생을, 그리고 인간을 이해하는 길이 됩니다. 인생의 시간이 끝나가는 길에서 죽음을 떠올릴 때 인간은 시간의 귀중함을 비로소 깨닫습니다. 훗날 뮌헨대학에서 철학을 공부하다가 대철학자 중 한 명인 후설이 《고백》의 시간론에 대해 다음과 같은 글을 남겼다는 것을 알게 되었습니다. "아우구스티누스의 사색은 시간을 철학적으로 언급한 사람들 중에서도 가장 깊은 통찰이며, 이에 대해서는 현대의 철학도 아우구스티누스를 앞지르지 못한다…."

시간의 본질을 정의하려던 아우구스티누스의 시도는 철학자가 무엇에 흥미를 느끼고, 어디에서 철학적 사고가 시작되는지를 보여주고 있습니다. "시간이란 무엇일까. 사람들이 이런 질문을 던질 때면 내가 경험한 시간이 머릿속에 떠오르지만 그것을 말로 설명할 수는 없었습니다." 시간이라는 현상의 독특한 성질에 감탄한 아우구스티누스는 시간에 대해 이 같은 역설을 이야기했습니다. 우리는 사물을 경험하듯 시간을 경험함으로써 시간의 존재를 확인합니다. 그러나 시간이라는 존재를 구체적으로 설명해보라고 하면 딱히 떠오르는 말이 없습니다. "지나간 시간은 두 번 다시 되풀이되지 않고 앞으로 다가올 시간은 아직 존재하지 않는데 어떻게 과거와 미래가 존재한다고 말할 수 있을까?"

시간을 철학적으로 접근하는 학문으로서의 탐구보다도 시간의 귀중함을 실천적으로 자각하는 것에 더 큰 흥미를 느낍니다. 시간은 충족된 인생을 살고자 하는 우리에게 주어진 값비싼 선물입니다. 우리는 감사하는 마음으로 시간이라는 선물을 받아야 하며, 선물한 분에게 그 마음을 전하기 위해서라도 소중히 여기며 올바르게 사용해야 합니다. 언젠가는 죽음이 찾아오고 이 세상의 시간에도 종지부가 찍힙니다. 우리는 그것을 알기에 오늘, 지금, 이곳에서의 시간이 얼마나 소중한지를 깨닫고 한정된 시간 동안 더욱 정열을 불태워 사랑하며 살려고 노력합니다.

사람들은 시간이 강물처럼 똑같은 모습으로 흘러간다고 생각합니다. 시계에 나타나는 물리적인 시간의 단위가 시간의 전부라고 여깁니다. 그러나 눈에 보이는 시간은 일부에 불과합니다. 보이지 않는 다른 부분을 놓쳐서는 안 됩니다. 그리스어에서는 크로노스와 카이로스라는 말로 시간의 두 얼굴을 표현하고 있습니다. 크로노스는 시계로 측정되는 객관적인 시간이며 모든 사람들이 평등하게 소비하는 일반적인 시간의 의미입니다. 카이로스는 인생에 오직 단 한 번 찾아오는 결정적인 순간을 뜻합니다. 결정적인 순간은 선택과 결단에 의한 기회이며, 그 기회에 도전해야 할 때를 가리킵니다. 카이로스라는 인생이 걸린 도전을 어떻게 준비할 것인가, 이 기회를 어떻게 활용할 것인가에 인생의 성공과 실패가 달려 있다고 말해도 과장은 아닙니다. 크로노스가 양적인 시간이라면 카이로스는 질적인 시간입니다. 구약성서의 유명한 한 구절, "하늘 아래 모든 것에는 시기가 있고 모든 일에는 때가 있다. 태어날 때가 있고, 죽을 때가 있으며…."(전도서 3장)에서 가리키는 '때'가 바로 카이로스입니다. 신약성서에도 카이로스의 예는 흔하게 등장합니다. 예수를 만나고 그의 부름에 응한 사도들에게는 그전과는 전혀 다른 새로운 삶이 기다리고 있었습니다. 사도들과 달리 이 한 번뿐인 부름에 응하지 못한 사람들의 이름은 망각의 끝에 묻혀버리고 말았습니다.

시간의 진정한 의미가 궁금하다면 우리는 마음을 열고 인생의 여러 단계에서 마주치는 카이로스의 존재를 깨달아야 합니다. 시간은 매일 똑같은 분량으로 사라지는 것이 아니라 몇 개의 단계로 나뉘어 우리의 인생을 방문합니다. 유년기, 청년기, 중년기, 제3의 인생과 같은 시기별로 카이로스가 찾아옵니다. 카이로스의 방문을 환영한 사람은 인격적인 성장을 경험하고, 그렇지 못한 사람은 현재의 수준에 머무릅니다. 오늘날 '중년기의 위기'로 고통받는 사람이 많다는 것은 중년기에 찾아오는 카이로스를 자각하지 못하는 사람이 많다는 의미이기도 합니다. 제3의 인생에서 흔치 않게 목격하는 비극 또한 이와 다르지 않습니다. 인생의 단계별로 새로운 과제가 주어지고 카이로스가 찾아옵니다. 그 시기를 정확히 포착하느냐에 따라 인격적인 성숙이 결정된다고 하겠습니다.

'호스피스—만남의 나날' 기획에 관심을 가져주셔서 진심으로 감사드립니다. 며칠 전 연구회를 발족하고 본격적인 준비단계에 접어들었습니다. 검토 끝에 내년 봄 골든위크는 시기상조라는 결론에 도달했습니다. 세계적으로 유례가 없는 첫 시도인 만큼 충분한 준비를 갖춰 1986년 가을경 제1회를 개최하고, 이후 연 1회씩 모임을 가지려고 합니다.

올겨울은 추위가 빨리 시작되어 엄동이 예상된다고 합니다. 얼어붙을 것 같은 추운 날에는 소노 씨의 유머와 따뜻한 미소를 떠올려야겠습니다. 건강하게 겨울을 나실 수 있도록 기도드리겠습니다.

알폰스 데켄 드림

즐거운 장례식

알폰스 데켄 신부님.

감기에 걸리진 않으셨는지 궁금합니다. 감기에 잘 안 걸리는 사람을 보고 원숭이라고 놀릴 때가 있는데 저는 지난해부터 네 번이나 감기에 걸렸음을 알려드립니다. 이런 기회가 아니고서는 나도 섬세한 면이 있다는 것을 자랑할 기회가 없을 테니까요.

'장례식'이라는 영화가 크게 호평을 받았다고 합니다. 바빠서 보지는 못했는데 2월이면 어머니가 돌아가신 지도 만 2년째가 되기 때문인지 장례식이 있던 그날이 기억나곤 합니다. 그래서 오늘은 인간이 마지막에 보여줄 수 있는 사랑에 대해 이야기해볼까 합니다.

어머니는 17년 가까이 병을 앓다가 돌아가셨습니다. 급작스레 세상을 떠난 분들과는 달리 딸로서 마음의 준비를 갖출 시간적인 여유가 있었습니다. 쓰러지시고 10년간은 말이나 행동이 너무나 부자유스러우셨는데 그래도 몸에는 특별한 이상이 없으셔서 의사소통에는 큰 무리가 없었습니다. 그 무렵부터 어머니의 장례식과 조금은 먼 미래에 겪게 될 '우리(남편과 나)'의 장례식까지 합쳐서 함께 상의해보곤 했습니다. 그리고 나와 어머니는 별다른 이견 없이 기본적인 합의에 도달했습니다.

전에도 썼듯이 각막과, 여러 가지 조건에서 가능하다면 뇌하수체 등의 장기를 기증한다, 장례식은 여러 사람에게 알리지 말고 되도록 조용히 치른다는 것이었습니다.

"너희가 세상에 알려지는 일을 하고 있어서 나를 만나본 적도 없는 사람들까지 소노 아야코의 어머니가 돌아가셨다는데 장례식에 가봐야겠다, 라고 생각하는 사람들이 있을 거다. 그리 되면 쓸데없이 부담만 주는 것이니 조용히 치렀으면 좋겠구나."

돌아가시기 7년 전까지만 해도 어머니는 이런 말씀을 하실 정도로 정신이 온전하셨습니다. 고약하기만 한 딸이었던 나는 "알았어요, 알았어. 밤중에 관에다 넣고 아무도 모르게 처리해서 '완전범죄'를 저지를게요."

하고 툴툴거렸습니다.

대답은 그렇게 해도 어머니의 그런 마음씀씀이를 무척 좋아했습니다. 어머니는 매사를 자기중심적으로 생각해선 안 된다고 내가 어렸을 때부터 강조하셨습니다.(어머니의 교육철학이 내 안에서 열매를 맺지는 못했지만.) 직업을 갖고 사회생활을 하게 되면서 세상 사람들이 정해진 도리 때문에 아까운 시간을 허비할 때가 많다는 것을 알게 되었습니다. 사람들과 교제하며 지내기를 즐거워하는 사람도 분명 있습니다. 결혼식, 출판기념회, 'ㅇㅇ씨를 격려하는 모임', 수상축하회, 장례식. 이런 모임에 참석할 때마다 기분을 못 가누고 술에 만취되어 귀가하는 사람도 많습니다.

그런데 내 눈에는 어쩔 수 없이, 일종의 의무감 때문에 이런 자리에 참석하는 것처럼 보이는 사람도 많습니다. 우리 가족은 후자의 상황을 견디지 못합니다.

다행히 남편도 타인을 의식하며 행동하는 것을 별로 좋아하지 않는 사람입니다. 우리 부부는 각자 첫 번째 책이 출간되었을 때도 출판기념회를 열지 않았습니다. 그 후로도 우리의 사정에 맞춰 사람들을 불러 모은 적이 없습니다. 딱 한 번 예외가 있기는 한데, 내가 바티칸에서 '성십자가장'이라는 훈장을 받았을 때입니다. 그날은 도쿄의 로마교황청 대사관에 지인들이 모였고, 파티가 끝난 후에는 근처 중국 요릿집에서 2차 모임을 갖기도 했습니다. 그때를 제외하곤 따로 모임을 주도한 기억이 없습니다. 생각해보면 당연한 일입니다. 나는 지금까지 문학상이라는 것을 수상해본 적이 없습니다. 정확히 말하자면 그럴 기회조차 없었다고 해야겠지요.

그래도 결혼식은 했습니다. 남편인 미우라 슈몽은 사랑의 도피를 하는 게 더 멋지지 않느냐고 말했습니다만…. 피로연에 들어가는 돈이 아까워서 그랬는지도 모릅니다. 내키지는 않았지만 부모님들의 입장을 봐서 평범하게 결혼식을 올렸습니다. 결혼식이 끝나고 우리는 서로의 생각을 밝혔습니다. 다음에는 장례식으로 끝내자, 라고. 장례식도 생략하는 편이 좋을 것 같습니다. 가령 우리가 100살까지 산다고 가정해보면 우리의 젊은 날을 기억하는 사람들, 친구들은 거의 남아 있지 않습니다. 우리 부부는 세상의 한쪽 구석에서 조용히 세상을 뜨면 그만입니다. 그것을 불행이라고 할 수 있을까요. 우리가 그때까지 우리에게 주어진 능력 안에서 뭔가를 하고 있다면 아는 사람이 단 한 명도 우리의 장례식에 참석하지 못하더라도 하느님은 "그동안 수고 많았구나." 하면서 우리를 환영해주시지 않을까요.

어머니는 돌아가시기 1년 4개월 전부터 말씀을 나누는 것조차 힘들어하셨고, 음식을 삼키는 것도 부담스러워하셨습니다. 내가 어머니의 죽음을 예감한 것은 임종을 5~6시간 앞뒀을 때입니다.

그날 감기에 걸리신 어머니는 오히려 열이 조금 내려갔습니다. 맥박도 평소보다 빠르게 뛰고 아래턱으로 숨을 쉬고 계시다는 것을 깨달은 건 오후 아홉 시쯤이었습니다. 주치의에게 전화했을 때 어머니의 마지막 순간이 멀지 않았음을 알았습니다.

어머니가 편안하게 숨을 거두신 것은 새벽 1시가 다 되어서입니다. 생전의 뜻을 좇아 각막기증 등록카드에 적혀 있는 전화번호에 연락했고, 곧 도쿄대학에서 의사가 도착했습니다. 여기까지는 전에도 편지에 쓴 기억이 있습니다. 각막기증이 끝나고 남편은 한숨 자두는 게 어떻겠느냐고 말했습니다. 그날은 토요일이었는데 오사카에서 강연이 있었습니다.

부모님의 연세가 더해지면서 우리 부부는 사회적 약속과 개인생활, 구체적으로 말하자면 부모님이 편찮으시거나 최악의 경우 갑작스레 임종하게 되신다면 어떻게 할 것인가, 라는 문제로 여러 번 상의했습니다. 남편은 사회와의 계약을 우선해야 한다고 말했습니다. 그렇지 않으면 편찮으신 동안에는 몇 년이고 지방에서의 강연은 맡을 수도 없고, 외국으로 취재하러 가지도 못합니다. 겉으로 보기에는 효도하는 것처럼 보여도 당사자인 우리 부부는 부모님 때문에 원하는 일을 못하고 있다는 불만이 쌓여 의식의 밑바닥에서는 부모님의 죽음을 기다리게 될지도 모릅니다. 남편은 그런 짓이야말로 부모님에 대한 불효라고 말했습니다.

우리 부부는 부모님을 두고 떠날 수가 없어서 외국에서 요청한 일은 모두 거절했습니다. 남편은 두 번인가 외국 대학에서 교수직을 권유해왔는데 일언지하에 거절했습니다. 제 경우는…. 지금이니까 웃으면서 이야기할 수 있는데…. 한번은 어느 남미국가의 대사를 해볼 생각이 없느냐고 의향을 물어온 적이 있습니다. 그런 말을 듣고 어리둥절해진 나는 이토록 내 능력을 과대평가해주는 분도 계시구나, 만에 하나 내가 이번 제의를 받아들였다간 그곳 대사관 직원들은 한 달 내에 전부 위궤양에 걸릴 텐데, 하고 생각했습니다. 또 한번은 정말 놓치고 싶지 않은 제의였습니다. 바로 해외청년협력대로부터 현지 연락원 역할을 맡아줄 수 없겠느냐는 부탁이었습니다. 이때는 정말이지 가고 싶었습니다. 일단은 거절했지만 그 후로도 혼자 이런저런 공상으로 시간을 보냈을 정도였습니다. 그래도 병든 어머니를 두고 떠날 수는 없었습니다.

부모님 생전에는 멀리 놀러 가서도 안 된다는 옛말을 의식한 것은 아니지만 여행을 제외하고는 항상 부모님 곁을 지켰습니다. 그 대신 사회와의 계약도 소홀히 여기지 않으려고 노력했습니다.

각막을 기증받으러 온 의사가 돌아가자 남편은 "그래도 각막을 다 기증하시고, 좋을 일을 하셨어."라며 어머니의 마지막 선행을 축복해드리며, 간호사에게는 "아침까지 푹 쉬어요.", 그리고 나에게도 "이젠 일어나 있을 필요 없어. 아무것도 걱정하지 마. 그보다 강연이 있으니까 조금 자둬."라고 권했습니다.

남편의 말을 듣고 그렇긴 하네, 라고 생각했습니다. 임종 직전까지는 잔뜩 긴장하고 어머니 곁에 붙어 있어야 했지만 지금은 어머니를 위해 걱정해드릴 게 없었습니다.

신경안정제를 먹고 두 시간쯤 잤습니다. 일곱 시에 눈을 떴는데 이렇게 이른 시간에 장의사를 부르는 건 너무하지 않느냐고 어머니가 타박하실 것만 같아 넉넉히 여유를 두고 연락했습니다. 오사카로 출발하기 전에 어머니가 제대로 눕는 모습을 보고 싶었습니다.

여기서부터 제가 하고 싶었던 말이 시작됩니다. 그날 우리 집에 온 장의사는 형편이 딱했습니다. 우리가 보통 손님과는 달랐기 때문입니다.

나는 관과 관을 덮는 검은 천만 있으면 된다고 말했습니다.

"제단을…. 조화나 양초로 장식해야 하는데요…."

"그럼 한 층만."

"현관에 칸막이천이랑 상을 알리는 표시는…."

"괜찮아요. 사진도 필요 없어요. 문상객들에게 따로 통지도 안 할 거고 사례엽서도 안 보낼 거예요."

남편은 중간가격으로 장의사와 계약을 했는데 내가 보기엔 이것도 조금 비싼 편이었습니다. 훗날 내가 죽었을 때는 갑작스런 사고 등으로 한꺼번에 많은 사망자가 나왔을 때 긴급용으로 사용한다는(진짜인지는 모르겠지만) 마분지로 만든 조립식 관이 좋겠다고 말했습니다. 관이 검소할수록 화장에 소요되는 시간도 단축되고, 나아가서는 귀중한 자원을 조금이라도 아끼는 데 도움이 됩니다.

남편과 나는 장례절차에 관해 대략적인 구상을 끝마쳤습니다. 어머니의 영정도 놓아두지 않기로 했습니다. 무척 존경했던 어느 수녀님 장례식에 참석했을 때 예부터 내려오는 수녀의 장례식 습관에 따라 영정을 놓지 않은 것을 보았습니다. 그때는 조금 신기하게 생각했는데 영정보다는 문상객들이 그가 살아 있을 때의 모습을 추억하는 편이 훨씬 자연스럽다는 것을 알게 되었습니다.

왜 그런지 모르겠는데 사람은 아주 추울 때, 아니면 아주 더울 때 많이 죽는 것 같습니다. 어머니의 장례도 2월이었습니다. 오래전부터 장례식에 참석한 문상객을 더위와 추위에 내모는 짓은 하기 싫다고 생각해왔습니다. 이미 죽어서 편안해진 사람보다는 살아 있는 사람이 더 소중합니다. 그래서 어머니의 추도미사를 집에서 하기로 결정했습니다. 따뜻한 방에 의자와 방석을 갖다놓고 미사를 드리면 손님들은 조금도 불편할 게 없습니다.

우리 집은 불교를 믿지 않으므로 밤샘도 하지 않겠다고 모두에게 설명했습니다. 모두라고 해봐야 어머니의 조카와 조카딸, 친구들 몇 분, 그리고 옛날에 함께 살았던 가정부가 전부입니다. 일로 연관이 있는 분들은 아무리 친하게 지낸 사이라도 알려드리지 않았습니다. 비밀결혼, 아니 비밀장례식입니다. 어머니를 추억하는 분이 아니라면 장례식에 부르고 싶지 않았습니다. 게다가 밤샘까지 해버리면 낮에 다녀갔음에도 밤에 또 들르는 분이 나타날지도 모릅니다. 그런 것은 내가 못 견딥니다. 한창 바쁜 사람들의 귀중한 시간을 돌아가신 어머니 때문에 낭비하게 하고 싶지는 않았습니다.

아버지도, 어머니도 딸을 지극히 사랑하신 나머지 토요일에 돌아가셨습니다. 덕분에 대외적으로 의리에서 벗어난 짓을 하더라도 구차하게 변명할 필요가 없어 좋았습니다. 일과 관계된 전화가 걸려와도 "오늘은 조금 사정이 있어서 그런데 다음 주에 다시 통화하면 안 될까요?"라고 미루기가 수월했습니다.

나는 비밀장례식에 참석할 분들에게 상복을 입지 말아달라고 부탁드렸습니다. 몸이 불편하거나 할 일이 많은 가정주부들이라면 상복을 한 번 입으려고 전날부터 옷을 꺼내 미리 다림질을 하거나 세탁소에 맡겨 드라이클리닝을 해놓아야 한다는 것을 알고 있었기 때문입니다. 그래서 모든 분에게 평상복을 입고 참석해달라고 부탁드렸습니다.

사촌 여동생 한 명이,

"정말 그래도 괜찮아요?"

하고 걱정을 합니다.

"상복 대신에 뭘 입고 가야 좋을지…."

"장례식이 아니었으면 우리 집에 무슨 옷을 입고 왔을 건데?"

내가 물었습니다.

"지난번에 산 슈트가 마음에 들어서 고모님에게 보여드리고 싶었는데."

어머니가 돌아가시기 전 주에 나와 그녀는 백화점 바겐세일에 들러 와인컬러의 슈트를 한 벌 구입했습니다. 내가 골라준 옷입니다. 그녀는 이 옷을 무척 마음에 들어했습니다.

"그럼 그걸 입고 와. 어머니가 좋아하실 만한 옷을 입고 오면 돼."

어머니는 조카와 조카딸에게 음식 대접하기를 낙으로 삼으셨습니다. 만일 어머니가 건강하게 살아 계셨다면 가족들을 데리고 맛있는 음식을 먹으러 갔을 겁니다. 친분이 깊은 '성모의 기사회' 소속의 사카타니 신부님에게 장례식 미사를 부탁드렸습니다. 장소는 우리 집 거실입니다. 시간은 월요일 오후 네 시였습니다. 마침 일요일이 도모비키(友引, 이날 장사를 지내면 가까운 사람이 죽는다는 흉일)라서 화장터가 쉰다는 말을 듣고 월요일 아침 일찍 가족끼리 화장터에 다녀온 후 장례식은 오후 네 시에 하기로 결정했습니다. 오후 네 시라면 친척인 조카와 조카딸들도 직장을 조퇴하는 것으로 충분합니다. 미사가 끝나고 집 근처의 유명한 중국 요릿집에서 어머니와의 추억을 반찬 삼아 밥을 먹는다, 그리고 밤샘을 하지 않아 마음이 불편한 분들은 다시 우리 집으로 와서 커피와 코냑을 마시며 수다를 떨면 된다고 설명했습니다.

조의금에 대해서도 간략히 말씀드리겠습니다. 예전부터 사촌자매들에게서 조의금이 은근히 가계에 부담이 된다는 이야기를 들어왔습니다. 조의금은 예기치 않은 뜻밖의 지출로 가계재정을 압박합니다. 장려할 만한 습관이 아닌 것입니다.

당연히 조의금은 받지 않으려고 했습니다. 그런데 조의금을 받지 않겠다고 하면 우리를 잘 아는 분들은 준비해둔 조의금 액수만큼 과자와 꽃을 사올 게 분명합니다. 그래서 내 마음을 잘 아는 사촌오빠에게 부탁해 한 사람당 2000엔씩만 조의금을 받으라고 말해두었습니다. 학급회의에서 반장이 회비를 모으듯 조의금을 거뒀습니다. 이 같은 준비사항을 전달하면서 제발 빈 손으로, 그리고 반드시 평상복을 입고 참석해달라고 부탁했습니다. 조의금으로는 멋진 난초 화분을 샀습니다. 이 화분 덕택에 싸구려 제단이 그럴듯해졌습니다. 한 가지 재미난 이야기가 있습니다. 사촌오빠로부터 받은 조의금을 주머니에 대충 쑤셔 넣었는데 돈으로 부푼 주머니를 바라보는 내 눈길이 그렇게나 기뻐 보였다고 합니다. 나를 잘 아는 친구들의 증언이므로 단순한 농담은 아니었을 겁니다. 어머니의 장례식 날 조의금에 기분이 들떠 생글생글 웃고 돌아다녔다니, 정말 마지막까지 한심한 딸이었습니다.

일요일에는 관을 어머니 방으로 옮기고 전에 약속했던 대로 사촌오빠와 세금신고서를 작성했습니다. 사촌오빠는 나의 세금신고서 작성을 도울 겸해서 어머니까지 뵙고 가려고 온 것입니다. 사촌오빠 외에는 우리 집에 초상이 났다는 것을 아무도 몰랐습니다. 평소와 다름없이 조용하고 차분한 일요일이었습니다.

사촌오빠는 생전에 어머니가 가장 귀여워했던 조카였습니다. 사촌오빠는 방문 유리창 너머로 어머니의 관을 유심히 살펴보더니,

"좋은 관이야. 저걸 그냥 태우겠다니 아깝구나. 나한테 주면 괜찮은 장롱을 만들 건데."

하고 말했습니다. 사촌오빠의 취미는 가구 만들기였습니다. 그의 말을 듣고 관 속에 누워 있는 어머니도 웃음을 참지 못할 것만 같았습니다. 왜 우리의 주문과 달리 좋은 관을 쓰게 되었을까요. 장의사가 아무것도 필요 없다는 우리 부부에게 질린 나머지 관이라도 좋을 것을 써야겠다고 우겼기 때문입니다. 화장터에서도 절차를 간소히 하고 대합실도 작은 곳을 원했는데, 막상 화장터에 도착하자 대합실도 별실이었고 소각장도 문이 금빛으로 번쩍거리는 고급이어서 쓴웃음만 나왔습니다.

이튿날인 월요일 아침에 NHK의 '총리에게서 듣는다'라는 프로그램 출연이 예정되어 있었습니다. 아침 일찍 방송국 차를 타고 총리관

저에서 녹화를 끝마쳤습니다. 총리를 만난 건 이때가 처음입니다. 녹화가 끝난 후 어쩌다가 돌아가신 어머니가 각막을 기증했다는 이야기가 나오게 되었는데, 그때까지 계속 긴장해 있던 총리의 표정이 조금 편안해졌습니다. 관저 수위에게 부탁해 현관 옆의 작은 방에서 검은색 슈트로 갈아입었습니다. 사촌여동생에게 평상복을 입고 오라고 말했으니 장례식 미사에 나만 상복을 입고 갈 수는 없습니다. 그러나 화장터는 다른 가족도 많으므로 혼자 색이 들어간 옷을 입고 돌아다니는 건 보기 흉하다고 생각했습니다.

총리관저에서 방송국 차를 타고 기리가야에 있는 화장터에 도착했습니다. 어머니는 나보다 조금 늦게 도착했습니다. 어머니의 관 위에 커다란 나무십자가와 어머니의 증손까지 함께한 가족사진, 제비꽃을 듬뿍 올려놓기로 했습니다. 다른 가족들이 관 위를 꾸미는 동안 나는 이 세상에서 마지막으로 어머니의 얼굴을 바라보며 가슴에 새겨놓았습니다. 무사히 화장이 끝나고 우리는 저마다의 가슴속에 어머니를 품고 집에 돌아왔습니다. 쉴 틈도 없이 오후 네 시부터 시작될 장례식을 준비했습니다.

미사의 주인공은 어머니였지만 그 자리에 함께 해주신 모든 분들의 먼저 떠난 가족들을 위해서도 기도했습니다. 미사가 시작되기 전에 문상객들은 사랑하는 고인의 이름을 써서 신부님에게 드렸습니다. 나는 신부님에게 미사 도중에 그 이름들을 빠짐없이 호명해달라고 부탁드렸습니다. 그분들에게 우리 어머니를 소개하는 것 같은 심정이었습니다.

어머니의 동창들도 몇 분 참석하셨습니다. 다들 나이가 지긋하십니다. 헌화를 하다가 넘어지기라도 했다간 큰일이므로 그분들을 위해 헌화도 생략했습니다. 대신 어머니가 평소에 좋아했던 성가를 인쇄해서 함께 불렀습니다.

이어진 식사에는 간호사와 여러 해 동안 어머니를 보살펴준 가정부들도 참석했습니다. 미리 와달라고 부탁해두었습니다. 헤어질 무렵에는 각자 집에 돌아가서 오늘 있었던 일을 가족들과 즐겁게 담소하기를 바라는 마음으로 받는 분들이 부담 갖지 않고 맛있게 먹을 수 있는 고급 봉봉(겉은 설탕으로 굳히고 속에 과즙, 위스키, 브랜디 등을 넣은 과자)을 한 상자씩 선물했습니다. 봉봉은 본인에게 말한 적은 없으나 내가 속으로 '과자박스'라는 별명으로 부르고 있는 피아니스트 우류 사치코(瓜生幸子) 씨에게 선물 받은 후로 이런 자리에 어울린다고 생각하게 된 것입니다.

다른 사람의 장례식에 이러쿵저러쿵 트집 잡고 싶지는 않으나 일반적인 장례절차에 위화감이 느껴지는 것만은 사실입니다. 불교식 장례는 돈이 너무 많이 듭니다. 하물며 계명료(戒名代, 사자에게 불교식 이름을 지어준 대가로 지불하는 사례금)로 수십만 엔, 또는 그 이상의 돈을 내야 한다는 건 납득이 안 됩니다. 돈에 따라 저세상에서의 지위가 결정된다는 것일까요. 모르긴 해도 그런 식은 아닐 겁니다. 그렇다면 계명료에 가격차이가 있어서는 안 됩니다. 계명료의 등급에 따라 저세상에서의 지위가 결정되는 것이라면 나는 그런 세상에 가고 싶지 않습니다.

바쁘신 분들을 방해하지 않았다, 경제적으로 여유가 없는 젊은 사람들의 생활을 괴롭히지 않았다, 그 대신 어머니를 진심으로 사랑했던 모든 분들이 와주셨고, 장례식이 끝난 식사자리에서도 성대하게 어머니의 악담이 오갔다…. 나는 어머니의 장례식은 '대성공'이었다고 만족했습니다. 어머니와 언니동생처럼 가깝게 지내던 아주머니로부터,

"오늘 저녁은 정말 즐거웠어요. 나중에 또 모였으면 좋겠어요."

라는 말을 듣고,

"그럼 장례식을 한 번 더 할까요?"

하고 웃으면서 말했는데 즐거웠다는 아주머니의 칭찬이 내겐 큰 영광이었습니다.

신부님, 결혼식이 인생의 가장 성대한 표현이라면 장례식은 그가 살아온 철학을 사람들에게 알려주는 기회라고 생각합니다. 나는 특별한 의미도 없이 살아 있는 자들의 생활만 압박하는 그릇된 장례식 문화를 따르고 싶지 않았습니다. 살아 있는 사람들이 즐거워지는 장례식을 꿈꿨습니다. 어머니는 내게 기회와 용기를 주셨습니다. 나도 어머니처럼 조용히, 사람들을 괴롭히지 않는 최후를 맞고 싶습니다. 쉽지 않다는 것은 알고 있습니다. 부디 그렇게 되도록 신부님도 기도해주세요.

3월 중순부터 UNRWA(유엔 팔레스타인 난민구호사업기구)와 함께 요르단과 이스라엘의 난민 실태를 살피러 갑니다. 또 한번 현실의 비극에 짓눌린 채 돌아오게 될 것 같습니다.

입시 등 여러 업무로 무척 바쁘실 텐데 몸 성히 잘 지내시도록 저도 기도드리겠습니다.

소노 아야코 드림

너와 나의 진솔한 만남

소노 아야코 님.

　어머님의 3주기에 명복을 빕니다. 장례식은 형식이 아닌 영혼의 문제이며, 돌아가신 분만이 아니라 살아 있는 사람들의 생활도 돌아봐야 한다는 의견에 동감합니다. 이나미(伊丹) 감독의 영화 '장례식'을 볼 기회가 있었는데 그 영화를 보고 크게 통감했습니다. 살아 있는 자에게 장례식이란 죽은 자와의 이별을 고하는 중요한 기회입니다. 사랑하는 사람이 세상을 떠난 후에도 우리의 감정에너지는 세상을 떠난 그에게 남아 있습니다. 우리는 그런 집착을 조금씩 청산하는 동시에 갈 곳을 잃어버린 감정에너지를 새로운 인간관계에 쏟아야 합니다. 이를 위해서도 작별로서의 장례식은 매우 큰 의미를 갖는 사회적인 의례입니다. 장례식은 인생의 새로운 단계로 이어지는 가교이며, 죽은 자를 피안에 내려놓고 자신은 현세로 돌아와 인생의 재출발을 시작하는 또 한 번의 첫걸음입니다. 성대한 장례식이 중요한 게 아니라 사정과 형편에 맞는 마음이 담긴 장례식을 통해 살아 있는 자와 죽은 자 사이의 영적인 교류가 중요합니다. 사랑하는 사람을 떠나보낸 남겨진 자의 슬픔에서 장례식은 매우 중요한 역할을 담당하고 있습니다. 이에 대해서는 죽음의 준비교육에서도 충분히 고려해봐야 한다고 생각합니다.

소노 씨와의 왕복서한도 어느새 3년째가 되었습니다. 연재는 두 달에 한 번뿐이었지만 소노 씨의 근황을 알게 되는 것은 항상 큰 기쁨이었습니다. 소노 씨의 활약과는 비교도 안 되겠지만 지난 수개월 동안 가장 중요한 행사는 역시나 크리스마스였습니다. 몇 년 동안 죠치대학 학생들과 크리스마스이브에 '올나이트 크리스마스 파티'를 즐겼습니다. 크리스마스는 1년 중 가장 기쁜 시기입니다. 크리스마스가 되면 사람들은 보다 인격적인 만남을 공유하고, 서로의 진심을 털어놓곤 합니다. 교사와 학생의 인간적인 유대를 방해하는 수직적인 사회구조도 크리스마스에는 쉽게 자리를 양보해줍니다. 베토벤의 9번 교향곡—'모든 사람이 형제가 된다'—이 실현되는 장면을 보게 되기도 합니다. 나의 교사생활을 장식하는 최고의 추억들은 매년 열리는 크리스마스 파티와 떼어놓을 수 없습니다.

작년 크리스마스에는 아주 특별한 체험을 했습니다. 그날 저녁에 제자로부터 이런 이야기를 들었습니다. 그 제자는 크리스마스이브 4일 전에 자살하려는 여고생을 아슬아슬하게 구했다고 합니다. 그는

'자살명당'이라는 달갑지 않은 평판으로 유명한 아파트단지에 살고 있었는데, 그날 우연히 옥상에 올랐다가 담을 넘어 투신하려는 여고생을 발견하고 소리를 질러 멈추게 한 후 간신히 구했다고 합니다. 알고 보니 이 여학생은 외로움을 견디지 못해 자살을 시도했다고 합니다. 어린 소녀를 자살직전까지 내몬 주범은 죽고 싶다는 소망이 아닌 죽음보다 더욱 괴로운 외로움에서 도망치고 싶다는 본능이었던 것입니다. 제자가 따뜻한 말로 위로해주자 이 여학생은 목숨을 구한 데에 진심으로 감사하며 자기 이야기에 귀 기울여주는 누군가가 나타났다는 사실에 굉장히 기뻐했다고 합니다.

내가 죠치대학에서 하고 있는 '죽음의 철학' 강좌에는 매년 두 차례 '자살과 그 예방'이라는 테마가 포함됩니다. 강의를 시작하기 전에 학생들에게 지금 이 순간을 단순히 학문적인 연구의 기회로 삼지 말고 자살의 원인과 예방법을 확실하게 습득하여 언젠가는 한 사람의 생명을 구하기 바란다, 라고 말합니다. 유럽과 미국, 일본에서의 숱한 경험을 통해 한 가지 확신하게 된 것이 있습니다. 자살하는 사람, 혹은 자살을 시도하는 사람 대부분은 죽음을 바랐던 게 아니라 견딜 수 없는 현재의 상태(심신의 고통, 고독, 경제적인 곤궁 등)에서 도망치고 싶었던 것뿐입니다. 자살자에게도 의지가 있는데 이런 식으로 자살의 실천을 방해하는 것이 인격적인 대응인가, 라는 질문을 받는 경우도 있습니다. 당사자가 진심으로 죽음을 원하는 것이라면 이 같은 논의를 진지하게 고려해볼 필요성이 있습니다. 그러나 내가 경험한 사례들도 엄연한 현실이므로 대다수 자살시도는 생애에 대한 끝마침을 원해서가 아니라 현재와 다른 삶을 바라는 마음에서 비롯되었다는 것을 인정해야 합니다. 그들이 진정으로 바라는 건 죽음이 아닌 따뜻한 배려이며, 대화이며, 마음을 보여줄 수 있는 상대, 즉 친구입니다. 자살시도는 궁지에 몰린 마음의 호소이며, 사랑을 구하는 비명입니다. 크리스마스를 앞두고 소중한 젊은 생명을 구해낸 제자의 고백이야말로 최고의 크리스마스 선물이었습니다. 교육자에게 실망은 일상입니다. 특히 제자들에게 걸었던 희망이 충족되지 않는 경우가 비일비재합니다. 그렇기 때문에 이 뜻하지 않은 선물이야말로 가르치는 자에게는 최대의 은혜였으며, 내가 누릴 수 있는 최상의 기쁨과 행복이었습니다. 그날 밤 미사를 인도하면서 한 명의 교육자로서 도쿄에 머물 수 있음을 신에게 감사드렸습니다.

오늘 저녁에는 병원에 입원 중인 지인을 만나고 돌아왔습니다. 병원을 나설 때까지도 머릿속이 정리가 잘 안 되어 버스를 타지 않고 겨울의 도쿄를 이리저리 헤맸습니다. 머리를 식혀주는 차가운 바람을 쐬며 병원에서 요쓰야(四谷)까지 걸었습니다. 내가 생활하는 죠치대학 캠퍼스에 도착하기 전에 근처의 성 이그나티오 성당을 찾아가 뒤얽힌 생각의 끈을 풀어놓고, 나를 대신해 '하늘'이 영감과 영혼의 길 안내를 맡아주실 거라 믿고 30분간 묵상기도를 올렸습니다.

나를 이처럼 고민하게 만든 것은 죽음을 기다리는 지인의 고백이었습니다. 그는 44세였는데 죽음의 신이 문 밖에 서 있다는 것을 알고 있었습니다. 그는 오늘까지 살아온 생애를 뒤돌아보면서 자신이 끝내 이룩하지 못한 수많은 일을 안타깝다는 듯이 들려주었습니다. 그분의 이야기를 듣다보니 저절로 내가 살아온 시간들이 떠올랐습니다. 그의 고뇌가 나의 고뇌임을 쓰디쓴 후회와 함께 깨닫고 말았습니다. 제3자의 눈으로 본 그의 삶은 만족할 만한 성과들로 둘러싸인 성공한 인생입니다. 하지만 그의 주관적인 판단으로는 그렇지 못한 것 같습니다. 그가 지나치게 완벽주의자여서 도달하기 힘든 이상을 성취하지 못했다고 후회하는 것인지도 모릅니다. 또는 죽음을 앞둔 사람은 건강한 사람이 모르는 안경을 갖게 되는 것이어서 사물의 참된 모습이 선명하게 보이고, 그로 인해 보다 깊은 가치를 통찰하게 되었기 때문인지도 모릅니다. 그는 이렇게 고백했습니다. 이전에는 복잡하다고 생각했던 일들이 지금은 단순하게만 보인다는 것, 과거에는 업적과 성공과 타인의 평가와 재산을 위해 필사적으로 노력해왔는데 이런 처지가 되고 보니 모든 게 헛되다는 것…. 그리고 지금에 이르러서야 진실이 보이기 시작했다고 합니다. 얼마 남지 않은 몇 주간의 인생에서 그를 위로해주고 정신적인 버팀목이 되어준 것은 우정과 사랑, 즉 너와 나의 진솔한 만남뿐이었다고 합니다. 그 밖에는 아무래도 상관이 없었다고 합니다.

사랑에 대해 그분은 다음과 같은 이야기를 들려주셨습니다. 몸의 아픔을 통해 자기애(自己愛)라는 것이 얼마나 어려운지를 알게 되었다고 합니다. 성서에서 예수님은 "네 이웃을 너 자신처럼 사랑해야 한다."(마태오 복음서 22장 39절)는 말씀으로 이웃에 대한 사랑을 자기

애의 확대로 정의하셨는데, 현실에서는 나이를 먹을수록 병상에 누워 있는 나에게 혐오를 느끼게 되는 수가 많습니다. 참된 자기애, 즉 자기 중심적인 에고이즘과는 달리 나의 단점과 추악함, 불완전함까지 모두 인정한 후 있는 그대로의 나를 받아들이는 사랑입니다. 이 사랑은 때론 이웃을 사랑하는 것보다 더 어렵습니다. 하지만 자기 자신을 진정으로 사랑하지 못하는 사람이 타인을 사랑할 수가 있을까요.

둘째로 사랑에서는 상대가 무엇을 필요로 하고 기대하는지를 알아내고 그 요구에 공감해야 한다는 점입니다. 외면적인, 물질적인 원조로 끝나는 게 아니라 상대가 진정으로 바라는 것이 무엇인지를 통찰하고 그 요구에 부응하는 것──같은 인간으로서 함께 기뻐하고 함께 슬퍼하고 무거운 짐을 함께 나눠가지려는 친절──이야말로 진짜 애정임을 깨닫게 되었다고 합니다. "기쁨은 나누면 2배가 되고, 고통은 나누면 반으로 준다."는 독일 속담과 같은 의미겠지요.

세 번째로 상대를 생각하며 염려하는 마음이 사랑의 근본이었다는 깨우침이었습니다. 요즘은 타인과 그들의 고뇌에 무관심하고, 만사에 흥미와 의욕을 잃어버리는 풍조가 확산되고 있지만 이를 극복하고 사람과 사람의 교제에서 자신을 되찾는다면 인간성도 다시금 회복될 것입니다. 미국의 사이코 테라피스트(정신요법 전문가)인 로로 메이도 "사랑의 반대는 증오가 아니다. 무관심이다."라고 말했습니다. 이용 가치라는 자신의 관점에서 타인을 평가할 게 아니라 상대방의 독자적인 개성, 독립된 인격을 존중하며 서로를 배려하는 데서 인간다운 생활방식이 확립됩니다.

　'사랑'이라는 심원한 관념에 대해서는 지금껏 많은 이야기가 만들어졌고, 글로 옮겨졌고, 노래로 불렸습니다. 나 또한 사랑에 관한 수많은 책을 읽었습니다. 하지만 오늘 지인에게서 들은 가식 없는 고백이야말로 일찍이 경험해보지 못한 울림으로 나의 마음을 떨리게 했습니다. 그 울림은 지인이 현재 처한 상황, 그가 살아온 체험에서 태어났습니다. 남은 시간이 얼마 되지 않는다는 현실 속에서 그가 살 수 있는 시간들은 예전보다 훨씬 더 많은 의미를 담아냅니다. 그래서 건강한 사람들이 오랜 시간을 살면서도 깨닫지 못하는 것들을 그분은 인식할 수 있었던 것입니다.

　병원에서 돌아오는 길에 겨울의 도쿄 거리에서 바쁘게 걸음을 옮기는 수천 명의 사람들과 마주쳤습니다. 그들을 보면서 나도 모르게 나 자신에게 묻습니다. 이 사람들은 지금 무엇을 하고 있는 걸까. 저토록 급하게 어디로 가고 있는 걸까. 무엇을 위해, 어떤 행복을 위해 땀을 흘리는 걸까. 죽음 앞에서 저 사람들은 오늘의 이 시간을 어떻게 기억할까. 초겨울의 찬바람을 맞으며 걷는 동안에도 내 가슴속에서는 병원에서 들은 사랑의 고백이 쉼 없이 울리고 있었습니다.

　12월이 끝나갈 무렵에는 어느 노인분과 만나 다양한 주제로 이야기를 나눴습니다. 그분 또한 1985년이 자신의 마지막 해가 될 것을 예감하고 있었습니다. 대화 도중에 이분은 자신의 생애를 반추하면서 '후회'라는 말을 여러 번 꺼냈습니다. 이 노인은 작년에 처음으로 신약성서를 읽고 기독교에 관심을 갖게 되었는데 그 때문인지는 몰라도 과거의 삶을 평가하는 기준이 약간 엄격해진 것처럼 보였습니다. 성서를 막 읽기 시작한 사람들이 스스로에 대해 엄격해지는 것은 흔히 보게 되는 예입니다. 성서를 읽다보면 그동안 당연하다고 생각했던 일들이 갑자기 불안해집니다. 기독교를 잘 몰랐던 사람들에게 예수님이 겪으신 최후의 심판(마태오 복음서 25장 31~46절)은 자신의 현재와 과거를 진지하게 반성케 하는 하나의 계기가 되곤 합니다. 전통적인 일본의 도덕교육에서 '남에게 폐를 끼치지 않는다' 라는 소극적인 규범은 상당히 가치를 지닙니다. 어떤 경우에도 타인에게 폐를 끼치지만 않으면 양심의 가책을 느끼지 않아도 된다는 논리입니다. 그러나 예수님은 성서에서 다음과 같이 가르치셨습니다. 나쁜 짓을 하지 않았다는 것만으로는 충분하지 않다…. 최후의 심판에서 인간은 할 수 있었던 선행을 '하지 않았다'는 이유로 재판을 받습니다. "너희는 내가 배고플 때에 먹을 것을 주지 않았고 목마를 때에 마실 것을 주지 않았으며…. 병들었을 때나 감옥에 갇혔을 때도 찾아와주지 않았다." 성서의 도덕적 견지를 지키려면 단순히 죄를 범하지 않는 것만으로는 부족합니다. 기독교에서 요구하는 도덕은 적극적인 선행입니다. 우리 주위에서 우리의 도움이 필요한 사람들에게 먼저 다가가라고 말합니다. 기독교적인 윤리를 과거와 현재의 생활에 적용했을 때 우리의 부르주아적인 자기만족은 힘없이 무너져버립니다. 원치 않더라도 내 주위를 돌아보며 고통받고 있는 사람들, 우리의 격려를, 편지를, 전화를, 방문을, 도움을 기다리는 사람들을 찾게 됩니다. 뿐만 아니라 이웃에 대한 봉사를 위해 신이 내게 부여한 잠재적인 능력을 충분히 개발해왔는지 자문하게 됩니다.

죠치대학에서의 강의 외에도 매주 화요일 저녁 일반시민과 학생을 대상으로 기독교입문 강좌를 맡고 있습니다. 성서를 읽고 기독교를 이해하게 되면서 자신이 지닌 약점과 한계를 전보다 강하게 의식하게 되었다는 고백을 참가자들로부터 자주 듣곤 합니다. 내가 어린 시절 목격하고 지금까지 기억하고 있는 정경이 한 예가 될 수 있겠지요. 어느 여름날 아침에 평소보다 조금 늦게 일어났는데——원래는 학교에 가기 전에 미사를 드릴 수 있도록 어머니가 아침 여섯 시면 깨워주셨는데——커튼 틈새로 아직 깜깜한 내 방에 한줄기 햇빛이 들어오고 있었습니다. 그 가느다란 광선이 비치자 지금껏 한 번도 보지 못했던 것들이 보이기 시작했습니다. 공기 중에 떠다니는 미세한 먼지였습니다. 먼지는 항상 방 안에 있었을 텐데 이제껏 내 눈에 보이지 않다가 햇살이 비치자 처음으로 보인 것입니다. 신약성서를 읽고 예수님이 실천하신 윤리적인 규범을 알게 되었을 때도 비슷한 감정을 느낍니다. 예수님의 가르침이라는 맑은 햇살이 우리의 가슴을 비추는 순간, 우리는 지금까지 깨닫지 못했던 먼지를 발견하게 됩니다. 그리고 우리는 자신에게 더욱 엄격해지고, 현재보다 더 높은 이상을 지향하게 되고, 일상생활, 특히 이웃에 대한 친절을 위해 더 많은 노력을 기울이게 됩니다. 자신의 약점과 한계를 절감했다고 해서 내가 과거보다 뒤떨어지는 인간으로 전락했다는 뜻은 아닙니다. 단지 복음의 빛으로 우리 마음의 맹목이 치유되고, 배려와 공감과 정의와 희망과 낙천주의와 유머와 사랑이 더 잘 '보이게' 된 것뿐입니다. 지난 편지에서 말씀드렸듯이 내가 생각하는 유머는 배려와 사랑의 표현입니다. 나의 유머는 이웃과의 관계에서 따뜻하고 편안한 분위기를 만들어줍니다. 아쉽게도 많은 분들이 인생의 마지막 무렵에 이르러서야 유머를 놓치고 살아왔음을 후회합니다. 유머를 잃고 살아가는 가장 큰 원인은 오로지 나 자신과 나의 성공에만 마음을 빼앗긴 나머지 그들을 위한 배려를 잃고, 또 나의 유머를 기대하는 이웃에 대한 애정과 관심을 잊어버린 탓입니다. 기독교를 사랑의 종교라고 부르는 분들이 많습니다. 내가 생각하는 사랑의 구체적인 모습은 따뜻한 유머입니다. 좀 더 과하게 말한다면 기독교의 본질은 유머에 있다고 보는데 이런 제 의견을 어떻게 생각하시는지요.

앞서 말씀드린 노인과의 대화——과거에 대한 '후회'——는 내 안에서도 나의 과거를 돌아보고 싶다는 마음을 갖게 했습니다. 한 해의 끝이 저물어가는 12월 말은 지난 1년간의 정신적인 활동을 결산하기에 적절한 시기입니다. '인생의 총결산'에 나서기에는 내 나이가 아직은 젊은지도 모르겠지만 세모와 정월의 며칠간은 옛일들이 주마등처럼 스쳐가곤 합니다. 내 과거에서 한 가지 후회스러운 일이 있다면 한 사람의 성인으로서 아버지와 어머니를 뵙지 못했다는 것입니다. 굳이 변명을 찾자면 젊은 시절에 외국으로 나가 12개국을 떠도느라 독일에서 생활할 기회가 없었다는 점을 들 수도 있겠지요. 왕복서한의 첫 번째 편지에서 밝혔듯이 아버지는 내가 뉴욕에 머물 때에 돌아가셨고, 어머니가 돌아가셨다는 소식은 이곳 죠치대학에서 들었습니다. 아버지와 어머니의 죽음은 그 자체로 커다란 충격이었지만 진짜 고통은 그 후에 찾아왔습니다. 부모님과의 관계에서 나는 언제나 아이였다는 것, 성인으로서 같은 성인인 부모님과 진지하게 대화할 기회를 갖지 못했음을 깨닫자 후회가 밀려왔습니다.

나의 유년시절은 무척 행복했습니다. 7명의 형제자매가 뒤섞인 집안은 사랑의 하모니로 가득했습니다. 어머니는 깊은 사랑과 헌신으로 우리에게 사랑을 베풀어주셨습니다. 지금 생각해도 어머니는 어느 성자에 못지않았습니다. 어머니는 늘 나의 이야기 상대였고, 아버지와는 일요일 오후에 아름다운 북독일의 야산을 함께 걷곤 했습니다. 그 시절의 나는 아직 어려서 부모님과의 대화는 어른과 아이의 관계를 벗어나지 못했습니다. 아버지는 엄격한 권위주의자셨고, 아버지와 나의 관계는 교사와 학생의 관계였습니다. 인격적으로 대등한 대화를 나눌 기회가 없었습니다. 만일 대학을 졸업하고 인격적인 성장을 거듭해 동등한 입장에서 아버지와 대화를 나눴다면 그런 시간을 통해 내가 모르는 많은 것을 수확할 수 있었을 텐데, 하고 후회해보지만 뉴욕과 도쿄는 독일에서 너무 멀리 떨어진 도시들이며, 결국에는 그 같은 기회가 찾아오지 않았습니다.

아버지가 돌아가시고 어머니와 만날 기회가 있었습니다. 뉴욕에서 도쿄로 오기 전에 잠깐 여유가 생겨 고향을 방문했습니다. 어머니도,

나도 이번 만남이 살아생전에 마지막 만남이 될지도 모른다고 예감했던 것 같습니다. 북독일식 교육에서는 자신의 감정을 함부로 드러내지 않는 게 상식입니다. 이 점에서 일본과 북독일의 교육은 매우 유사합니다. 하지만 그날 도쿄행 비행기에 타기 직전 평생 처음으로 아들이 아닌 어머니와 똑같은 한 사람의 인간으로서 어머니를 포옹하고 키스했습니다. 어머니는 크게 감동하셨고 기쁨의 눈물을 숨기지 못하셨습니다. 그곳에서 나눴던 어머니와의 대화는 내 인생에서 가장 훌륭한 체험 중 하나입니다. 어머니와 아들이라는 울타리를 포옹으로 무너뜨리고 우리는 대등한 인간으로서 여러 이야기를 나눴습니다. 마음과 마음의 접촉이었습니다. 겸손한 성격의 어머니는 여러 대학에서 학생들을 가르치고 책도 몇 권이나 출판한 아들과 몇 해 만에 재회해 이야기를 나눈다는 것이 약간은 쑥스러운 듯 보였지만 우리는 곧 서로의 파장을 찾아낼 수 있었고, 그런 공감은 내 인생에서 가장 아름답고 가장 기쁜 만남이 되었습니다.

소노 씨도 경험하셨으리라 생각되지만 참된 대화가 시작되기까지는 오랜 시간이 필요합니다. 마음과 마음의 진솔한 접촉은 때론 몇 년이라는 시간의 준비를 갖추고서야 실현됩니다. 그날 이후 어머니를 다시 한번 뵐 기회는 없었습니다. 도쿄에서 받은 어머니의 마지막 편지는 전에 없이 따뜻한 사랑의 말로 가득했습니다. 금년 8월부터 6개월간 사바티컬(연수휴가)을 이용해 뮌헨, 파리, 뉴욕, 워싱턴을 방문할 예정입니다. 고향에도 들를까 합니다. 살아 계신 부모님을 만날 수 없음에 조금은 쓸쓸하지만 두 분의 묘 앞에서 간만에 오붓한 시간을 갖고 싶습니다.

독일에서 보낸 고교시절, 그리스어 선생님이 이런 말씀을 하셨습니다. 그리스에는 미덕을 가르치는 훌륭한 책이 만 권이나 있지만, 그렇다고 그리스인이 미덕을 갖추고 있는 것은 아니다, 인간은 자신이 갖지 못한 것이나, 갖고 싶은 것에 대해 많은 말을 한다…. 저도 그런가봅니다. 죠치대학에서 인간학을 수강하는 1학년 학생들에게 내가 매년 강조하는 것은 이제 대학생이 되었으니 부모님과 어른으로서 대화하라는 것입니다. 부모님은 너희들과 아이가 아닌 대등한 어른으로서 대화하기를 바라고 계실 것이다, 라고. 강의를 마치고 연구실에 돌아오면 학생들에게 강조한 가르침을 정작 나 자신은 실행하지 못했다는 회한에 잠기곤 합니다. 그럴 때면 어머니와의 마지막 만남을 떠올리며 그런 추억이 있어 정말 행복하다고 안도하곤 합니다. 이 땅에서 부모와 자녀의 인격적인 성숙의 만남이 한 번이라도 더 실현되기를 진심으로 바라고 있답니다.

부군인 미우라 슈몽 씨가 문화청장관에 임명되었다는 뉴스를 들었습니다. 축하드립니다. 부부께서 모두 바쁘실 일만 남았는데 무리하지 마시고 건강히 지내셨으면 합니다.

알폰스 데켄 드림

어리석음마저도 축복받는다

알폰스 데켄 신부님.

매년 반복되는 일상이지만 초록색으로 싱싱하게 물드는 계절이 도 래했습니다. 오늘 아침에 이치가야(市谷)로 갈 일이 있었는데 영빈관 앞에서 길이 막혀 난감해졌습니다. 평소 같았으면 이런 정체에 속이 타들어가야 하는데 오늘은 황거(皇居, 일왕이 사는 거소)의 수로(水路) 를 따라 늘어선 초록색에 넋이 나가 선물이라도 받은 기분이었습니다. 기분에 취해 천천히 차를 몰거나 길가에 세워놓고 경치라도 구경했다 간 경찰에게 혼이 났을 테니까요.

그동안 건강하게 지내셨는지요. 저는 3월 말에 UNRWA의 의뢰로 요르단과 이스라엘을, 4월 초에는 에티오피아를 다녀왔습니다. 사람 들이 고통 받는 현장을 찾아간다는 건 좋지 못한 취미임이 분명합니다. 저와 친분이 있는 성모병원 간호사가 〈24시간 생중계, 사랑은 지구를 구한다〉라는 방송에서 모금된 돈으로 설립한 시렌카 캠프에서 일하고 있었는데 이번에 꼭 좀 방문해달라고 부탁하셔서 또다시 이렇게 발길을 돌리고야 말았습니다.

지독하다는 생각이 들 정도의 오지였습니다. 시렌카 캠프보다 더 외떨어진 마을들의 상태를 조사하려고 난생처음 열한 시간이나 말을 탔습니다.(실은 노새였는데 자랑 삼아 지인들에게는 말을 탔다고 둘러댔습니다.) 노새라도 타지 않고서는 나 같은 체력으로는 꿈도 못 꾸는 산길이었습니다. 힘들었지만 일본에 돌아가면 승마를 배워야겠다는 욕심이 날 만큼 말을 타고 걷는 것이 재미있었습니다.

그곳에서의 리포트를 〈주간 요미우리〉에 기고하고 있습니다. 캠프에는 티푸스와 아메바이질처럼 전염성이 강한 소화기질환 환자가 적지 않았고, 의사는 "여기는 일본의 격리병동 같은 곳이니 함부로 드나들지 마세요."라고 경고했지만 어디까지나 '보러' 온 것이므로 통제구역도 내 마음대로 돌아다녔습니다. 다행히 배도 아프지 않고 건강한 몸으로 돌아왔습니다. 우연이라고는 생각하지 않습니다. 이번에도 하느님이 지켜주신 것이겠지요.

귀국하기 전에 조금 걱정스런 일이 생겼습니다. 남편 슈몽이 문화청장관으로 임명되었는데 평생에 처음으로 관리라는 직함을 맡게 된 것이니 힘들어할 게 뻔합니다. 그가 첫 출근하던 날 악처인 나는 에티오피아를 돌아다니고 있었습니다. 아마도 익숙하지 않은 업무에 혼쭐

이 난 슈몽은 괜히 장관직을 받아들였다고 후회하고 있을 게 틀림없다고 생각했습니다.

그런데 남편은 내 예상과 달리 활기가 넘쳐 있었습니다. 그 이유를 꼽자면 첫째로는 임기가 비교적 짧은 편이라 심리적으로 부담이 덜하고, 둘째로는 나와 다르게 슈몽은 대학교수라는 조직사회를 경험했기에 관청의 분위기에 충격받지 않았기 때문입니다. 마지막 세 번째로 그에겐 문화청장관으로서 반드시 이룩하고 싶은 구체적인 목표가 있었던 것 같습니다.

남편에게 장관이 된 기념으로 조그만 초상화가 인쇄된 엽서를 보냈습니다. 신부님도 잘 아실 텐데 새무얼 피프스라는 사람의 초상화입니다. 원화는 런던의 포트레이트 뮤지엄에 있다고 합니다. 친구의 동생이 내가 피프스의 초상화가 새겨진 그림엽서를 구한다는 이야기를 듣고 일부러 사서 보내주었습니다.

새무얼 피프스는 17세기 영국의 일기작가로 유명합니다. 한때 해군 장관으로 활약한 적도 있다고 합니다. 그는 인간은 이래야 한다는 주제의 중세문학과 다르게 있는 그대로의 사람을 포착하려고 노력했고, 그의 시도는 근대문학의 근간이 되었습니다. 피프스는 자신의 이런 문학관이 사람들의 비판을 받게 될 것이 분명하다며 '일기'를 암호로 썼습니다. 그의 일기는 사후에 해독되어 전모가 드러나게 되었고, 그의 일기를 통해 우리는 새무얼 피프스라는 사람이 관리로서, 작가로서 어느 한쪽에 치우치지 않고 공존하는 데 성공했음을 알게 되었습니다.

남편에게 새무얼 피프스의 초상화가 그려진 엽서를 보낸 까닭은 얼마 안 되는 임기 동안에 그답게 일해주기를 바라는 마음에서였습니다. 그에게도 바람직한 일이었고, 그렇지 않고서는 그의 타고난 재능이 보잘것없더라도 그마저도 발휘되지 않을 게 분명했기 때문입니다.

신부님, 요즘 들어 저의 심경은 조금 복잡합니다. 인간이 자신이 해야 할 일을 결정할 때 그의 선택보다는 어떤 힘에 의해 결정되는 건 아닐까, 라는 고민 때문입니다. 예전의 나였다면 무엇을 결정할 일이 생겨도 타인에게는 절대로 알리지 않고, 아주 가까운 친척에게만 슬쩍 언급하고 나 혼자 가족으로서 의무를 성실히 수행했다고 만족했을 겁니다. 그런데 요즘은 신은 모든 것을 사용하신다는 실감에 젖어들곤 합니다. 신은 그의 현명함도 사용하시지만 때로는 그의 어리석음마저도 축복처럼 사용하십니다. 그의 어리석음이 아니고서는 이루어질 수 없는 일들을 허락하시곤 합니다. 이에 대해 인간이 무슨 말을 할 수 있을까요.

한국의 나병환자들이 모여 사는 성나자로 마을과 프란체스코 수녀회가 마다가스카르에서 운영하는 가난한 아베마리아 산부인과를 지원할 목적으로 모금운동을 했습니다. 두 곳의 사무국을 맡게 되었을 때 솔직히 내키지 않았습니다. 내가 잘 모르는 영역이라는 생각이 들어서입니다. 어제도 전혀 모르는 분에게서 전화가 걸려왔습니다. 사연인즉 그분이 어떤 사람에게 500만 엔을 빌려준 적이 있는데 그 뒤 받을 수 없게 되어 포기했다고 합니다. 그런데 얼마 전에 채무자로부터 조금씩

갚을 수 있다는 연락이 왔다고 합니다. 그분은 빌려준 돈을 모두 받으면 전액을 기부하겠다고 말씀하셨습니다. 그 미지의 통화상대에 대한 인상이 채 사라지기도 전에 이번에는 한 통의 현금등기우편이 도착했습니다. 등기에는 편지도 한 통 동봉되어 있었습니다.

"계속 마음에 걸렸음에도 뒤로 미루기만 했습니다. 적은 액수지만 한국의 병든 분들을 위해 써주시기를 부탁드립니다.

출가하기로 마음을 굳혔습니다. 이 편지가 처음이자 마지막입니다.

2~3일 후에 절에 들어갑니다. 엽서도, 다른 것도, 아무것도 제 앞으로 보내지 않으셔도 됩니다. 짐을 정리하느라 마음이 급해서 이만 실례하겠습니다."

"편지에 쓰신 대로 영수증을 안 보내도 되는 걸까요?"

비서가 물었습니다. 지금 당장 영수증을 보내면 그분이 받아볼 수 있다는 뜻이었습니다.

"그분이 말씀하신 대로 해요."

내가 대답했습니다.

"그분이 말씀하신 대로 하는 게 제일 좋을 것 같아요."

신부님, 이토록 훌륭한 인생을 누군가와 나누지 않는다면 견디지 못할 것 같습니다. 나는 이분의 나이도, 환경도 아는 것이 없지만 이분처럼 깨끗하게 자신의 인생을 정리한 분은 없다고 단언합니다. 종교를 떠나서 진정한 신앙인 앞에서만 느껴지는 존경의 마음이 내 온몸을 가득 채웠다는 것만은 분명하게 말씀드릴 수 있습니다.

이처럼 불가사의한 일들이 욕심으로 가득 찬 인간사회의 관념에서 파생되지는 않았겠지요. 한국에는 매월 송금하고, 마다가스카르에도 올해 1회분인 8만 프랑(약 220만 엔)을 송금한 직후였습니다. 남들에게서 돈을 받는 데에 서툴다고 자각하는 나를, 하느님은 나의 서툰 단면을 이용해서, 내가 싫어하는 내 모습을 사용해서 그분의 사업을 성사시키고 있었습니다.

어떤 일을 하다보면 신의 짓궂은 의도 같은 것을 느낄 때가 있습니다. 나는 지금까지 좋은 일을 기쁜 마음으로 자진해서 했던 적이 없습니다. 무슨 일을 막론하고 반쯤 끌려가는 게 정설이었습니다. 그런데 신의 입장에서는 내 마음이 기쁨으로 가득하든, 억지로 하는 것이든 상관이 없나봅니다. 신은 인간의 인색한 감정 따위는 쳐다보지도 않고 자신이 계획한 사업을 밀고 나갑니다. 기업체의 사장님 같습니다.

고민 끝에 무슨 일에든 결론내리지 말자고 마음을 굳혔습니다. 남편과 아들과 친구들이 그 길을 선택한 까닭은 하느님도 그 길을 원했기 때문이라고 생각할 작정입니다.

"세상에 찌들었거나 늙어서 그래." 험담을 좋아하는 내 친구들은 나를 보며 이렇게 말할 겁니다. 세상에 찌들었든, 늙어서 그렇든 나는 괜찮습니다. 신부님, 좋은 일, 재미난 일, 대단한 일을 하는 사람들은 마음속 어딘가에 죽음의 관념을 갖고 있는 것 같습니다.

심란할 때면 타고르(인도 뱅골의 시인)의 시를 즐겨 읽습니다. 그의 시는 흐트러진 내 마음의 자세를 바로잡아주곤 합니다. 《탄생일》이라는 그의 시집에 대해 K. 클리퍼라니는 "'탄생과 죽음의 날은 마주 보고 있다'라는 구절에서 체념과 비슷한 자각이 드러난다."라고 평했는데, 죽음과 마주하는 탄생일이야말로 집착에서 벗어난 느낌입니다.

타고르는 생전에 자신이 죽으면 노래를 불러달라는 시를 남겼습니다. 그리고 그 시는 타고르의 기일마다 불리고 있는데 다음과 같은 내용입니다.

"눈앞에는 평화의 바다

배를 띄워라. 키잡이여

너는 영원히 함께하게 될 것이다…."

타고르의 시는 기도이기도 했습니다.

"바라건대 세상을 하나로 묶고 있는 끈이 끊어지지 않기를

드넓은 우주가 그 팔로 나를 품어주기를

그리고 내 겁 없는 마음은

형용되지 않는 미지의 누군가를 알 길이 없다는 것을."

진솔하고 꾸밈이 없는 우리의 소망을 그대로 드러내고 있는 시입니다. 죽음을 바라본 사람일수록 죽음이 밝게 보이는 모양입니다. 플라톤이 쓴《소크라테스의 변명》에도 비슷한 대목이 있습니다.

"그러나 제군들도, 재판관도 죽음에 희망을 품고 있어야 합니다. 선량한 사람이라면 살아 있을 때도, 죽은 후에도 나쁜 일 같은 건 없습

니다. 그가 무슨 일에 몰두하더라도 신들의 배려는 없다는 이 한 가지 사실만을 마음에 담아둬야 합니다. 내가 아무런 이유 없이 이곳에 있는 것은 아닙니다. 죽음을 수용하고 보살핌에서 해방되는 편이 나를 위해서는 오히려 좋았다는 것을 나는 알고 있습니다."(다나카 미치타로 역)

우부카타(生方) 선생님에게《겨울무지개》라는 단카(短歌. 와카의 한 형식)집을 선물 받았습니다. 단카집을 읽다보니 1954년에 남편을 잃고 오늘날까지 혼자 살고 계시는 고독이 내 가슴까지 덮어버렸습니다.

"돌아가야 될 집에도 기다리는 사람 없어 외로움은 누구에게 말도 못하고."

"떨어져 지낸 날이 나에겐 많아서 '혼자'서 오늘밤을 생각하네."

신부님, 일본의 단카가 궁금하시다면 이런 멋진 시를 권해드립니다. 짧은 문장이지만 우부카타 선생님은 소설가의 서툰 장편 따위는 발끝에도 미치지 못할 만큼 크고 깊은 정감의 세계를 표현하고 있었습니다.

그간의 세월이 얼마나 외로웠는지는 모릅니다. 하지만 우부카타 선생님의 생애는 지금이 가장 밝게 빛나고 있습니다.

"기도 말고는 기약 없는 늙은 날을 떠올리며 눈부신 달빛이 비치는 밤에."

이 글귀는 여러 가지 의미에서 완벽합니다.(비전문가의 찬사를 허용해주셨으면 합니다.) 인간의 생애와 죽음을 영원한 빛 속에서 떠올리게 하는 데에 성공했기 때문입니다. 우부카타 선생님의 단카에 나타나는 외로움은 어딘지 모르게 사랑의 감정과 비슷합니다. 왜 그럴까요.

죽음에 대해 우리 서민들은 단순한 감정밖에 느끼지 못합니다. 사람들을 대표해서 말하려는 것은 아니지만 우리의 관심은 죽기 직전까지의 고통과 이별뿐입니다.

그렇기 때문에 십자가에서 돌아가신 그리스도의 죽음에는 커다란 의미가 있습니다. 우리가 상상도 할 수 없는 고통스러운 죽음이었기 때문입니다. 그날 중에 예수님은 죽음에 이르셨지만 원래 십자가형은 그리 빨리 죽지는 못한다고 합니다. 이를 근거로 예수님이 습성늑막염(혈관에서 빠져나온 액체가 막에 고이는 염증)을 앓았다고 주장하는 의사들도 있습니다. 즉 예수님은 몸이 쇠약했기에 그토록 빨리 십자가에서 죽을 수 있었다고 말합니다. 그 오랜 고통을 떠올린다면 우리가 임종 시에 겪는 고통을 어느 정도는 참아낼 수 있지 않을까요.

또 다른 고통은 사랑하는 사람과의 작별입니다.

내세를 믿지 않는 사람들에게 사랑하는 사람과의 영원한 작별은 무엇과도 비교가 안 되는 고통입니다. 이 문제에 대해 최근의 나는 이런 생각을 하게 되었습니다.

우리가 두려워해야 할 것은 죽음으로써 현세가 끝난다는 게 아니라 현세에 죽음이 없다면 어떻게 될 것이냐는 점입니다. 죽음이 존재하기에 모든 인간은 존귀해집니다.

사라져갈 때, 헤어질 때 우리는 슬픔에 잠깁니다. 만일 우리가 이 땅에서 영원히 산다고 한다면 인간의 생애는 지옥이 될 것입니다. 그리스인은 현세에서 '끝없는 반복'의 고통을 찾아냈습니다. 그 같은 관념에서 거대한 바위를 언덕 꼭대기까지 밀어 올리면 반대편 내리막으로 바위가 굴러 떨어지고, 결국 영원히 바위를 언덕으로 밀어 올려야 했던 시지푸스의 신화가 탄생하게 된 것입니다. 시지푸스는 인간들 중에서 가장 교활한 사람이었기에 그가 이런 형벌에 처해졌다는 것은 너무나 재미있습니다. 만약 내가 영원히 살아 있다고 한다면 한 가지는 분명합니다. 내 주위의 사람들이 지금처럼 나를 사랑해주지는 않을 거라는 점입니다.

내 신조는 무엇인가를 얻기 위해서는 무엇인가를 버려야 한다는 것입니다. 나는 사랑에 굶주린 채 살아왔고, 따라서 사랑을 얻기 위해 죽음을 택할 것입니다. 아주 가끔이기는 하지만 죽음에서 가슴이 두근거리는 사랑의 향내가 풍기는 것은 아마도 이런 이유 때문이 아닐까요.

신부님, 우리의 왕복서한도 이것이 마지막입니다. 신앙이 깊지 못해 흔들리던 나의 마음에 많은 가르침을 주신 데에 진심으로 감사드립니다. 죽음이라는 미지의 영역에서 학문의 토대를 세우신 분은 일본에서는 신부님이 최초입니다. 위대한 파종이었다고 확신합니다.

데켄 신부님이 조국을 버리고, 희생을 각오하고 일본에 머물러주시는 데에 새삼 감사의 말씀을 전합니다. 신부님의 노고 덕분에 일본의 생사학에도 여명이 비치고 있습니다. 신부님과 마찬가지로 일본에 오신 아키타의 여동생과 인도네시아의 누님에게도(인도네시아 사람들을 대신하는 것 같아 뻔뻔해 보이지만) 깊은 감사의 말씀을 전하고 싶습니다.

앞으로도 시간을 더욱 소중히 간직해주세요. '때가 가까웠다'는 성 바오로의 말씀을 기억해주시기 바라면서.

소노 아야코 드림

잃어버림으로써 얻는다

소노 아야코 님.

　헤어질 때가 다가왔군요. 몇 번인가 말씀드렸듯이 금년 후반기에 6개월간의 사바티컬(연수휴가)을 이용해 뮌헨, 파리, 뉴욕과 워싱턴을 방문할 계획입니다. 전에도 편지에 쓴 기억이 나는데 죠치대학에서는 6년간 강의를 맡은 교수에게 반년간의 휴가가 주어집니다. 새롭게 연구에 전념하라는 제도이지요. 이번 기회에 죽음의 준비교육(데스 에듀케이션), 의술의 윤리, 말기환자를 위한 지원, 죽음의 철학 같은 테마를 연구해볼 생각입니다. 출발은 8월 초, 내년 3월에야 도쿄로 돌아옵니다. 요코하마에서 배를 타고 나홋카(러시아 연해의 도시)까지 가고, 그곳에서 시베리아 철도로 모스크바까지 갑니다. 모스크바에서 다시 기차를 갈아타고 레닌그라드, 바르샤바, 베를린을 거쳐 함부르크에 도착할 예정입니다. 나의 형제자매와 열여덟 명이나 되는 조카들은 함부르크 남쪽의 도시에 살고 있습니다.

유소년기를 보낸 고향에 모처럼 도착하면 옛날의 노스탤지어에 잠기게 될 테지만 지금은 기대보다는 쓰라린 추억이 더 많이 떠오릅니다. 어린 나에게 무척이나 소중했던 것들, 지금도 가장 그리운 것들은 대부분 사라졌고 잊혔으며, 친했던 사람들도 거의 모두 세상을 떠났습니다.

우리가 인생에서 환멸을 느낄 때는 과거의 행복이 재현되기를 아무리 기대해도 그날의 체험은 두 번 다시 불가능하다는 것을 깨닫게 되었을 때입니다. 옛 친구와 재회해 추억이 깃든 장소를 방문하여 그날에 있었던 일을 재현해도 기대는 곧 실망으로 바뀌어버립니다. 사람의 마음이 나이가 들면 젊은 날과는 다른 대상을 희구합니다. 젊은 날의 내가 열중했고, 나를 만족시켰던 그 일도 나이 든 후에는 한낱 허물에 불과합니다. 인간적인 성숙이 진행될수록 우리는 가치관을 수정하고 그에 따라 생활에 변화를 줘야 합니다. 과거에는 행복의 약속처럼 생각되던 외면적인 가치들——재산, 지위, 업적 등——은 상대적인 만족일 뿐이며, 노력과 수고도 외부가 아닌 나의 내면으로 기울어갑니다. 인생의 모든 부분들이 서서히 '내면에의 길'을 더듬기 시작합니다. 평상심, 인내, 관대함, 성실함, 희망, 유머, 그리고 주위 사람들에 대한 사랑과 배려 같은 내면적인 가치를 발견하고 실현하는 것이 나를 행복하게 만들어주는 유일한 길이라고 믿게 됩니다. 이런 변화를 통해 우리는 물건에 대한 '소유'에서 벗어나 '존재'라는 범주를 추구하게 됩니다. 무엇을 '가질' 것이냐가 아닌, 무엇으로서 '존재'할 것이냐가 당면과제가 되는 것입니다.

프랑스의 작가 프루스트는 그의 기억 속에서 가장 행복한 나날들을 선사했던 이리에의 도시를 다시 찾아가본 적이 있느냐는 질문을 받고 이렇게 대답했습니다. "네, 한 번도 찾아가지 않았습니다!" "왜 그랬죠?" "잃어버린 낙원을 다시 찾은 곳은 나의 내면밖에는 없기 때문입니다."

고향에 돌아가서 제일 먼저 할 일은 부모님의 성묘입니다. 세월이 흐를수록 부모님이 내게 베푼 사랑이 얼마나 크고 위대했는지 절감합니다. 두 분의 묘에 서서 마음으로부터 감사하다는 인사를 꼭 전하고 싶습니다. 돌아가신 부모님과의 대화는 내겐 무척 중요한 체험이 될 것입니다.

출국하기 전에 지인들과 친구들을 찾아가 8개월간의 이별을 고해야 합니다. 그 때문인지 '이별'이라는 테마에 대해 생각할 때가 많습니다. 흔히 말하듯이 우리의 일생은 이별의 연속입니다. 인생의 다양한 이별을 겪으면서 우리는 인생에서 가장 큰 이별——죽음——이 있음을 깨닫습니다. 우리가 체험하는 작은 이별들은 죽음을 대비하는 마음가짐을 보다 단단하게 만들어주는 최고의 기회이며, 이는 곧 죽음의 준비교육(데스 에듀케이션)이기도 합니다. 다가온 이별의 때를 생각하면 내 마음은 벌써부터 떨리기 시작합니다. 도쿄가 내게 얼마나 소중한지를, 말이 아닌 진심으로 제2의 고향이 되었음을, 어느새 내가 이곳을 내 집처럼 생각하고 있음을 알게 되었습니다. 이번의 헤어짐을 고국에서 외국으로 여행을 떠나는 것 같은 감상으로 준비하고 있으며, 우스운 얘기지만 내가 태어난 독일에 머물 때도 내가 선택한 제2의 고향인 요쓰야를 '고향'처럼 그리워하게 될 것 같습니다. 뉴욕에서 새해를 맞을 텐데 아마도 그날엔 도쿄의 설날을 추억하며 향수병에 걸릴지도 모르겠습니다. 떡국과 단팥죽과 도소주(설날에 마시는 약주)가 없음에 쓸쓸해하겠군요. 아무래도 내 마음이 일본토박이가 되어버린 듯합니다.

일본을 떠나는 것보다 더 큰 괴로움이 있다면 사랑하는 사람들과의 작별입니다. 전에 인용한 프랑스 속담—'헤어짐은 작은 죽음'—이 자꾸 생각납니다. 고작해야 8개월인데 이 기간이 나에겐 죽음에 의한 이별과 상실처럼 느껴질 것 같습니다. 인간은 불확실한 존재이므로 이대로 헤어져서 다시 만날 수 있을까, 라는 의심이 항상 따라다닙니다. 그렇기 때문에 한때의 헤어짐도 고통을 동반하는 상실이 될 수 있습니다.

헤어짐을 일방적인 상실이 아닌 적극적인 수용으로 바꾸는 방법도 있습니다. 이에 대해서는 나의 모국어인 독일어의 표현을 빌리겠습니다. 독일어에서는 '헤어짐'을 'Avschied nehmen(헤어짐을 받아들인다)'이라고 표현합니다. 헤어짐을 받아들인다…. 즉 '잃는' 게 아니라 '받는' 것이 됩니다. 이별의 순간에 우리는 헤어져야 할 상대가 내게 얼마나 소중한 사람인지를 확인합니다. 그래서 헤어질 때는 평소보다 더 따뜻한 애정을 상대에게 보이곤 합니다. 누군가와 매일처럼 얼굴을 맞대고 지낸다면 어느 순간부터 그의 존재가 당연하게 생각되지만, 이별을 고하는 자리에 서게 되면 상대가 내 안에서 얼마나 중요한 존재였는지를 새삼 발견하게 됩니다. 헤어질 때——죽음이라는 가장 큰 헤어짐도 마찬가지입니다——우리는 평소에 말하지 못했던 진심을 아무렇지 않게 입에 담곤 합니다. 따라서 이별은 인격적인 사귐의 기회가 될 수도 있습니다. 사랑하는 사람에게 이별을 고할 때 우리는 상대의 인간성을 객관적으로 바라보며 좀 더 깊은 속내를 이해하게 됩니다. 기독교인에게 죽음이 포함된 모든 이별은 재회의 희망으로 연결됩니다. 재회라는 희망이 있어서 우리는 이별의 고통도 극복할 수 있습니다.

나의 전공은 철학입니다. 역사상 수많은 철학자가 인생의 행복이 무엇인지를 탐구하는 데에 자신의 생애를 바쳤습니다. 나도 오랫동안 어떻게 해야 인간이 행복해질 수 있는지, 행복한 인생이란 무엇인지 연구해왔습니다.

행복의 중요한 요건 중 하나는 삶의 보람을 발견하는 것입니다. 삶의 보람은 사명감의 발견, 또는 라이프워크(lifework)의 달성이 매우 중요합니다. 라이프워크의 달성은 내 인생에 의미가 있었다는 실감으로 이어집니다. 우리에게 가장 중대한 삶의 보람이 무엇이냐고 묻는다면, 개인마다 여러 가지가 있겠으나 인간으로서 궁극적인 보람은 이웃에 대한 사랑, 그리고 신에 대한 사랑과 만남에서 얻어집니다.

어떤 식으로 이웃에 대한 사랑을 실천할 것인가, 혹은 타인에 대한 봉사를 실천할 것인가, 라는 방법은 사람마다 차이가 있습니다. 유일한 공통분모는 타인을 위한 봉사가 내게 주어진 둘도 없는 사명이라는 인식입니다. 우리는 이웃에 대한 사랑의 실천을 통해 자신의 인생에서 의의를 발견합니다. 자기실현과 잠재적 능력의 발굴도 소홀히 여길 수 없지만, 개인을 위한 노력과 수고는 자기를 초월하여 타자를 의식하는 삶의 궁극적인 보람과 균형을 맞춰야만 합니다. 슈바이처는 이에 대해 다음과 같이 말했습니다. "타인을 위한 인생만이 가치가 있다."

나의 사명에 대해 조금 언급한다면 지난 10여 년 동안 사생학 연구와 죽음의 준비교육(데스 에듀케이션) 보급을 내게 부여된 특별한 사명으로 여기며, 이것이 곧 나의 라이프워크라고 확신하게 되었습니다. 벌써 10여 년 전인데 죠치대학에서 1학년생을 상대로 필수과목인 '인간학'을 가르치는 동안에 조금씩 인간의 유한성——누구든지 언젠가는 죽는다——에 관심을 갖게 되었습니다. 이전부터 나는 신부로서, 그리고 카운슬러로서 여러 병원과 노인홈을 방문해 죽음을 앞둔 사람들과 이야기를 나눴으며, 200명 이상의 임종을 지켜봤습니다. 생사학에 대한 관심은 일찍부터 내 안에 자리잡고 있었다고 생각합니다. 내가 알기로는 당시 일본에서 죽음을 학문적으로 다루는 강좌는 없었습니다. 그래서 더욱 도전하고 싶어졌습니다. 1977년 첫 번째 '죽음의 철학' 개강을 앞두고 동료와 지인들은 죽음이 터부시되는 일본에서 이런 강좌에 학생들이 관심을 가질 리 없다며 충고했습니다. 그러나 막상 뚜껑을 열어보니 내가 담당하고 있었던 어느 과목보다 많은 학생들, 무려 250여 명의 학생이 수강신청을 했습니다. 6개월짜리 단기코스로 출발한 '죽음의 철학'은 1978년, 79년에 이어 80년부터 정식과목이 되었고, 매년 600여 명의 학생이 수강하는 인기과목으로 발돋움했습니다. 1979년부터 80년까지 제1회 연수휴가가 주어졌고, 그 반년간 나는 미국을 방문하여 사생학의 연구현황을 직접 체험했습니다. 현재는 세이신(聖心)여자대학과 죠치대학 커뮤니티칼리지(야간의 시민대학강좌)에서도 '죽음의 철학' 강의가 개설되었고, 의사와 간호사, 그리고 일반시민을 대상으로 하는 강연 및 의학부와 간호학교에서도 강의를 요청하고 있습니다. 꾸준히 늘어나는 수강신청과 고조되는 관심으로 봤을 때 죽음의 준비교육에 대한 요구는 앞으로 더욱 증가할 것이라고 확신합니다.

1982년에는 지인의 죽음을 체험한 사람들을 대상으로 '생과 사를 생각하는 세미나'를 발족했습니다. 이때도 소노 씨에게 많은 도움을 받았지요. 죽음에 대한 준비교육과 더불어 사별의 슬픔에 대한 준비교육이기도 했던 이 세미나는 매회 강연 때마다 850명에서 1200명의 청중이 모이곤 합니다. 금년에 벌써 4회째를 맞고 있습니다. 세미나의 성과를 바탕으로 소노 씨와 함께 편집한 강의록《생과 사를 생각한다 (1984년)》도 출판되었고, 세미나 참가자들이 서로 토론하는 '생과 사를 생각하는 모임'도 태어났습니다.

앞으로 기회가 된다면 더 많은 분에게 죽음의 준비교육이 필요하다는 사실을 알리고 싶습니다. 또 남겨진 가족을 대상으로 '사별의 슬픔에 대한 준비교육'도 계획 중입니다. 죽음을 앞둔 환자를 보다 인간적으로 지원하는 방안도 내게 주어진 과제입니다. 작년부터 올해까지 《죽음의 준비교육(데스 에듀케이션)》(전 3권) 편집에 매달렸는데, 가을쯤이면 메디컬프렌드 출판사에서 간행될 예정입니다.

죽음은 인생에서 오직 한 번뿐인 절대적인 현실입니다. 우리 모두는 언젠가 죽습니다. 그러나 소노 씨가 말씀하신 것처럼 삶이라는 시간이 한정되어 있기에 우리는 인생의 애처로움을 이해하고, 나와 같은 처지의 사람들을 사랑하게 되는 것이라고 생각합니다. 죽음에 대한 인상은 어딘지 모르게 어둡고 병적인 행위처럼 오해하기 쉬운데, 이와는 정반대로 죽음을 응시함으로써 삶에 대한 고뇌가 실현되고, 현재의 삶 또한 풍요로워집니다. 죽음의 철학이 삶의 철학인 셈이지요.

세상의 많은 사람들이 다양한 원인으로 고통받고 있습니다. 내가 보기에 세상에서 가장 슬픈 고뇌는 사랑하는 이를 떠내보낸 남겨진 자들의 마음입니다. 그들이야말로 이웃사랑을, 타인이 보여주는 다정한 공감과 배려가 필요합니다. 친하게 지내는 일본의 의사선생님에게 자주 듣는 이야기인데 일본에서는 적지 않은 남성들이 부인과 사별한 후 건강을 해쳐 뒤따르듯 죽음에 이르곤 한답니다. 영국에서 실시한 조사에 따르면 아내와 사별한 남성의 사망률은 같은 연령대의 그렇지 않은 남성에 비해 무려 40퍼센트나 높습니다. 격렬한 비탄이 질병의 원인이 되는 것인지도 모르겠습니다. 사랑하는 상대, 혹은 가까운 사람을 떠나보낸 슬픔이 육체적인 병으로 덧나는 것을 방지하기 위한 지원이 필요한 때입니다.

'생과 사를 생각하는 모임'의 중요한 역할 중 하나가 바로 이것입니다. 슬픔을 나누고 서로 의지함으로써 건강을 지킨다는 예방의학적인 역할, 다시금 일어서게 하기 위한 적극적인 지원과 안내자로서의 역할이 바로 그것입니다. 모임이 발족되고 2년 반이 지나면서 이 모임을 통해 많은 분이 사랑하는 사람을 잃었다는 정신적인 슬럼프에서 벗어나 미래를 바라보는 적극적인 생활로 되돌아갔습니다. 그 모습을 곁에서 지켜본다는 것은 상당한 기쁨입니다. 그분들의 변화는 잃어버림으로써 얻는다는 진리의 확인이기도 했습니다.

소노 씨도 경험이 있으시니 공감하시리라 봅니다만, 남겨진 가족이 사별의 슬픔, 즉 비탄에서 회복되기까지는 약 1년이라는 시간이 걸립니다. 나는 그 1년간의 심리적인 과정(비탄의 과정)을 연구하면서 12단계의 모델을 정립해보았습니다. 일본, 미국, 독일에서 남겨진 가족들을 만나본 나의 경험에서도 대다수 사람들이 이 12단계를 거쳐 회복된다는 인상을 받았습니다. 비탄의 과정은 수동적인 인내가 아닌 능동적으로 성취할 수 있는 과제——프로이트의 말을 빌리자면 비탄하기(Trauerarbeit)——를 목표로 하고 있습니다. 비탄에 잠긴 분들에게 도움이 되도록 이 과제를 보다 구체적으로 재구성해볼 계획입니다. 비탄의 과정은 심신의 건강을 해치는 원인이 될 수도 있지만 창조적으로 극복해낸다면 인격성장을 위한 기회가 될 것입니다. 비탄의 과정은 다음과 같은 12단계로 구성됩니다.

1단계. 정신적인 타격과 마비상태

사랑하는 사람이 죽었다는 충격에서 현실감각이 일시적으로 마비된다. 일종의 자위본능이라고 할 수 있다.

2단계. 거부

사랑하는 사람이 죽었다는 현실을 거부한다.

3단계. 패닉

가까운 사람의 죽음이 공포가 되어 극도의 패닉상태에 빠진다.

4단계. 분노와 부정

사랑하는 사람의 죽음 때문에 내가 괴로워졌다고 생각하며 억울한 분노를 느낀다.

5단계. 적의와 원한

주위 사람들, 또는 고인에게 적의와 같은 형태로 감정을 표출한다.

6단계. 죄의식

비탄을 대표하는 반응으로 과거에 자신이 저지른 행위를 후회하며 스스로를 책망한다.

7단계. 공상, 환상

공상 속에서 죽은 자가 아직 살아 있다고 생각하며, 현실에서도 그렇게 행동한다.

8단계. 고독과 우울

건전한 비탄의 과정 중 하나인데 극복하려는 본인의 노력과 주위의 도움이 중요하다.

9단계. 정신적 혼란과 무관심

생활의 목표를 상실한 공허 속에서 어떻게 해야 좋을지 모른다.

10단계. 체념, 수용

'체념'이란 자신이 처한 상황을 '수용'하는 것이다. '수용'함으로써 용기가 생기고 현실을 직면하게 된다.

11단계. 새로운 희망, 유머와 웃음의 재발견

유머와 웃음은 건강한 생활의 필수조건이다. 유머의 부활은 비탄의 과정을 극복하고 있다는 증거이기도 하다.

12단계. 회복단계, 새로운 정체성의 탄생

고통으로 가득한 비탄의 과정을 통과하면서 인격적인 성숙을 이룩한다.

남겨진 사람들을 상대하면서 많은 경험을 축적했는데, 비탄을 극복하는 최상의 길은 자신과 비슷한 처지의 사람들과 인격적인 만남을 갖는 것이었습니다. 나와 똑같이 괴로워하고 있는 사람을 배려해주는 가운데 본인이 치유되는 것입니다. 사랑하는 사람을 잃고 그 슬픔이 가득한 자신의 내면만 응시하면서 나의 괴로움에만 정신을 빼앗기면 그 같은 굴레에서 단 한 걸음도 움직이지 못합니다. 자기연민에 빠져 세상에서 나보다 더 괴로운 사람은 없다고 착각해버리면 인격은 조금도 성장하지 못합니다. 비탄을 체험하게 된 사람은 다양한 감정적 비약을 통해 자신의 좁은 자아를 초월해야 합니다. 사랑하는 사람의 죽음을 계기로 타자에 대한 관심이 더욱 확대되어야 합니다. 그렇게 되었을 때 고통스러운 사람은 나 외에도 많다는 현실을 인식하게 되고, 상실과 고뇌야말로 인생의 보편적인 체험이라는 진실을 깨닫게 됩니다. 나처럼 괴로워하는 다른 사람들을 만나다보면 어떻게 해야 그들이 상실과 고뇌에서 벗어날 수 있는지가 눈에 보이며, 그것은 곧 나 자신이 비탄의 과정에서 벗어나는 길이기도 합니다. 동일한 고통을 안고 있는 다른 사람들을 배려하는 가운데 내가 허우적거리고 있는 자아의 질곡에서 벗어나게 되는 것입니다. 이것은 비탄에 잠긴 사람 대부분이 겪는 일입니다. 고통을 통해 인간적으로 성장한 분을 많이 보았고, 그때마다 큰 감동을 받습니다. 괴로웠던 적이 없다고 말하는 사람들은 가면을 뒤집어쓴 채 진실한 자기보다 더 큰 모습을 보여주려고 안간힘을 씁니다. 그들이 쓰고 있는 가면이야말로 인격적인 접촉의 장애물입니다. 가면을 쓴 상태에서는 인간관계도 표면적일 수밖에 없고, 기능적인 수준에 머무는 경우가 많습니다. 상대방도 나를 자신에게 필요한 기능으로서 판단하려고 할 것입니다. 고뇌는 가면을 벗고 나의 참모습과 마주치는 것을 뜻합니다. 가면을 벗어던진 그때부터 새로운 '너와 나의 만남'이 펼쳐집니다. 특히 나와 비슷한 상실과 고뇌를 겪으면서 나처럼 가면을 벗어버린 사람과의 교류는 상상도 못했던 인격적인 만남으로 이어집니다.

　햇수로 3년에 걸친 우리의 왕복서한도 마침내 이번이 마지막입니다. 앞으로는 3개월에 한 번씩 소노 씨의 편지를 받아보는 기쁨도 없다는 것을 생각하면 너무나 쓸쓸합니다. 싱그러운 감성과 깊은 통찰이 담긴 소노 씨의 편지는 내게 큰 즐거움이었습니다. 아쉽지만 앞으로도 소노 씨가 작가로서 세상에 내보낼 작품이 많으므로 오늘부터는 그런 즐거움을 기다려야겠습니다. 자주 귀한 저서를 보내주셔서 감사했습니다. 한 권, 한 권 정성을 다해 읽고 있습니다. 연재가 시작되기 전부터, 연재 도중에도 소노 씨의 작품을 즐겨 읽으며 세계와 인간에 대한 새로운 영감을 받곤 했습니다. 앞으로도 그럴 것입니다. 소노 씨의 저서를 통해 일본과 일본인, 그리고 일본의 문화와 정신세계를 많이 이해하게 되었습니다. 이에 대해서도 감사의 인사를 드려야 할 것 같습니다. 소노 씨의 저서가 차례로 영어로 번역되고 있다는 이야기를 듣고 무척이나 반가웠습니다. 소노 씨가 일본의 독자뿐 아니라 세계의 여러 나라 사람들 가슴속도 풍요롭게 해주시리라 기대합니다.

　무엇보다 먼저 감사드리고 싶은 것은 소노 씨가 저를 친구로 받아들여주셨다는 점입니다. 그렇지 않았다면 이 왕복서한도 실현되지 않았을 겁니다. 이런 방식의 글쓰기는 처음이었는데, 쉽지 않은 도전이었습니다. 그러나 연재가 거듭될수록 나 스스로가 성장하고 성숙됨을 느낄 수 있었습니다. 동반자의 중요성에 새삼 놀랐습니다. 그러고 보면 지금까지 많은 친구가 나의 잠재된 가능성을 일깨워주려고 노력했습니다. 실제로 나의 첫 번째 책은 친구들의 권유라고나 할까, 거의 강제로 쓰다시피 해서 간신히 완성되었습니다. 그때 도전하지 않았다면 책을 쓰려는 용기도 갖지 못했을 것입니다. 친구와의 만남을 통해 내 안에 잠든 능력을 발견하고, 이를 키워나간다는 것은 인생에서 가장 훌륭한 모험이라고 생각합니다. 자기발견의 여행은 외부세계의 어떤 발견에서도 느낄 수 없는 놀라움과 기쁨으로 가득합니다. 친구와의 인격적인 만남은 타인에게 연결되는 길인 동시에 나의 참된 깊이를 발견하는 길이기도 합니다.

하늘을 날아다니는 새처럼 우정이라는 날개가 우리를 이끌어줍니다. 우정은 단조로운 날들에서 우리를 해방시켜 이상이라는 높은 가지로 인도하고, 감겨진 눈꺼풀을 들어 올려 인격의 새로운 가능성과 아름다움의 지평선을 바라보게 해줍니다. 우정이라는 친구와의 인격적인 만남을 바탕으로 우리는 세계와 나 자신의 새로운 차원을 발견합니다. 이처럼 매우 소중한 우정을 내게 허락해주신 소노 씨에게 다시 한 번 감사드리며 편지를 마칩니다. 소노 씨의 미래에 지금보다 더욱 풍요로운 결실이 약속되기를 축원합니다. 언젠가 다시 뵙는 그날까지 안녕히 계십시오.

알폰스 데켄 드림

맺음말

우리네 인생은 스스로 선택하는 결단과 외부에서 제공하는 기회로 성립됩니다. 제게 이 왕복서한은 소노 씨에게서 받은 생각지도 못한 기회였습니다. 처음 연재와 관련된 이야기를 듣고 기대와 불안으로 가슴이 두근거렸습니다. 내가 이런 도전에 부응할 수 있을까, 진지하게 자문해보았습니다. 나는 소노 씨의 애독자였기에 소노 씨가 의심할 바 없이 현대일본을 대표하는 여류작가 중 한 사람이라는 것을 잘 알고 있었습니다. 유명 소설가의 명문장과 문학과는 거리가 먼 나의 어설픈 문장을 나란히 선보인다는 '만행'이 허용되어도 괜찮은 것인지 고민해보았습니다. 언어의 아름다움과 문학적인 표현력에서 우리 두 사람은 너무나도 큰 차이가 있습니다. 혹시라도 이 때문에 문제가 생기는 건 아닐까요.

한참을 주저하다가 결국 이 도전에 뛰어들기로 결심했습니다. 그리고 지금은 그때 결심하기를 잘했다고 저 스스로 만족하고 있습니다. 나에겐 엄격한 시련이었고, 솔직히 말해서 2년 2개월에 걸친 연재를 통해 내가 소노 씨와 독자 여러분의 기대에 충분히 부응했는지도 확신이 서지 않습니다. 독자 여러분의 따뜻한 격려편지에는 정말이지 감사하고 있습니다. 도전이 인간을 성장시킨다는 말에 동감합니다. 이번 왕복서한을 함께 집필하면서 2년 넘게 인생의 길을 함께 걸었고, 소설만 읽어서는 알 수 없는 소노 씨의 훌륭한 인품에 새롭게 눈을 떴습니다.

본문에서 언급했듯이 그리스어에는 '시간'을 의미하는 단어가 두 개—크로노스와 카이로스—입니다. 크로노스는 객관적·물리적인 시간, 즉 측정이 가능한 시·분·초의 단위로 표현되는 양적인 시간입니다. 시간에는 또 다른 얼굴이 있는데 질적인 시간인 카이로스입니다. 카이로스는 인생에 단 한 번뿐인, 두 번 다시 찾아오지 않는 유일무이한 시간입니다. 그리스 신화에서 카이로스를 주재하는 신은 앞머리를 길게 기르고 있지만 뒷머리는 아주 짧게 자른 모습으로 묘사되고 있습니다. 정면에서 카이로스와 마주쳤을 때 길게 자란 앞머리를 붙잡고 얼굴을 쳐다볼 수 있지만 일단 카이로스가 지나가버리면 뒤쫓아서는 붙잡지 못합니다. 이처럼 오직 한 번뿐인 결정적인 순간이 우리의 삶을 좌우합니다. 카이로스는 외부에서 주어지는 기회입니다. 그러나 카이로스를 발견하고, 그에 도전하는 선택은 개인의 주체적인 결단에 달려 있습니다. 이 왕복서한의 기획은 내 인생에서 하나의 카이로스였습니다. 둘도 없는 기회를 저에게 허락하신 소노 씨에게 다시 한번 감사드립니다.

또 왕복서한을 기획하신 〈월간 카도카와〉의 편집장 스즈키 토요카즈(鈴木豊一) 씨, 연재를 담당하며 귀한 조언을 아끼지 않은 같은 잡지의 부편집장 후지모토 가즈노부(藤本和延) 씨를 비롯해 〈월간 카도카와〉 편집부 여러분, 그리고 단행본 출판에 앞장서주신 카도카와서점 편집부 여러분에게도 깊이 감사드립니다.

왕복서한은 매회 소노 씨의 편지를 받고 내가 독일어로 답장을 쓰면 조수인 기사이 준(騎西潤) 씨의 번역을 거쳐 게재되었습니다. 정확한 일본어로 내 글을 번역해준 기사이 씨의 수고에도 고맙다는 말을 전합니다. 기사이 씨와 처음 만났을 때 그는 죠치대학 외국어학부 독일어학과 1학년이었고, 나는 필수과목인 '인간학'의 담당교수였습니다. 그 후 10년이 넘는 세월 동안 이 학생으로부터 일본어와 일본문화를 배웠습니다. 교육자의 가장 큰 기쁨은 자신이 가르치는 학생으로부터 뭔가를 배우는, 서로가 서로에게 가르치고 배우는 관계가 되는 것입니다. 기사이 씨와 나의 관계가 바로 그렇습니다. 그는 나의 교사이며, 번역자이며, 조언자이며, 협력자이며, 때론 비판자이며, 무엇보다도 좋은 친구입니다.

'맺음말'을 쓰고 있는 요즘, 유럽과 미국에서 보낼 반년 동안의 연수휴가 준비를 하고 있습니다. 1986년 3월이면 다시 도쿄로 돌아와 남은 삶을 이곳 요쓰야의 죠치대학에서 보낼 것입니다. 기회가 된다면

이 책을 읽어주신 분들과 만나뵙고 싶습니다. 글을 쓴다는 것도 나에게는 커뮤니케이션의 하나이지만 참된 커뮤니케이션은 인격적인 만남에서의 대화로 실현된다고 믿습니다.

이 책에 실린 편지들이 독자 여러분의 '사랑과 죽음'이라는 테마에 영감이 되어주기를, 이 책이 여러분의 인생에 양식이 되어 보다 풍요롭고 행복한 삶을 보내게 되기를 기도하겠습니다. 그럼 다시 만날 때까지.

죠치대학에서

알폰스 데켄

기사키 사도코
작가, 《청동(青棟)》으로 제 92회 아쿠타가와 상 수상.

　이 시대의 선진국 사람들은 활기 있고 건강하게 사는 것, 그리고 늙어서도 젊고 매력적인 모습으로 보이기를 강박적으로 바라고 있다…, 라고 말한다면 반드시 현대의 선진국이 아니더라도 불로장수는 예부터 인간의 꿈이었던 것이 아닌가, 라고 말할지도 모른다. 그러나 꿈으로서 마음에 그리는 것과 강박적으로 생각하는 것과는 다르다.

　현대인은 건강이라는 가치에 비장한 각오로 동경을 보낸다. 강정제가 팔려나가고, 조깅이 유행하고, 어떻게 해야 건강하게 오래 살 수 있는지를 듣고 싶어 하고…. 한편에서는 젊은 여성들이 소중한 건강을 해치게 될지도 모를 다이어트에 열광하는 것은 '매력적'으로 보이고 싶기 때문이다.

　이렇게까지 건강과 매력에 집착하는 이유는 그것이 삶과 사랑에 이어지는 수단이기 때문이다. 조사해본 적은 없지만 '생기 넘치는', 그리고 '사랑을 담아'라는 표현이 가장 흔한 광고 문구일 것이라고 생각한다.

삶과 사랑을 원하는 마음은 인간으로서 자연스러운 본능이지만 그것이 지나쳐서 자연스러움을 잊고 비장해지기 일쑤다. 그 결과 삶에서도, 사랑에서도 멀어지는 본말전도가 되곤 하는데, 인간이 이토록 결연해지는 까닭은 우리의 무의식이 죽음을 두려워하고 있기 때문은 아닐까.

죽음을 두려워함은 두려움도 인간으로서 자연스러운 현상일 테지만 인류의 기나긴 역사에서 현대의 우리들만큼 죽음을 맹목적으로 증오한 예는 거의 없다. 과거에는 인간이 태어나 죽기까지, 나아가서는 사후까지 포함해서 '저쪽'과 '이쪽', 혹은 피안(저승)과 차안(此岸, 이승)의 관계를 균형적으로 유지해왔다. 그 관계를 암시하고 정의하는 의식들, 습관과 전설이 인간의 지혜를 장식해왔다고 해도 과언이 아니다. 현대의 합리주의적 시각에서는 한갓 미신에 불과할지라도 사람들의 심층심리에 작용해 생과 사의 겹침을 납득시키는 역할을 훌륭히 수행해왔다. 오늘과 같은 현대사회에서도 세계의 상당부분을 차지하는 많은 지역이 과거의 짙은 음영과 장식으로 뒤덮인 생과 사의 경계를 인정하며 살아가고 있다.

한편 일찍부터 과학적 합리주의에 눈을 뜬 서구사회는 기독교가 영원이라고 부르는 보이지 않는 현상과 죽음이라는 불가해한 현상을 밝은 빛이 내리쬐는 지상으로 끌어내리려고 온갖 노력을 다해왔다.

과학보다는 주로 기술과 제도를 유럽에서 수입하는 데 급급했던 일본은 과학의 발달에 원인을 제공한 이 같은 정신은 철저히 외면했다. 기술의 혜택은 누렸을지언정 죽음의 물질적인 불안, 즉 육체의 고민과 소멸, 죽은 이후의 '밝혀지지 않은' 불안에 대한 해결책은 전혀 모색하지 않았고 아예 눈을 감아버리기에 이른다. 마음을 닫아버리고 죽음이라는 현실을 망각해버리는 길을 택한 셈이다.

하지만 아무리 잊고 싶어도 인간은 언젠가 죽는다. 모든 인간이 죽는다. 내가 죽는 것도 두렵지만 내가 사랑하는 사람이 먼저 죽어 마치 버림받은 것처럼 남겨지는 것도 두렵다. 죽음을 인생의 허무한 끝으로 치부해버리고 싶다면 살아 있는 동안만이라도 '생기가 넘쳐야' 하는데 죽음은 머릿속에서 떠나지를 않고, 현실에서 죽음을 지워버린 덕분에 살아 있다는 실감과 확증이 여간해서는 얻어지지 않는 무기력증에 빠져버렸다. 이것은 남의 일이 아니다. 나 같은 무기력한 인간은 현실 속의 내가 공중을 헤매는 유령처럼 느껴질 때가 있는데, 이것이야말로 죽음을 도외시하는 현대인에게 내려진 천벌 같다는 생각이 든다.

강박적으로 '건강'을 목표로 삼는 사람들부터 무기력증에 시달리는 사람들까지 일본에는 극단적인 인간형이 다수를 차지한다. 그들에게 이 한 권의 왕복서한집은 인생을 바로 보는 법을 일깨워주는 채찍이다.

발을 땅에 대지 않고 뛰어다니는 것이 삶이 아니듯 허무로 사라져버리는 것 또한 죽음이 아니다. 삶도 죽음도 신의 현실적이며 원대한 계획에 포함되는 의미 깊은 현상이며, 신에 의해 그동안 소중히 간직되어왔음을 여러 가지 화제, 실례, 그리고 깊은 사색과 통찰로써 독자에게 제시한다.

맹목적인 공포에서 벗어나고자 죽음을 무의식의 밑바닥에 가라앉히고 생존하는 것은 본말전도였음이 저자들의 존재에 의해 증명된다. 정면에서 죽음을 응시하는 두 사람은 죽음을 목격함으로써 누구보다 생기 넘치게, 정력적으로 자신의 인생을 구가하고 있기 때문이다. 그리고 두 사람 모두, 내가 이런 말을 하기에는 실례라고 생각되지만, 무척이나 매력적이다. 사람을 끌어들이는 매력은 여유로운 마음에서 비롯된다고 생각해왔는데, 현재 일본에서 가장 바쁘게 살아가는 저자들이 사소한 인연부터 머나먼 추상에 이르기까지 자신의 신변에 조금이라도 관계된 것이 있다면 따뜻하고 여유롭게 바라보는 마음들이 서한집에 그려지고 있다. 그들이 이토록 바쁜 삶에서도 여유로울 수 있는 까닭은 죽음을 바라보며 삶의 의의를 확신하고, 자신 안에 숨어 있는 휴먼 포텐셜(잠재적 능력의 가능성)에 도전해왔기 때문이다.

두 분 중 소노 아야코 씨는 일찍부터 현대여성(당연히 남성에게도)의 선두에서 빛나던 별이었다. 나는 그저 멀찍이 떨어져 바라볼 뿐이었지만 데켄 신부님과는 자주 만나 말씀을 듣는 사이였다. 그분의 믿기지 않는 행동력에 감탄할 때마다 나는 속으로, "신부님이니까 우리와는 달리 하느님이 특별한 은총을 내려주셨겠지."라고 멋대로 이유를 만들어내곤 했다.

그처럼 경솔하기만 한 나에게 가르침을 주시듯 이런 좋은 기획을 행동으로 옮기신 소노 아야코 씨에게 깊이 감사드린다. 나는 일반인보다 유럽에서 온 가톨릭 신부를 좀 더 이해하는 편이라고 생각했는데 그래도 이 정도로 심도 있게 인간으로서의 전체상을 지켜볼 기회는 없었다.

기독교는 서양의 것이라는 오해와 우려에서 일본인을 위한 기독교가 주창되고 있다. 그 또한 좋은 생각이라고 찬성하지만 이런 분위기에 휩쓸려 유럽에서 오신 신부님의 선물을 놓치는 것도 큰 손실이다.

독일인으로 태어난 데켄 신부님은 나치독일의 광기가 극에 달한 시절에 반나치 운동에 참여한 가정에서 성장했다. 극한의 상황에서 한 소년이 진실하고 독립된 기독교인으로, 근대시민으로 자라나는 과정이 두 분 사이에 오간 편지에 고스란히 드러난다. 존경할 만한 상대와의 편지교환으로 자신의 실체를 돌아보게 된 좋은 예라고 할 수 있다.

평범하지 않은 화제들이 평범하게 전개되는 방식도 신선했다. 사하라 사막종단, 시력장애인들과의 성지순례…. 끝없이 이어지는 화제들, 더구나 모두 '죽음'이라는 가장 보편적이며 동시에 가장 개인적인 테마와 밀착되어 있다. 독자에 대한 진지함도 간과하지 않는다. 요즘 같은 시대에는 작가의 진지한 감성이 담긴 글을 읽을 때가 가장 고맙다. 헌체, 암의 고지, 장기이식 같은 가볍지 않은 문제에도 두 사람은 자신 있게, 당당하게, 그리고 성실하게 자신들의 의견을 숨기지 않고 토로한다.

죽음의 공포에서 해방되어 자유롭게 사고하는 저자들을 닮고 싶은 욕구가 솟는다. 그중에서도 '죽음과 유머'라는 탁월한 결합에는 감탄이 절로 나온다. 상대방에 대한 배려라는 유머의 정의가 죽음의 절망에서 해방되는 최선의 선택이라는 것이다.

　현대의 우리가 흔하게 체험하는 막연한 불안은 삶의 방향을 상실한 데서 시작된다. 그런데 삶은 언제나 죽음이라는 일정한 방향을 가리키고 있다. 두 사람은 그것을 지적하며 '희망'을 이야기한다. 사후의 영생에 대해, 사랑하는 사람들과의 영원한 만남에 대해.

　소노 아야코 씨의 어머니가 돌아가신 직후부터 왕복서한이 시작되었다. 첫 번째 편지에서 밝혔던 그 이야기가 3주기에 해당되는 시기에 다시 한번 등장한다. 생기발랄한, 그리고 여유로운 필치로 죽은 자와 산 자의 관계를 풀어놓던 소노 씨는 어머니의 장례식을 소설가다운 세밀한 묘사로 기록했다. 간소하지만 진심이 우러난 장례식 에피소드는 마치 우리가 그 자리에 참석해서 소노 씨의 어머니를 함께 떠나보내는 것 같은 따뜻한 정감을 느끼게 한다. 그리고 어느새 우리의 가슴에도 '소노 씨의 어머님'이 자리하게 된다.

　가브리엘 마르셀의 "사랑한다는 것은 '그리운 사람이여, 당신은 결코 죽지 않습니다.'라고 말하는 것과 같다."는 아름다운 명언을 인용하면서 데켄 신부님은 인생의 각 단계에서 '죽음'을, 그리고 다시 '태어나는' 체험 없이는 온전히 살아갈 수 없으며, '죽음'이 갖는 '삶', '시간'이 갖는 '영원'의 의미를 설명하고 있다.

"시간은 충족된 인생을 보내기 위해 우리에게 주어진 멋진 선물입니다. 우리는 이 선물을 감사하는 마음으로 받아야 하며, 선물을 주신 분에게 그 마음을 전달하기 위해서라도 이를 소중히 여기며 아름답게 사용해야 합니다."라는 말에 이 책이 우리에게 전하려는 사랑과 희망의 근거가 제시된다고 하겠다.

《여행길을 떠나는 아침에》(원제)라는 제목이 마음에 들었다. 영혼을 향해 여행길을 떠나는 아침, 하느님의 축복처럼 이 책이 곁에 있기를, 하고 소망해본다.

끝으로 데켄 신부님의 편지를 번역한 분에게 경의를 표하고 싶다. 물 흐르듯 쉽게 읽히는 자연스러운 번역이었다.